温柔，直到世界尽头

こんなにも優しい、世界の終わりかた

[日]市川拓司◎著

张兴◎译

青岛出版社

序 言
又见真爱！

　　市川拓司（いちかわ　たくじ），1962年生于日本东京，上中学前一直住在府中市，之后搬到埼玉县。高中毕业后考入独协大学经济系。毕业后在一家出版社工作了3个月就离职，此后骑摩托环游日本一周。当了两年自由人之后，又进入一家没几个工作人员的注册税务师事务所干了14年。27岁的时候，和曾是他高中同学的做有氧舞蹈教练的妻子结婚，并很快有了孩子。从那时起他开始创作小说，并在互联网上发表作品，他说他是为妻子而创作。他曾希望以一个推理小说家的身份出道，稿件应征过三得利推理大奖、鲇川哲也奖、创元推理短篇奖。

　　他创作的网络小说后来逐渐受到追捧，2002年终于以《伤离别》出道，该小说被改编成电视剧《14个月》。2003年上市的《相约在雨季》曾作为宣传小册子夹在畅销书《在世界中心呼唤爱》中出售而大热。这部小说被改编成电影后备受瞩目，一跃成为爱情小说的头牌。他还创作了《恋爱写真》《等待，只为与你相遇》等多部作品，有不少被改编成电影或电视剧，风靡全亚洲。

　　他深受约翰·欧文、伊恩·麦克尤恩等作家的影响，作品基本上以"爱"为基调，但同时"死亡"也是他作品的另一个主题。他的作品风格虽然带有恐怖或者悬疑的色彩，但他好像最为偏爱创作含有科幻或者奇幻要素的作品。

《温柔,直到世界尽头》是市川拓司的又一部力作,文库本封面写道:作者曾写过《相约在雨季》《恋爱写真》《等待,只为与你相遇》等多部畅销小说,累计销量达250.55万册。这部作品也是由小学馆(据作者自己说这家出版社是他的主场,其实就是他的贵人或者叫福地吧)出版,这次当然也会不负众望。

这部小说不仅描写了恋人之爱,还描写了父子、母女之爱和朋友之爱,是世间最崇高的爱之物语,值得一读。同时,"死亡"又贯穿整个故事情节,一开始就是世界末日,到最后还是世界末日,但是在这末日到来的时候,世界充满了无限的温柔、深挚的爱情和无垠的空寂,无上的"爱情物语"再次诞生。

小说共分三章,即"现在和过去""曾经的我们""现在与将来"。也就是现在和过去,(近接的)过去,现在与将来。第一章是讲"我"从"现在"处于蓝光笼罩的末日时分去见"我"的恋人白河雪乃,故事自然也就从他们相识的"过去"开始进行讲述;第二章所讲的"过去"是接在第一章中的"过去"之后的,也就是"我"工作后和白河之间发生的故事;第三章又回到第一章末尾的"现在",从那个"现在"之后开始描写正在不断往将来推移的"现在",直至将来。故事情节中除了"我"和白河之间的主旋律叙事之外,还穿插着"我"与父亲、父亲和母亲、白河及其母亲、"我"和白河及"过去"的朋友洋幸、"现在"路途中的朋友瑞木等人之间的故事。

整个故事情节的设定简单而又复杂,吸引着读者不停往后读下去。

像放射线一样的蓝光,从它开始降落在地面的那一天起,世界就已终结。无论是人,还是野兽、花草树木、泥土、水等,一切都被染成蓝色,失去了生命。"我"在世界末日来临之前踏上了去见白河的旅程。在最后一次打电话的时候,白河感到十分害怕,告诉"我":"我妈的身体很不好""镇上已经没有一个人了"。于是"我"和白河约好:"我去你那儿。""我"住的地方离她住的城镇直线距离有500公里。"我"能躲过蓝光见到她吗?在"我"到达之前,她住的城镇会不会被蓝光笼罩?

"我"曾送她一个"万花筒",一个可以制作"火烧云"的"晚霞发生器",并对她说"一辈子给你保修",这句话就是"我"向她求婚的郑重承诺,是"白头偕老,一生相守"的真诚誓言。"晚霞"隐喻的是白天结束、夜晚来临前最后的灿烂。"我"不畏艰险,不断前行,要在这世界末日尚未完全到来之前赶到她那儿,和她在一起,一块去欣赏世界最后的"晚霞"。

整个故事交织着"爱"和"死亡","我"历经千辛万苦,在和"死亡"竞赛,这一切让人感觉到"爱"的伟大、"爱"的真诚、"爱"的力量。

关于这篇小说中的"世界末日",在一次采访中作者如此回答:

> 我觉得我心中一直有一种末世观(末世论)。这也是全世界人都有的一种末世观,即使没有在潜意识中表现出来,但任何人都能感觉得到。这几年发生了大地震,世界形势也发生了很大变化,强烈地感觉到人类被赶往末世。既然在真实的世界中看不到任何救赎,那就在虚幻的世界中去寻找吧。这就是我开始写作的最大动机。

作品中的"万花筒"以及挂钟中转动铜质小球的装置,都是作者之前亲手做过的。在采访中他说:

> 我很喜欢动脑筋钻研,因为在做东西的时候我会沉心静气。我做好一个万花筒,就会送给别人。在网上我也写过,现在就我一个人在启动一个叫"进一步增加世界上温柔的总量"的项目。如今赝品多如牛毛,也有很多人把不漂亮的说成漂亮的要高价,但我想要说的是,即使不花大价钱,身边也有真正漂亮的东西,花最小限度的力气就能找到最大限度的幸福感,但主人公没有意识到这一点。因此,这部小说也自然成了一部成长小说(德语 Bildungsroman,也可翻译为"教育小说""教养小说"等)。例如主人公的父亲虽然一次也没有外出旅行过,但他知道幸福是怎么回事。我认为,如果稍微改变一下视角就能得到幸福。

小说家的世界,与众不同。小说中的故事,也是隐喻的世界,不同的读者,解读也自然相异。

直到译完小说,我把小说重新包上封皮和腰封的时候,才注意到腰封上写着:"读这本小说的时候,最后一次哭是在什么时候?"不知是由于小说感动了我,还是由于终于译完小说的喜悦,刹那间我感到眼睛湿润了……

最后用一首歌中的歌词结束这个简短的序言吧。

世界末日的时候,我会牵着你的手,看着你双眸,把你记熟。不管别人怎么说,请不要放弃所有。

是以序。

张 兴

2019年8月26日于古都洛阳

目 录

序言　又见真爱！/ 001

第一章　现在和过去 / 001
第二章　曾经的我们 / 108
第三章　现在与将来 / 211

第一章　现在和过去

　　看样子世界末日似乎真的要来了。

　　虽然有些令人难以置信,让人有种无能为力的悲伤,但这终究是事实。

　　末日悄无声息地到来,这跟人们想象中的末日景象完全不同。

　　把我们引入末日的元凶是一种奇怪的蓝光。迄今为止,甚至没有一个人能够说清楚它到底是什么,但是所有被这种光笼罩的物体已全都失去了生命。无论是人,还是动物、鸟类,乃至树木、大地、岩石、水,一旦接触到这种蓝光,立即就被夺去生命,永远被定格在凝固的那一刻,再也不会苏醒。

　　我已经见过太多被冻结的人。

　　被这种蓝光照射过的城镇里,所有人都静静地伫立在那里。冻结的人们脸上似乎都带着幸福的表情,整个场景呈现出一种怪异的美感。

　　我也听过许多曾经进入这些城镇的人们讲的类似的故事,他们无一例外,皮肤都显得有些发青。

"这些城镇里的人看上去完全就像是活着的。"有一个年轻人这样描述,"皮肤摸起来软软的,而且还有温度,似乎随时都会动起来。"可另一些人却说:"不是这样的,他们的皮肤像大理石一样被冻得硬邦邦的,摸起来也是非常冰冷。"

我无法分辨到底哪一方说的是正确的(实际上我也曾有一次置身于蓝光中,只是当时街上空无一人)。

很多人告诉我,涉足已经被染成蓝色的土地很危险。不小心陷入其中的话,想逃都逃不出来。

我并不是那种喜欢冒险的人。虽然好奇心很旺盛,但是内心深处更倾向于排斥冒险。有人说我是胆小鬼,可我自己却觉得这是我单纯的生存之道。

因此,我一路上谨慎地避开了那些城镇。从远处看,城镇景色一片祥和,甚至比别的地方看起来还要安全得多。似乎一切问题都已得到解决,大家全是一副心平气和的样子。

但那就像是早晨的梦,很快天一亮就要醒。所有的一切仿佛变成了一张蓝色的单色照片,让看到这一幕的人不禁产生怀旧、悲伤的情绪。有人说这给人的感觉就像在履行很久以前的约定,也有人说那种感觉就像海妖的歌声一样蛊惑人心,充满危险。无论如何,这种场景不能看太长时间,因为看着看着人就仿佛变成行尸走肉似的失去意识。

被冻结的城镇(刚开始大家都这么说)总是被一层薄薄的雾气所笼罩,因此外面的人很难看清楚城镇深处的具体情况。虽然有时能发现一些活物,可大多是在街道上觅食的乌鸦、鸽子和麻雀之类的。这些鸟儿们发现里面什么吃的都没有,就又会飞到别的地方去。

这种冻结变蓝的现象据说是接触传染的,因此能活到最后的,肯定都是那些能够在天上飞的鸟儿或昆虫。不过,这些长翅膀的家伙,由于无法一直飞行,早晚也会因为在某个冻结的森林中停翅休息,而被静静地染成蓝色,以致再也飞不起来。

自从第一次出现这种情况以来,至今已经过去三周了,而整个天空被厚厚的云层所覆盖则是更早之前的事了,迄今已有两个月。

那天早上起床时,我发现整个天空都被一层厚重的铅灰色云层所覆盖,而更为惊人的是,全世界无论哪个地方好像都是类似的情况。

电视台全都在播放这条新闻,还能看到从卫星传回来的图像,整个地球被白色的云层包裹得圆鼓鼓的,活像动物园里雪兔的尾巴,还蛮有欣赏价值的。

谁也说不清这一切为什么会发生。转瞬间,全世界气温急剧降低,无论哪里都像是冬天。

更不可思议的是,虽然温度这么低,却完全没有下雪的迹象。气象专家们利用探空气球和飞机采集了云层样本,化验后发现云层仅由水滴和冰晶组成,这意味着云层里面并没有什么特殊的物质。

既然彻底搞不明白,大家就认为,如果再忍耐一段时间,就应该能够像往常那样重新见到蓝天。这就跟雨总会停、天总会亮一样,云总有一天会散的。

可惜,大家全错了。光确实能照下来,但是却一点也不温暖。那是一种能够把人、动物、植物冻结的蓝色冷光。

我见过很多次蓝光照在地面上的样子,那是种令人瞠目结舌的美,充满了神秘感。

蓝光透过厚厚的云层间隙倾泻下来,形成类似被称为"雅各天梯"或"伦勃朗光"那种形状的光束(很久以前曾经听她说过,这种光的正式叫法是"薄明光线")。

光柱几乎垂直地照射在地面。从开阔的远处观察,这种光柱多的时候甚至能有数千根。第一次见到的时候,因为眼前的景象太过壮观,我兴奋得几乎喘不上气。当时的我几乎相信有无数的天使正沿着这些蓝色的梯子降临地面。那场面壮观、神圣到了令人无法想象的地步。

随着光柱无声无息地降临,整个城市静悄悄地迎来了末日。既没有天上的电闪、雷鸣,也没有地面上的惨叫、叹息,甚至连一声狗吠、警报声都听不到。

毁灭到来得极其迅速,短短几分钟后光柱就消失了。

此后,城市微微地泛着蓝光,其上空的云就像映上了地面上的颜色一样,被染成了浅浅的草绿色。

刚开始的时候,大家还认为光柱照射有某种规律性。确实,越是大城市就越早受到蓝光的洗礼,因此,有人猜测如果逃到人烟稀少的地方或许能保住性命。为此,很多人纷纷逃离原来居住的城镇,拼命奔向荒郊野岭。

而结果又会怎么样呢?虽然电视、收音机等信息源很快就没了消息,但是据我所知,这种蓝光根本没有什么规律可循。我好几次见到荒无人烟的山区和湿地被染成蓝色,也看到过数千人的城市反而被保存下来了。

被冻结的城市数量正在逐渐增加。蓝光就像一条变形虫那样向外伸出触角,一点点地侵蚀周围的土地。如果真是这样的话,无论逃或不逃,结果也许都差不多。因为无论逃到哪儿,早晚都会被蓝光追上,最后变成一座既不会呼吸,也不会眨眼的街头天使雕塑,永远地伫立在那里。

不过即便如此,我相信这个星球上总还有一片土地眷顾人类,在那儿人们能够不必畏惧蓝光的威胁,安全地栖息下去。

虽然这一愿望近乎祈祷,毫不靠谱,但无论是谁都会这么祈祷。

特别是像我这样正在谈恋爱的年轻人,更是对此深信不疑,充满期待……

离开家已经十天了。往常来说,应该老早就到她家了。她住的地方距离我家直线距离有500公里,骑自行车沿着国道走一天能走100公里。可是眼下被蓝光笼罩的地区远比预料中多得多,能走的线路就像流经湿地的河流一样蜿蜒曲折,直到现在我还没走完一半路程。

因为我已经和她约好去见她,所以无论发生什么事情都要遵守这一约定。

最后一次通话说这件事的时候,电话那头的她似乎被吓坏了。

"妈妈的病情很严重,"她说,"可是诊所里什么人也没有,药店也关门了,家里的药已经吃完了,我也不知道去哪里能弄到药。"

她的母亲长期患病,最近半年几乎都不能出门,一直靠她一个人照顾。

"我很害怕,"她继续说道,"镇上已经没有人了,大家都叫我一起去避难,可母亲现在这个样子好像又不能挪动……"

她的声音颤抖着,好像很不安。

"先别急。"我赶忙说,"我现在就去你那边,这样你就不怕了吧?"

她陷入了短暂的沉默,电话那头好几次传来她抽鼻子的声音。

"可是,"她说,"伯父怎么办?"

"没关系,我爸支持我。之前这个事我们谈过好几次。"

"路上不危险吗?"她问。

"无论在哪儿都一样危险,这个星球已经没有所谓安全的地方了。"

"确实是这样。"她说,"你真的过来?"

"嗯,我肯定去。你等着我!"

"我好开心……"她好像自言自语一般小声说着,然后就又抽泣起来,什么话也说不出来。

电话这个时候完全断了。外界的情况已经严重到了如此程度,也许刚才那电话能打通本身就已是奇迹。

★

我们初次相遇在十四岁那年。

她叫白河雪乃,皮肤白皙。初次听到这个名字,我不禁感叹这名字取得太有水平了,十分贴切到位。一直到后来,问她本人名字的由来时,才了解到她是因为出生于一月份,外面下着雪,才起的此名。我再问:"是不是一生下来就很白?"她略微点头说:"是啊,一生下来皮肤就很白。"

与此相对,她的头发特别黑,第一次看到她头发的时候,真感觉不可思议。

她是一名转校生。老师告诉我们,她是从遥远的北方小城搬来的。

当时的她皮肤白皙,身体瘦弱,长脖子,尖下巴,指头和指甲细细长长。由于她个子不高,胸部也几乎没有发育,所以从外表很难看出这是个十四岁的少女。我当时在心里默默地想:可真够晚熟的啊,但俗话说女大十八变,将来肯定错不了。

她有时戴眼镜,有时不戴,我觉得她戴眼镜的时候更漂亮。取下眼镜的她,眼神清澈无辜得让人心疼,那双眼睛总是湿漉漉的,让人不禁担忧她过于单纯。

由于她性格开朗、温柔,学习成绩也很好,所以很受大家的欢迎。几乎是一瞬间,她就成功地融入了这个班,并且被班里中坚力量的成熟女孩圈子所接纳。虽然她也可以进入更上层的优等生圈子,或是以班长为首的活跃的运动女孩圈,但她看起来似乎并无此意。

不喜欢张扬,刻意保持低调,这也许与她本身作为转校生,并且是个左撇子有关。本来就已经是少数派,如果再做与众不同的事的话,那就太过张扬了。从这一意义上来说,她的做法并未让人感到意外。

然而无论如何低调,她还是显得鹤立鸡群。这是为什么呢?这是因为她的言谈举止之中总透出一种与众不同的气质。比如拢起齐肩高的头发的手法,歪头思考问题的神情,注视对方时眨眼的神态,这些普普通通的动作中总让人感觉蕴含着某种秘密。

此后的某一天,我突然恍然大悟。

秘密在于节奏。

她的节奏不同于常人。也就是说,她的身体所表现出的节奏,与其他人明显不同,那是她特有的旋律和音乐。

令我神魂颠倒的正是这一点。

从严格意义上来看,与其说我是被她的节奏所吸引,不如说我是被那种动作的行云流水、神态的轻重缓急所吸引。换言之,那种奇妙的不稳定状态让我莫名地感觉很舒服。

我本来就容易被细节所吸引,不善于处理大的轮廓结构,而更容易关注一些说不出来的细腻之处、微妙差异。

也许我身上的高精度传感器,对她释放出来的信号产生了强烈的反应。

由于她魅力十足,所以班里一大半男孩都对她抱有一种无法割舍的幻想。

有几个人甚至还当面向她吐露过,不过,具体的细节我也不太清楚。

我对这种事情并不敏感。实际上,我在班里一直受到同学的排挤和疏远,是个局外人。

造成这种局面的确切理由现在已无从查起,等我意识到事情的严重性时,这已然成了既成事实。虽然我从未深究这方面的原因,不过,我认为理由有以下几点:

不合拍(不如说,能与我这样的人合拍,那才稀罕呢);不擅长运动;有点迟钝;穿衣打扮与众不同(我穿的衣服都是父亲或祖父穿过的旧衣服);胆小。

我不愿与人争吵。直到小学低年级结束前,我一遇到争执就会小便失禁。仅仅看到两个人吵架,我的下半身都会不受控制。

我是个天生的和平主义者。我甚至认为,自己也许是从天国被贬到地上的不合格天使。处在这样一个如此好战的世界中,我是如此难以适应。

入学后不久,她就加入学校的摄影社团。此后,社团里一个男生开始纠缠她,和她关系特别亲密。那个男孩很优秀,还担任着学生会书记。

班里的同学仿佛也把他俩看成了一对,会不约而同地起哄、取笑他们,还给他俩取了一对绰号(具体是什么,现在已经忘记了,类似罗密欧与朱丽叶、米奇与米妮之类),有事没事就把他俩撮合到一起。

这个学生会书记也曾出言制止过大家的这种行为,但是,他内心的快乐其实早已写在脸上。

这个时候的我却毫无根据地猜想她一定对这种行为深恶痛绝。当然,这仅仅是出于我个人的推测。因为我认为这个男孩配不上她。

到了秋天,第二学期开学的时候,班里调换座位,我和她成了同桌。虽然我的心激动得都要跳出来了,可表面上还是装作很冷静的样子。我特别擅长这种伪装,喜怒哀乐不形于色。当然,别人也完全看不出我心里其实喜欢她。

也许正因为如此,她才能够在与我的接触中一直保持着轻松的心态。

她是个特别通透的人,与抱有某种期待(也可以叫企图)的男生交谈时,特别提心吊胆。说是古板也好,幼稚也罢,总之这种时候,她总是无法放松警惕,享受不到交谈的乐趣。

面对态度一般的男生,或是如闺密般亲密的男生时,她才能够敞开心扉,不再紧张。

实际上,我这个人一点也不像男子汉,内心也不觉得举手投足保持那种大大咧咧的男子气概有什么好。虽然我希望与她成为好朋友,但内心其实并未奢求(至少当时如此)。因为自己有几斤几两,该做什么、能做什么,我还是心知肚明的。

虽然在成为同桌之前,我们彼此几乎没有搭过话,但还是很快就熟悉起来了。

"你好,请多关照。"她冲我打招呼。我也随即回应:"嗯,请多关照。"同时留意到她佩戴着一副豆红色的框架眼镜,看起来还不错。

我们俩皮肤都很白,而且都很瘦。不知什么时候,她曾对我说:"我们俩真像一对姐弟。"直到现在,我还清楚地记得,听到她这么说时,我的内心感到非常快乐。

记得有一次,我们把各自的胳膊放到课桌上,比谁的皮肤更白。虽然两人肤色白皙程度差不多,但她胜在皮肤像桃花一样粉嫩,而我的看起来则略有些偏黄。而胳膊内侧,两个人的静脉血管都像墨笔画出的系统树一样透过皮肤看得清清楚楚。

她伸出食指搭在我的手腕上给我把脉,动作自然得像医院的医生。而我则紧张得不得了,但我还是拼命压抑着内心的激动,完全不表现出来。

不过脉搏却出卖了我。想必我当时的脉搏跳得肯定像狂野的鼓手敲的鼓点一样激烈急促。

对此她却什么都没说,只是瞥了我一眼(我不禁浑身一震,完美的掩饰偶尔也会露出这样的破绽),然后静静拿开了手指,转而像开始时那样把自己的胳膊搁在我胳膊旁。

经过一阵奇妙而短暂的沉默,我受到鼓励似的也把食指搭在她的手腕上。当时的场景看起来应该若无其事,但我的喉咙干渴得像是要伸出一只手来。

扑通,扑通。她的脉搏声沿着指尖传过来。我感觉她的心跳好快,抬起头偷偷瞥了一眼她的侧脸,发现她正全神贯注地看着我搭在她手腕上的食指,那表情严肃得让我心里不禁生出一丝不安。

等我把手指移开,她才长长地松了一口气,说刚才好紧张啊,脸上也开始露出一丝笑容。

"是啊,感觉就像在医院。"我回答道。

她陷入了沉默。仿佛为了缓解尴尬的气氛,她吸了吸鼻子对我说:"吉泽的手腕好细啊。"说着,伸手握住了我的手腕。我感觉她的手凉凉的。

"你看,一下就握到头了。"她说。

"是吗?"我都能听出自己的声音在颤抖,只好干咳了一声之后对她说,"再细也比不上白河你的细吧?"

"这很难说吧。"她用刚才测我胳膊的手握住了自己另一只手的手腕。

"你看,几乎一样呢。"

"真差不多。"我边说边伸出手轻轻握住她伸过来的手。

我能感受到她的血液在我紧握的手心里快速地流动着。那是一种多么奇妙的感觉啊,虽然也曾摸过别人的手,但产生这种感觉还是第一次。

"奇怪。"我小声嘟囔道。

"怎么了?"她小声地问我。

然而我并不知道该如何用语言表达。

我把手从她的手腕上移开,握住了自己的另一只手腕。

"确实是这样,"我煞有介事地点了点头说,"差不多是一样的啊。"

"是啊,"她肯定地说,"我们俩基本上是一样的耶。"

就这样,我们俩的关系变得亲密起来。那些看不惯我们在一起的同学们就对我冷嘲热讽(你以为你是谁呀,还轮不上你吧!如此云云)。我却认为,正因为我获得上天的眷顾,交了好运,所以肯定也要承受相应的苦难(所谓运势的平衡)。这样的苦,再多我也不在乎。

她加入摄影社团自有她的理由。

"因为我喜欢云。"她解释说。

那是一个自习课,教室里叽叽喳喳的,相当吵闹。我们俩也头碰头地小声聊着天。

"你所说的云,是天上飘着的那种吗?"我问道。

"是呀!"她回答道,"无论是早晨、中午、傍晚,还是月夜的云,没有一次是相同的。我从小就喜欢看它们,总也看不够。"

我哼了一声。直到现在,我还未曾专心致志地观赏过一次天上的云。

"晚霞很漂亮吧?"她问道。

"嗯,是很漂亮。"我回答。

"不仅如此哟,朝霞也很美,就连暴风雨来临前的云也壮观得惊人。"她说。

"暴风雨前的云很壮观？"

"嗯，你不这样想吗？"

"从没这么想过。"

"那么下次遇到你就试着这样想想看吧。整个天空就像一面巨大的画布，一朵朵云就像油彩，有白色，也有橙色，有紫色，也有黄色。就像有个巨人在天空作画，他才是能够画出感人画作的绝世天才画家。"

"那你是说这个巨人是男的喽？"

"也许吧。"她说，"我觉得是这样。"

"嗯，是啊。"我回答。

"人类所能画出的，顶多只是飞机云而已。"她说，"即便如此，傍晚时，被夕阳染成橙色的飞机云也很壮观，仿佛是用荧光笔画的下划线。"

"飞行员都很爱学习啊。"

听到我这样说，她开心地笑着微微摇摇头。我很喜欢看她这样的表情。

第二天，我像往常一样迟到一个小时来到学校（因为我实在无法忍受上学路上学生们无休止的吵闹，所以总是比别人晚一点出家门。在初中和高中这六年，我一直保持这一习惯）。她意味深长地望着我，砰砰地敲了敲我的椅子，看起来很开心的样子。我猜想她肯定是催促我快点坐下来，我就心领神会地马上把书包挂在椅子旁边坐了下来。

刚开始她一直保持着认真听讲的样子，眼神里饱含着微笑。我从书包里取出课本和笔记本在桌子上摊开时，她依旧目不转睛地盯着前方。我一边心不在焉地望着站在讲台上滔滔不绝的英语老师,一边等着她发出交流的信号。

一分钟,两分钟……什么都没有发生,沉默还在继续。终于,我不愿再等了,开始在笔记本上涂涂画画。

笔记本里画满了我的涂鸦,有充满个性的图案、讲究的艺术字、想象中的建筑物,以及徒手画的螺旋绘图(所谓螺旋绘图是指类似下图的图形)。

我对对称性特别着迷,就连我自己也不知道为什么。也许是因为原本是左撇子的我,小时候硬生生地被矫正成了用右手的缘故吧。从那以后,我的大脑中就一直存在着另外一个镜像般的自我。我很会写镜像字,经常把汉字左右两侧写反。实际上一直到现在,我还是经常会把字母 D 和 E(还有数字 5)写反。也因为这个原因,我一直被认为是一个学习能力很差的孩子。

正当我聚精会神涂鸦的时候,她用脚尖轻轻地碰了碰我的脚。我抬起头望着她,她保持着面朝黑板的姿势,从桌子下面悄悄塞给我一样东西。我接过来放在膝盖上打开一看,原来是几张照片。

那是她拍的几张云的照片。其中第一张拍的是火烧云,在黄昏明亮的淡青色的天空映衬下,红得微微发紫的几片云彩连在一起,飘浮在空中,边缘都带着金色的晕圈,细细品来,确实很美(虽然缺乏对称性)。

第二张是旋涡状的灰色云朵,阳光从云与云的间隙射向地面。见我看得出神,她在笔记本撕下的纸条上写了些字递给我。

"这叫'薄明光线',也被称为'天使之梯'。"

我望着照片,默默点了点头(当然,这个时候的我做梦也没想到,未来自己会看到这种光,这让我感到十分讨厌)。

最后一张拍的是飞机云。在橙色与天蓝色混在一起交替相间的傍晚的天空中,笔直地飘着一道琥珀色的飞机云(微微偏向左边天际)。虽然飞机云形状让人联想起扫帚星,不过确实很美。

因此,我在纸条上写下"好像扫帚星一样啊"的字样,并在旁边画了一颗拖着长尾巴的五芒星,然后把本子轻轻递给她。

我看到她脸色红润而有光泽。她又写了几句话递给我。

"好看吧?真的云更漂亮呢!到时候指给你看。"

"是啊,我好想看!"我写下这两句还给她。

但是,我和她并没有约定什么。

我俩在类似这类事情上,行事异常腼腆羞怯,但也并不是特别缺乏魄力(胆小和没魄力之间并不能画等号,希望不要混为一谈)。只是有时会缺乏自信,过度谨慎。

这也许是因为在恋爱这个问题上,我们本能地清楚自己的本钱不多的缘故吧。我们俩都缺乏"横竖拼一下"的勇气。因为一个不小心,我们之间的感情就很有可能会就此中断。

因此,我和她一起看火烧云,还是在此之后的事情。

"我是为了学习,希望能进一步提高摄影技术才加入摄影社团的。"她写道。

"我看到一树总是跟你一起。那家伙技术好吗?"我问她。

一树就是之前所说的那个纠缠她的男生的名字。

"技术很好呀,他教了我很多。只不过……"她欲言又止。

我特别想知道她接下来会讲什么,但直接发问的话,会让人感觉有些厚颜无耻,最终这个问题我也没接着问。

"吉泽君很擅长画画啊。"她很快就转移了话题。

"因为我上过绘画课。"我在回复中写道。

"真的?好棒耶!"

"这有什么厉害的,谁都能上。"

"话虽这么说,吉泽君未来打算当画家吗?"

"不知道,我只是喜欢画画。"

本子递给她后,我又把画满画的写生本悄悄塞给她。

正在这时,讲台上的老师突然点了我的名字,让我读课文。

到底读哪一页呢?我有些晕头转向。

"第43页,从第11章节开始。"她小声提醒我。我吃惊地转过头去看她,发现她眼睛盯着黑板,一副若无其事的样子。

我从座位上站起来,开始读书。虽然知道读哪些内容,但是因为有几个单词不认识,好几次都卡壳读不下去。

"都是早就学过的单词,要好好复习。"老师说了这么一句就饶了我。

"知道了。"我一坐下就小声嘟囔了一句。此时听到她小声对我说:"课本也要认真看。"

她就是这样一个人。与我不同,她各方面都做得很好,从未松懈过。

虽然我们俩都是独生子女,但是她看起来却像是一位有弟弟或妹妹的稳重的姐姐。我虽然比她大三个月(我十月份出生),她却一直把我当弟弟看待。

★

不久天就黑了。整个世界被厚厚的云层包围后,天黑得特别早。虽说现在还只是秋季,可到了下午三点,周围就开始暗下来了。

西方天际呈现出奇异的颜色——红色、紫色、黄色,以及像鲜血一样的深红色或红铜色。这种现象非常引人注目,只要看一眼就能使看到的人不由自主地心生激动之情。而如果长时间一直盯着它看,说不定能看到死神赶着马车在旋涡状的云中疾驶——我对这种说法半信半疑。总之,已经到了这种时候,无论发生什么我都不会感到奇怪。

这一片地处偏僻的乡村,看起来本地的住户很早以前就已经离开了这里。房屋的土墙壁已经崩裂,铺在房顶上的瓦片也多有脱落,田地里茂盛地生长着莎草和狗尾巴草之类的杂草。电线杆和院子中的树上爬满了厚厚的葛藤与爬山虎,在昏暗的夜色映衬下,仿佛是一排排巨大的卫兵,在主人离开后看守着房屋。

我决定到河里汲水做晚饭。从家里带出来的米已经见底了。虽说出来时身上带了些钱,但是恐怕不久之后食物会越来越难搞到手。

适合我们生存的世界每一天都在缩小,物资也越来越匮乏。

碰到的人也在一天天减少,而今天竟然已经整整一天没有遇到一个人了。

虽然不下雪,但是经常下雨。昨晚就下了一夜雨,以至于今天后山蜿蜒而下的坡道泥泞得一塌糊涂,我走在路上摔了好几次屁股蹲儿。

走到河边一看,河水浑浊得要命,估计昨天夜里下雨引发了洪水。我心底一种不祥的预感油然而生(一般这种时候的预感都很准)。

跟预想的一样,等我走到靠近河边时,脚下的堤土突然塌了下去。我连喊救命的机会都没有,沿着湿滑的地面以惊人的速度往下滑落。慌乱中,我拼命伸出手四处乱抓,但抓住的只是柔软的羊齿叶子,而且瞬间就断了。

等我感觉腿落到水里,脚尖碰到河底的一刹那,湍急的河水就把我冲了起来。

河水远比想象中冰冷。全身的肌肉受到刺激后剧烈收缩,这导致肺中剩余的宝贵空气一下子全被我吐了出来。慌乱中我不自觉地吸进几口气,致使水顺着支气管涌进了肺里。我一边拼命划水,一边咳个不停。

激流裹着我往河中央漂去,这个深度,我的脚已经够不着河床。

束手无策的我只能顺着河水往下游漂去。

只能听天由命了,但此时的我并没有太多时间考虑死亡。河水的冰冷再加上呼吸困难,导致我根本没工夫胡思乱想。

不久我就看到一座连接河两岸的石桥,距离河面的高度约有10米。在昏暗的天空下,我看到有个人站在桥中央。我在水里挣扎着看着他。此时那个人影迅速冲进河里。

那一瞬间我不知道发生了什么。等我明白过来,才知道那个人为了救我纵身跃进了河里。一只强有力的胳膊拖着我一点点向岸边靠近。

过了一会儿,听到一个声音说:"已经能站起来了。"我试了一下,发现真的可以了。我自己站起来,在水流的冲击下向下游走了5米左右才上了岸。

虽然我还是咳个不停,但总算能够呼吸了。我趴在一块大石头上,大口大口地喘着气。对方也在离我不远的地方坐了下来。

"没事吧你?"对方问我。

"没……没事。"我艰难地回答,"谢谢你。"

等了好大一会儿,气才顺了过来。我在石头上坐起来,重新审视我的救命恩人。脱得只剩条纹运动短裤的他身形瘦削,看起来就像是刚刚在恒河里沐浴过的修行者。看到我在打量他,他提醒我可以把衣服脱下来拧一拧水。

"快点到高处去生堆火吧。"他说道。

"好的。"我回答道,随即问他,"为什么救我?"

"为什么?"他用一种仿佛看一只怪物的眼神望着我,耸了耸肩膀说道,"如果换作你是我,也会这样做吧。做这种事没有什么理由。"

实际上,我对自己是否有勇气跳下去在很大程度上还是有疑问的(我不会游泳),但听到他这么说,我还是点点头,再一次对他说了声"谢谢"。

"好了,我先上去了。"他不耐烦地摆摆手,穿着那条短裤就直接钻进了树丛。

我们生起一大堆篝火,那篝火大得让人觉得两个人用有点奢侈。

有时候,火苗蹿起来差不多和人一样高。所幸附近能用来烧火的木头取之不尽。就这样我俩烤干了衣服,烧了开水,他喝了些杜松子酒,我也喝了些溶了方糖的甜水。

惊魂甫定,我们隔着篝火相对而坐。这是一户农家的庭院,四周是山茶花做成的篱笆。

救我的人名叫瑞木,二十九岁。虽然他仅比我年长五岁,但是相貌看起来比实际年龄老得多。额部发际已经向后退成心形,脸颊两侧有些邋遢胡子,人很瘦,个子很高,外表看起来很难相处,而且身上带有点痞性。

同他聊了几句,我的猜想得到了验证。他说自己是个流氓、痞子,或者叫无赖。他用的词汇很丰富。

"我反正就是这样,生来就不成器,也没干过正经事,也没打算正经干事。"

就这么一个人,却说唯独这次救我还是经过深思熟虑的。

"真的要这么完蛋的话,我想还是最后认真起来干一件事。"

"什么认真起来?"

"为了女人嘛。"

"这样啊。"我自言自语般说了一声,感觉多少有些意外。

"你不是也说要去找恋人吗?"

"可能还不算恋人。"我纠正道,"只是喜欢,吻都没吻过。"

"可你是真心喜欢吧?"

我默默点了点头。这一点我还是有自信的。我从十年前就一直喜欢她。

"那就够了。"他补充道,"只要心里有一个拼了命也要在世界末日来临前去见的人,那就足够了。"

"嗯,"我点头说,"我也是这么想的。"

"对吧?"他说着笑了起来,眼角浮现出深深的皱纹,笑得很亲切。

"她叫绘里子。"

"是你恋人的名字吗?"

"不。"他摇了摇头,"跟你一样,严格意义上来说,不能算恋人。"

"那到底是怎么回事?"

"是我的前女友。我俩从小就认识,住邻居。我家干农活,她们家经营照相馆。很厉害吧?"

"这样啊,不错嘛。"我说道,"长得肯定很不错吧?"

"哼,"他笑着微微耸耸肩说道,"她是个认真得要命的女人,是分不清好赖的老好人。哪里都有那种贪婪的精明人,你们班里也有吧?越是会打扮让男人喜欢的女人,这方面越是高明。'不好意思,能帮我做一下那个吗?谢谢啦!''那这个也可以拜托你吗?真是太感谢啦!'我看到这种事气就不打一处来,你至少也要反抗一下子吧。她现在,噢不,应该是以前在当地的信用银行上班。这种死板的工作最适合她那种认真得要命的人。她跟我这种痞子完全合不来。"

"是吗?"我问道。

"差不多吧。"他回答。

"我因为当时不懂,所以才多次与她交往,但每次都会因为钱、女人、工作等原因而把她气哭。她太看得起我了,相信我有一天会认真起来做人,所以算是我背叛了她。真是个可怜的女人啊。自从跟我这样的人交往后,别的男人就都被吓跑了。我可是爱打架出了名的。我一伸手,这帮人都以为是要揍他们。"

"那绘里子直到现在还是单身?"我问。

"不知道。"他回答,"我早就离开了老家了。最后一次聊天是在电话里,已经是半年前的事情了。当时是为了讨钱,不过被她很干脆地拒绝了。这种事她是很顽固的,倔得简直像头驴。当然,她的理由也很充分。"

"一定是这样。"我说,"有点同情她了。"

"嗯。"他也特别坦诚地说道,"我也十分讨厌自己。"

"不过,"他一边说着,一边用手抖着被火焰烤热的裤腿,热气从他的裤子里冒出来,"我负责的业务走上了正轨。只要再有点资金的话,我敢保证肯定会大赚一笔。"

"什么业务?"我问道。

"嗯,大概可以算一种色情行业。这种行业通常都是过度服务,而我则是反其道而行之。"

"那到底是干什么的?"我问道。

"出差朗读。"他说。

"朗读?"我继续追问,"是读书时读出声的那种朗读?"

"差不多吧,难道还有别的?"他很肯定地回答道。

"不过这也算得上色情行业?"

"正是如此。"他回答。

"怎么讲?"我不敢相信自己的耳朵。

"目标客户是那些死守旧礼节的老年人。这些家伙绅士过了头,完全跟这个时代脱节般地活着。这种人对于常见的色诱手段深恶痛绝。而出差朗读这个提法足够高尚、足够文艺吧？顽固的堡垒都是这样先打开一条门缝，然后从那儿逐步攻进去的。"

"具体一点呢？"

"具体来说，"他解释说，"应聘朗读技师的都是些二三十岁的年轻女性。由她们到客人准备的房间读小说给客人听。客人的权利就是能够自由挑选书籍。当然，朗读的女性也可以稍许增加些诱惑。面带微笑，就好像说：'那方面（当然是色情的内容了）也是完全可以的噢。'要不然的话，就说今天准备了好几本书，我来读给您听吧。只要流露出不完全拒绝的表情，这老头就会成为很好的客户。"

"噢，"我附和道，"原来如此啊。"

"是吧。"他补充道，"刚开始只是往已有名单的家庭住址邮寄广告。这种事都是客人口口相传。谁能无视这种好事呢？"

"那实际上反响如何呢？"

"才刚开始起步，需要再租更大的办公室，雇更多的人手，这样才能充分满足客人的需求。由于人手不足，已经推掉了好多生意。"

他一边用长长的手指揉着额头，一边说："不过，一切都完了，好日子刚有点盼头就遇上了最近这种事。这就好比刚刚获得大美女的青睐，摇着尾巴打算扑上去时，突然吃了一记铁肘。"

我不禁笑了起来。

"那么，绘里子会怎么看待这件事呢？"

他微微耸了耸肩膀说道：

"大概对这种事完全缺乏免疫，因为她有严重的洁癖。虽然我解释说这算是一种慈善事业，可她压根不听。我可是认认真真讲的，难道不是吗？孤独的独居老人的痛苦，由年轻女子的温柔声音所治愈(老婆还在的老头来电联系的情况很少),连寿命都可能因此而延长呢。这就好比让快要燃尽的蜡烛再一次腾起火苗。这难道不是好事吗?她思想太僵化了。"

"也许你说的对。"

说完,我陷入了沉思。如果换作是那个算不上自己恋人的女人的话,她会怎么说呢?她会说这是很有趣的生意啊,我也试试吧,还是会紧皱眉头只是摇头呢?

"嗯,"他说,"这其实也算是她的一个优点。"

说到这里,他伸了个长长的懒腰,说道:"该睡觉了吧。"

我俩把所有柴火都丢进火堆,各自钻进自己的睡袋里。

"对了,"他好像突然想起来什么似的说,"你叫吉泽什么来着?"

"优。"我答,"优美的那个优。"

"嗯,"他说,"名字很适合你,可也并不特别。"

"是啊,我本来就是个非常普通的人,只想过平凡的人生。"

"平凡的人生。"他突然笑了起来,"那可是最重要的事情啊。现在这个世界疯狂得很啊。"

他背对着篝火,拉起睡袋上的防寒布遮住头说:"晚安了,好好睡个觉吧。"

"好。"我点点头,把睡袋拉链一直拉到下巴的位置,道了声"晚安"之后,很快就进入了梦乡。

★

每当我被班里同学欺负时,她总像个姐姐那样温柔地给我抚慰。

过度的和平主义，反而会挑起周围人的争斗心。对于他们来说，我俩就像是砧板上的肉。欺负绝不会还手的对象，肆意当作玩物蹂躏，会让人有一种占大便宜的感觉。而天生的不抵抗主义者，更只能永远沦为这帮人绝佳的解闷对象。

　　班里那些缺乏教养和同情心的同学给我起了个"地藏菩萨"的绰号。这并不是因为我戴了块红色围兜，而是因为无论怎么被欺负，我都只是笑笑，绝不还手，那样子看起来就像地藏菩萨一样。

　　她也曾问过我："为什么被他们那样欺负还笑得出来？"

　　我回答她说："我不知道，因为从小就这样。"

　　"哦，"她说，"原来是这样。"

　　其实我这样还真的是有原因的，只是不知为什么，对她我说不出口。也许是因为害羞吧，当时的我正处在那个年纪。

　　我并不会因为没有反击而感到遗憾，也从未想过要报复。也许我的大脑中根本没有这种设定，也许我的基本行为模式被设定为在某种不同的环境下更好地工作，而那种环境中应该没有这种爱欺负人的家伙。这种封装绝对是重大失误。

　　因此我非常迷惘：怎么有人会因为看到别人受苦而感到开心呢，有没有搞错？

　　不过那么想肯定是因为我出了问题（不错，在这个世界里）。就连负责督导风纪的老师也说，不懂得反抗的我是有问题的。他批评我说："你可以吼他们呀！你这么做的话，这帮家伙以后就不敢把你怎么着了。"

　　这个建议很符合他体育老师的身份。以牙还牙，这就是通常所说的威慑力。

　　但是我和她骨子里并不具备这样的素质，生来就不具备用来揍人的拳头。对我俩来说,手的作用是用来给心爱的人揉揉背,或是用来品尝美味、制作美食的。

有一次(记得好像是十月底,是英语课还是什么课的自习时间),一个男同学在我书包的白色衬布上用油笔涂鸦,写的尽是现在初中生搞恶作剧时编的那种下流话。其他几个注意到这个的同学就开始起哄,书包瞬间就被他们抢走并被传来传去。我想要拿回来,但这帮人就像一支配合默契、技术娴熟的篮球队一样,把我玩得团团转。

我不小心绊倒了自己,脸磕到桌角,鼻子也流出了血,是很难止住的那种出血。同学们还在我的书包上乱涂乱画,我却顾不上了,直接跑出教室去了学校的保健室。

保健室当班的年轻女老师看到我的脸,吃惊地问我:"怎么搞的啊?"

"摔的。"我回答道。

"干什么摔的?上课的时候?"

"嗯,啊,也不是,是自习的时候。"

"是被谁推倒的吗?"

"不是的,"我说道,"是被自己绊倒的。"

"好吧,"老师无奈地说,"你真有本事。"

"哪里哪里。"我刚一回答就意识到老师是在拿我开玩笑,不过明白过来也晚了(这也是别人说我蠢得要命的理由之一)。

老师用脱脂棉帮我堵住鼻孔,又用纱布擦干净脸上的血,给我贴上消炎用湿布。

"鼻血止住之前,你就在这里躺着!"她这么命令我,我就乖乖地脱了鞋子,仰面躺在床上。不知怎么搞的,没有堵住的那个鼻孔也出不来气,我难受极了。我只好一边盯着天花板,一边像上了陆地的鱼一样张开嘴大口呼吸。在呼吸顺畅前我反复深呼吸。

大脑里一直在想着自己的书包现在怎么样了。因为家里穷,书包不可能说换就换,想着想着,父亲苦恼的样子就浮现在了眼前。

不久就到了课间休息的时间。我听到有人打开保健室的门走了进来。老师对她说道:"还在床上躺着呢。"

一个人打开布帘子对我说:"你怎么样?"

原来是她。

"嗯,我没事。"我答道。

"看起来好痛呢。"她指着自己的脸说。

"没事没事,你也太夸张了吧。"

"是吗?"她笑了起来,从身后取出我的书包递给我。

"是一树同学帮忙送回来的,当时已经被弄脏了。"

"原来是这样。"我感激地说,"太谢谢了。"

书包上都是用水笔画的红色、黑色、黄色等各种涂鸦,看起来像是一件品味极为低劣的集体创作作品。

"不过呢,"她安慰我说,"我从家政课老师那儿帮你借来了清洁剂。"

"谢谢你。"我说,"我试试吧。"

于是我在下节课上课时溜到屋顶,这是一处通风好而又不引人注目的地方。让我意外的是她居然说要陪我一起翘课。跟我这样的翘课大王不同,她平时可是乖乖女,跟这种事情从来不沾边。

我对她说:"我一个人没事的。"但她摇摇头。

我又说:"我不想回教室。"

"为什么？"她问我。

"烦,暂时不想见那帮同学。"

"是这样吗？"

"是的。"

"那我陪你去！"于是她就跟来了。

空荡荡的屋顶一个人也没有。我俩找到一处背对操场、别人很难发现的隐蔽角落坐了下来。

我取出她从家政课教室拿来的抹布,涂上清洁剂,开始擦书包表面。

效果出奇地好,那些令人恶心的污言秽语转眼间就被擦得看不清了。

"嗯,很有效果！"我对她说。

"看起来能擦干净！"她也高兴起来。

我仔细地擦了又擦,一直搞了好长时间。

干到后来,感觉这特别像是在做一种仪式。

记得以前不知在哪本书里读过,语言具有像咒语一样的力量,能够强而有力地操控人的思想和身体。夸赞、鼓励、安慰的话语能够赋予我们生机,而蔑视、辱骂、贬低的话语则与之相反,会逐渐对我们的健康造成伤害。语言、语言、语言——也许这也是人类所拥有的史上最强大的武器。

因此,擦掉这些对我存在恶意的涂鸦,就好像把我从咒语的魔力控制中解救出来。

只不过我做得有些过头了。

就在我着了魔似的拼命擦拭的时候,忽然感觉心脏越来越憋闷。也许是因为没办法用鼻子呼吸,嘴巴张得太大、太用力了的缘故吧。

"好难受。"我向她求助。

她吓坏了,盯着我的脸惊慌地叫了起来。

"你怎么了?脸都憋青了。"

我停下手里的活儿(涂鸦字迹已经浅到几乎看不见,书包看起来可以继续用了),稍事休息。

经她同意,我枕着她柔软的大腿躺了下来,就连说声客气话都没有。

我的后脑勺刚好能枕在她两条大腿之间。

感觉好不可思议,这简直就是老天爷为我准备的休憩场所。虽然有很多描绘两个人相互依偎姿态的优美词语,例如就像两把勺子一样靠在一起,可现在这个样子该如何表达呢?现在就像一幅非常复杂的拼图,一对男女紧紧地贴在一起,也许有很多不同的答案吧。

透过校服的裙子能感受到她的体温,暖暖的,我感觉舒服极了。

"好些了吗?"她问我。

即使闭着眼睛我也能真切地感觉到她低下头观察我的样子。

我睁开眯着的眼睛看着她的脸颊。靠得太近了。当时我的心里就在想,她的睫毛怎么这样翘。

忍着难受,我努力对她笑笑说:"没事。"

"看起来一点也不像没事!"她对我说。

"嗯,确实是这样。"我很坦诚。

"是吧,那就这样多休息一会儿吧。"

"嗯,好的。谢谢你。"

她用细长的手指轻轻帮我揉着额头。她的手指感觉凉凉的。

温暖的大腿,轻柔的声音,还有微微的甜香味(她有种像牛奶般淡淡的体香）。这一切仿佛是赐予我的至高祝福,让我感觉人生的意义、真正的幸福便是如此。

我甚至开始感谢那些帮我创造这个机会的同学们。一树要是知道的话,肯定肠子都悔青了吧。说不定他会揍我,不过那也无所谓。为了这一刻的温暖,我什么都能忍受。

或者说人生就是如此。就像所有歌中所称颂的那样,爱情就是一切,就像杠杆原理一样,它把我俩的灵魂高高举起。即使要与世界为敌,只要有一个人对我说"有你就够了",我们就会勇敢地昂着头,迎风而上。

对我来说,那个人是谁呢?

"你说什么?"她问我。

"嗯。"我努力掩饰住内心的激动,回答她,"没有,我什么也没说。"

★

我决定暂时和瑞木一起行动。因为这个人非常可靠,而且要去的方向也跟我基本一致。瑞木要去的地方比我要去的地方近得多,因此我俩只能同行一段路,但也要比一个人赶路安心得多。

也许身体要比自己想象的还要疲惫。我并不是一个坚强的人,遇到考验勇气、韧性的场合,我一般更容易成为别人的累赘。遇到世界末日这种情况,确实早已超出了我所能应付的范围,由于实在超出太多了,致使我都不知道该如何面对。正因为如此,一直以来我都努力不让自己去想这个问题。

最重要的就是把问题归于一点,那就是无论发生什么事,都要去见她，其他的一切都可以暂且不管。只要这样去想，即使像我这样的无能之辈，也知道眼前要干什么。

我真想赶快到她身边。可是，也不能毫无计划、不知深浅地就这么去。所谓欲速则不达，一不小心，在找到她之前，我自己所剩不多的生命就可能已经结束了（就像昨天那样）。

最令人头疼的问题，是避开那些被冰冻住的城镇，还是要直接穿过去。这好像也是瑞木一直在考虑的问题。

"综合现有情况来看，如果能把时间控制在一个小时以内的话，还是没有问题的。我就曾经遇到好几个人出去转悠了一圈还能平安返回的，不过选择穿过城镇的话……"

"不清楚前方情况如何？"

"你说得对，这就像一场赌博。如果一旦走着走着城镇被冻住的话，咱俩的好运也就到头了。到时候这个世界又会再增加两尊无人知道的铜像。"

"这么说的话，只有绕开城镇走了？"

"嗯，这样的话，能走到目的地的概率至少会大很多。即使时间上晚一些，也能聊以安慰。"

"绘里子小姐知道你正在赶去找她吗？"我问瑞木。

"不可能知道，因为最后一次打电话的时候吵翻了，等知道世界末日来了，再急急忙忙想去联系时已经打不通电话了。也许人生永远就是这样，谁也没办法。现在我所能做的，就是尽快找到她，去跟她道个歉，说声对不起。不知道她能不能原谅我……"

我俩一直在一望无际的田园地带里走着。现在这个地方好像是个盆地，四周全是低矮的小山。我们目前是朝北行进，所以右手边，也就是东边的山都已经被染成了蓝色。回首望去，昨夜我们宿营的村子所在的丘陵,不知什么时候已经被淡淡的蓝光所笼罩(我们竟然毫无察觉。无论何时,当蓝光降临的瞬间,都会让人毛骨悚然,但是由于事前毫无征兆,所以也经常被忽视)。

虽然也能看到稀稀落落几处农家,不过感觉不到还有人住的迹象。

这个世界还剩下多少人呢?刚开始这趟旅行的时候,无论哪个城市都住着人,甚至还能看到车在路上奔驰,也曾遇到过不知要去哪儿避难的大队伍。但是随着日子一天天过去,所遇到的人也越来越少,与此相对,被染成蓝色的土地面积则在不断增加。

城市基本上都变成蓝色了,看起来毫无生机(但很多人也有可能躲在里面),而农村和山里的情况看起来则要好很多,至少目前看来是这样。

她生活的地方是典型的农村,人口顶多有一两千人,连个小超市都没有。平日里当收银员的她,一般都是骑踏板摩托车赶四十分钟路,到隔壁镇上的超市去上班。

据瑞木说,绘里子住的城镇要比这里大得多,人口能有三万左右。如果蓝光优先侵占大城市这一规律成立的话,那么那里目前已经变蓝的可能性要大得多。

瑞木对这种情况早有预料。

"不亲眼去看一下总是不放心,或许她离开城镇了也不一定。"

"总之,"他说,"我所能做的就是继续往前走。我的父母也生活在那里,所以我无论如何都要回到那儿。"

我们一直在赶路。食物已快没有了,虽然肚子很饿,但也没有停下脚步。瑞木这几天只吃黄油拌饭,外加几根巧克力棒。

"这是之前最后一次在还在营业的超市买的,直到现在我都没再见到过商店。"

"我也一样,之前一直在走山路。刚开始还能骑自行车,可很快城镇就骑不了了。"

"我也是,安全起见还是走路为上,所谓欲速则不达啊。"他开始谈自己的想法,"我一直在想,这看起来跟围猎羊群的原理一样,技巧好的话,首先是从大的羊群开始包围,然后再包围小的羊群,如此进行处理。这听起来是不是像天方夜谭?"

"你的意思是说……"我问他,"这一切是有人故意挑起的?"

"这个嘛,"他摇摇头说,"如果是那样的话,我们也许能够将计就计。"

"将计就计?"

"也就是说没有人的城镇,也许跟深山一样安全。"他补充道,"你不是说你的那位和她母亲一起留下了吗?也许碰巧这才是正确方法。"

"这是因为无人居住的城镇可能不是优先打击对象?"

"是的,原本就不是什么了不起的城镇。这样一来,说不定很有可能会被放到最后一个进行攻击。"

"谢谢你了。"听到我说谢谢,他很意外,抬起惺忪的睡眼望着我问,"谢什么?"

"听你这么一说,我浑身充满了勇气。"我回答道,"之前我的心情非常沮丧。"

他不耐烦地点点头说:"你可别再这样了。"

他又说道:"我不是那号人,我精神有点失常。"

我说道:"不过,瑞木你人真好!"

"什么?"他带嘲讽地说道,"我可不是什么好人,俺是地道的痞子。"

"假使我看起来有点像个正经人,那也是因为这个世界的氛围。"

"你瞧!"他指着天空说道,"这颗星球整个被厚厚的云层所覆盖,并且有奇怪的光从上面照下来。遭遇这种灭顶之灾的人,无论是谁,都会脸色苍白,吓得连话都说不出口,哪还有时间打小算盘?"

他一边像驱赶飞来的小昆虫似的在脸部使劲挥着手,一边继续说:"谁都有慷慨的时候,也许明天人可能就没了,就躺在那儿了。反正大家都会变成神情恍惚、面带幸福笑容的蓝色铜像。"

他把视线从我身上挪开,说话声音很低,几乎就像自言自语一样。

说不定确实如瑞木所说的那样。

眼前的世界看起来异常温柔,让人感到不可思议的平静和亲切。大家每一个人都有想要去爱的人。无论是我还是瑞木,都在为了自己所爱的人而努力变得真诚、正直。

事已至此,也许所有人都终于明白了一件事——原来我们所剩下的时间,实际上并不是很多了。

我们没时间感到遗憾,就连大脑被任性、仇恨、讨价还价等各种各样情绪支配的时候,时间也在不断地减少。

人生似一本书,如果可能的话谁都希望能用爱的语言写满它。那些翻来翻去都是诽谤与咒骂的故事情节是令人厌恶的。也许是因为大家已明白属于自己的故事即将走到尽头,所以都在认真地思考。

至少最后是大团圆的结局,要微笑着结束一切……

我想肯定会是这样。

★

秋意已浓,天凉如水的季节,一个偶然的机会,让我和她在校外见了面。

那是我每周上一次的绘画课,这个绘画班我已经连续上了五年多。

考虑到我家并不富裕(实际上相当困窘)这一经济现状,父亲供我上这个课,其实是一件非常奢侈的事情。

绘画班里有我一个要好的朋友,他和我岁数一样大,我们也是几乎同时开始上的绘画班。我们两家住得不远,中间隔着一条水渠,由于这条水渠是不同学区的分界线,所以我俩分别上了不同的学校。

他的名字叫洋幸,是个有些特别的男孩。虽然在我看来那是他的魅力所在,而其他人却不这么想。

他的头发天生自来卷,就像线圈一样,加上从没处理过,所以洋幸的脑袋看起来要比别人大很多。另外,他的体形和我差不多,甚至比我还要瘦,好像支撑他身体的肌肉力量不足似的,总是站不直,所以总给人一种怪异的感觉。

他从小就经常做噩梦,可能是由于这个原因,一直到初中三年级,他还会尿床。

有一次他告诉我,说昨天晚上梦见我了。

"啊,什么梦呢?"我问他。

"嗯,就在一个像是学校的地方,我们俩在打电话。"

"在学校打电话?"

"嗯,学校里不是有电话亭嘛!那儿有个像百叶箱的台子,那是一部粉红色的电话。"

"嗯。那后来呢?"

"号码是你告诉我的,好像是'223',还是'233',反正就这几个数字。"

无论哪个都是质数,我对此没有多说(千以内的所有质数我都会背)。我问他:"都是三位数的电话号码吗?"

"嗯。"他点点头,"这是紧急呼叫号码,可以是三位数。"

"之后呢?"

"接通后,电话那头传来非常好听的音乐,就像在教堂听到的那种。我也让你听了一下,你还连连点头说'嗯,嗯'。"

"我?"

"嗯,是你说的,你说这是让世界和谐的音乐。"

"哈,我能说出这样的话,真酷!"

"嗯,你很厉害!"他继续说道,"不过,等我再次把听筒放到耳边的时候,优美的音乐听起来就有点吓人了,就像一个外行在拉小提琴,或是坏掉的管风琴发出的声音。"

"想起来就让人毛骨悚然。"他接着说道,"我赶忙把听筒给你,你听着听着脸色就变了。"

"为什么?"我问他。

"因为你说这是通知世界末日即将到来的声音。"

"是吗?"

"可能是吧。而且,电话打着打着,天空中不断出现黑色的云,让人感觉真的到了世界末日。我吓得哆哆嗦嗦,一激灵就尿了出来。这也够丢人的吧?"

我默默点点头,这种感觉我也很熟悉。

洋幸经常能猜中亲戚以及附近老人的死亡日期。这让周围的大人们感到很害怕,也许他真的能够预知未来。

绘画课快结束时,洋幸跟我说:"我想去一个地方,你和我一起去吧。"

"可以呀。去哪儿?"我问他。

"河边林荫路附近有一座大铁塔,你知道吗?"

"嗯,我知道,从远处也能清晰地看到。"

"我想爬上去。"他说。

"爬铁塔?!"我吃了一惊,"那个很高的,你爬上去干什么?"

"想把从那里看到的风景画成画,那是只有飞鸟才能看到的世界。"

"原来如此。"我明白了。这确实是只有他才能想到的主意。绘画方面,他要比我有天赋,并且他还有过目不忘的本事,我想如果是他的话,一定能画出很棒的作品。于是我答应他:"好的,我陪你去。"

洋幸说希望我为他望风。爬铁塔本身已经是违法行为,即使不违法,大人们如果看到小孩子爬铁塔,他们也不会放任不管。所以,我的任务是在有人走近铁塔时给他报信。

穿过河边的林荫路,来到铁塔底下时已经是傍晚过了5点,距离日落只有30分钟。

铁塔周围有栅栏,栏杆上面还支着铁丝网。他用准备好的毛毯铺在铁丝网上,半天才好不容易地翻了过去。他几乎没有什么运动细胞。

我取下毛毯,把背包扔给在栅栏里面等着的他。

包里装了一大卷布,鼓鼓囊囊的,拉链都拉不上了,还露了一点出来。这块灰布展开后,刚好能遮挡住他瘦小的身体。他像披斗篷一样将这块布披在身上,为了防止布掉下来,还把下摆上的带子在腿上打结固定。最后他还从背包中取出一顶灰色毛线针织帽子戴在头上。蓬松卷曲的头发被遮住后,他的大脑袋一下子缩小了许多。

"我上去了。"他开始抓住铁塔上的梯子往上爬。

从下面看,铁塔高得不得了,可能有 30 米高。上面没有架电线,栅栏上也没有什么牌子进行说明,我实在弄不懂这铁塔是出于什么目的而建的。对于有恐高症的我来说,仅仅是站在下面看他往上爬,两条腿就已经不由自主地瑟瑟发抖了。

铁塔周围是空旷的田园地带,视野开阔,能够看到很远的地方。田地尽头有一台拖拉机在工作,还有几个人在防风林旁边的田边道路上走着,所幸这些都是在背对铁塔的方向移动。

群鸟从夕阳掩映下的暗红色天空飞过。我睁大眼睛努力寻找飞机云,不过哪儿也没找到。

洋幸已经爬到整个塔身三分之二的高处了。

"你怎么样?"我喊他。

"好得很!"他兴奋地回答我。

我能看到他头顶上橙色的云正缓慢飘过。一直盯着看的话,感觉就像在看地球自转一样。不知什么时候,月亮露出了半边脸,看起来异常清晰,但我感觉一点儿也不像月亮,而像围绕别的星球旋转的卫星。

等我低下头环顾周边时,看到林荫路尽头有个人影正向这边走来,我急忙给洋幸发约定好的信号。我们的联络信号是唱歌,于是我大声唱起自己最喜欢的歌曲——Hol-Di-Ri-Di-A①。

> 春天的日子嘞,多美好,多美好——
> 白云飘过嘞,多美好,多美好——

我一边唱,一边抬起头偷看洋幸,发现他像乌龟一样迅速地把自己裹在斗篷里。由于身形与灰色的长方形斗篷融为一体,所以从外面根本看不出来里面会藏着人。

因为约好了要一直唱到危机解除,所以我继续大声唱歌。

直唱到我的喉咙开始发痛,那个人才慢悠悠地走到铁塔附近。仔细一看,原来是我最熟悉的女孩子,不过她没戴眼镜。

"吉泽,你在干吗?"

"白河?"

声音听起来连我自己都觉得十分滑稽。

她离开林荫路,朝我站的草丛这边走过来。她上身一件粉色套头衫,下身配牛仔迷你裙。这是我第一次见她不穿校服。她的腿很细,大腿上一点赘肉都没有,皮肤雪白而细腻,看得我心脏怦怦直跳。

"你是在练习唱歌吗?"她疑惑地问我。

"嗯。"我答应了一声,感觉自己脸上有些发烫,可她似乎没有注意到。夕阳下一切都是红色的,她的脸也是红彤彤的。

我朝着铁塔上躲着的洋幸喊了一声:"这个人没关系。"

高高的顶上传来洋幸压低了的声音:"明白!"

---

① 即魏吉斯(WEGGIS),是一首颇为流行的瑞士行进歌曲(Walking song),这首歌有时也根据歌中的"HOL-DI-RI-DI-A"叫声来命名。

"上面有人!"她吃了一惊,抬起头看到把自己弄得像灰色扑克兵似的洋幸,便问我,"那个人是谁?"

"那是我的朋友,名叫洋幸。"

"你们到底在干什么?"

"他说想要像鸟一样俯瞰世界,并把它画下来。"

"画画?是学绘画的同学?"

"是的,今天也是刚上完课在回家的路上。"

等我们俩再抬头看时,洋幸已经开始动身下梯子。他后来总是说,待在塔顶上的时间没多长,就那一瞬间就行了。这就好像拍照片,咔嚓一下,就什么都记下来了。

晚风吹拂着他身上的斗篷,让人感觉很不安(这种时候的预感一般都很准)。不出所料,就在下到距离地面5米多高的时候,他突然头朝下跳了下来。

跳下来的时候洋幸还喊了一声。洋幸是个有自己特有语言的人,喊的也许是勇气、欢喜或者其他表达内心激动、澎湃的词语(他的字典里只有积极向上的词汇,仅仅表达爱的词汇就达三十几种)。

他把斗篷像鼯鼠的飞膜一样展开在空中滑翔。

可遗憾的是,由于飞行距离稍微有点短,所以转眼间他的斗篷下摆就被铁丝网挂住了,致其脸部狠狠地撞在了栅栏上。

洋幸疼得像女人一样发出惨叫,整个人像掉进陷阱的野猪一样手脚乱蹬。我俩赶紧跑过去,帮洋幸把挂住的斗篷下摆松开。他扑通一声掉落到地面上,这才平静下来。

我们担心地看着洋幸,他终于抬起头来,嘿嘿地笑了起来。脑门上磕了个肿块,鼻血也流出来了。白河默默地从游艇夹克口袋里取出手帕,轻轻地帮他擦干净鼻血。

"你是谁?"洋幸问道。躺在地上的他,鼻尖都快碰到白河两个圆白的膝盖头了,看起来仿佛在偷窥女生似的。

"我是吉泽的同学,是他同桌。"

"是这样啊。"洋幸对着她的膝盖说了声,"谢谢你。"

"不客气。"

躺了好一会儿,洋幸才勉强坐起来,长长地出了口气,鼻孔里还塞着她的手帕。

"你没事吧?"我问他。

"总算没事。"他回答我。

"我都快被你吓死了。"我问他,"为什么最后跳下来?"

"为什么呢?"他答复我道,"我当时感觉自己能飞,那一瞬间我都忘了自己是人。"

说着说着,洋幸又转过头对白河说:"你的手帕能借给我用用吗?"

"请用吧。"她说,"送给你,就当是初次见面的小礼物。"

"谢谢!"洋幸又问她,"那个,你叫什么名字?"

"白河,白河雪乃。"

"哎,"洋幸惊讶地说道,"你的名字跟你好配!"

她微笑着点点头说:"是吧,大家都这么说。"

接过我翻越栏杆取回的背包,洋幸一边把斗篷团起来塞了进去,一边跟我们说:"回家!"

"现在?"

"嗯。头被撞到了,感觉脑海中记住的景色都开始模糊了,要赶紧回去画出来。再见了。"

不等我俩回答,洋幸自己道别后就转身离去了。他就那么走了,背影显得比平时更向前倾。

洋幸还是全部忘光了。他在画里画了白河两个圆白的膝盖。他说,因为对膝盖的印象实在太深刻了,现在还忘不掉,真不知怎么办!

为此,洋幸看起来确实很苦恼。这都让我开始同情他了。足足一个月,他都对这件事念念不忘,说个不停,但不久之后就不再提起。我想他这才终于忘记了吧。

"洋幸没事吧?"白河问我。

"应该没事。"我回答她,"这是常有的事。"

"真的?"她很吃惊。

"是的,他以前曾经从行驶的电车车窗里跳下来过(实际上电车几乎已经要停了),还从树枝上跳进卡车车斗里,甚至还被车碾过。神奇的是他每次都不会受什么重伤,因为他这个人像空气一样轻,一定是这个原因。"

"好神奇。"

"嗯,我跟他在一起也经常被他吓住,不过现在已经习惯了。"

"你怎么会来这里呢?"我换了话题。

"为了看晚霞。"她说,"这附近天空不是很开阔吗?"

"嗯,确实如此!"我也赞同她的说法。

长约3公里、宽约1公里的这一片区域没有任何遮挡视野的建筑物。两面分别是水渠与防风林,中间是一片空旷的草地,视野确实很好。

从这里仰望天空,会感到天地无比广阔,甚至让人感觉很恐怖。

西边方向的天空中有几条呈放射状分布的长条状云迹,在夕阳下被染成了让人难以名状的复杂颜色。太阳就像熟透了的杏子一样晶莹剔透,仿佛马上就要滴下水珠一般。

白河从夹克的口袋里拿出一部卡片式相机开始拍摄西边的天空。

我默默地望着她那专注的样子。白河闭起一只眼睛,另一只眼睛紧紧贴着取景窗。她对我毫不防备,因此我能在旁边肆意盯着她看。

我不由得赞叹她好漂亮。可奇怪的是,迄今为止见过的女孩从未带给我类似的感觉,即使觉得她们漂亮我也不会有其他念头。也是因为这个缘由,我一直认为自己不是个看长相的人。

但是她的美丽却给了我不一样的感觉。我盯着她看,心里会涌起多种感觉。当然,大部分都是甜蜜的想法,有时也会有炽热的、令人心痛的感觉,但也仅此而已,所以感觉还不错。

她把头扭向一边时,脖子上的细血管看起来精致动人。她仿佛是天生的芭蕾舞演员,颈部表情丰富,甚至能与人交流、传递感情。

尖细的下巴和大耳郭也很可爱,特别是一头乌黑浓密的头发,让我有一种想伸手触摸一下的冲动。

心驰神往之际,我不由得伸手去摸她的头发。她突然冲我莞尔一笑,吓得我赶紧收回胳膊,报之以微笑。

她再次把注意力集中到拍照上,又拍了几张之后,突然问我:"不想一起拍个照吗?作为在这里相遇的纪念。"

我心里想她真喜欢纪念啊（大概女孩子都这样吧）!

"嗯,好主意。"我回答。

铁塔栅栏旁边有个用途不明的灰色箱子,看起来正好能够充当三脚架。

她一边扭头观察取景,一边指挥我移动位置:"稍微向右,再走后一点。好,就是那里。"

设定好延时拍摄按下快门后,她赶忙跑过来,有点气喘吁吁地站在我边上。

虽然我俩刻意保持距离站好,但最后拍摄时她还是鼓起勇气靠在我身上,两个人的胳膊合在了一起。

快门"咔嚓"一声,相片拍好了。

之后我们俩四目相对,哑然失笑。就像发生了什么特别好笑的事一样,我俩笑得根本停不下来。

她在花枝乱颤之余,拉住我的手对我说:"你知道吗,明天肯定是个大晴天。"

"是吗?"我问她。

"那当然了。"她手指着西边的天空说道,"因为有那么漂亮的火烧云啊!"

当时她欢乐的表情,直到现在我还历历在目。

我想她那时一定感觉特别幸福。未来会不断有好事发生,明天肯定是个好天气。这样的预感满溢胸中,才会让她不由自主地发出那样的感慨,露出那样的笑容。

我想可能就是如此。

从那以后,每当她看到美丽的晚霞,都会重复类似的话。无所谓真假,反正我对她的笑容完全没有免疫力,不由自主地就会附和着她并煞有介事地点头。

一星期后,照片冲洗出来了。

我照例晚一点来到学校,坐下后感觉她在桌子底下踢我的脚。我扭头看她,发现她用口型告诉我"照片",并递给我一个白色信封。压花装饰的信封尺寸不大,装在一个雅致的封套里。

我打开信封,里面除了照片之外,还放有一张贺卡,上面写着"共赏夕阳留念"一行小字。

照片上的两个人看起来幸福得不得了。两人的脸在夕照下红扑扑的,看起来特别像喝得微醺的一对情侣,在拼命忍住不笑出来。我们俩的手臂贴得紧紧的,不知道的人看到也许会以为这是一对亲密的恋人。

欣赏照片的时候,我感觉她不戴眼镜也挺不错。虽然眼睛看起来有些太大,不过跟她还是很相称的。

我写了一个便条给她,上面写着:"谢谢,我会把它当作宝贝珍藏的。"

她回复给我:"拍得不错吧?"

"嗯,确实很好,咱俩简直……"写到这儿,我停下笔来开始思考。她发现后盯着纸条看上面的内容,想知道我写了什么。我赶紧把后面内容写上:"咱俩简直就像一对幸福的醉鬼。"

"是啊!"她这样回答,但声音听起来好像有些冷淡。

★

下午早些时候,我们来到了被染成蓝色的城镇附近。那是个面积还挺大的城镇,里面不仅有农协、邮局,而且还有便利店。这里看起来似乎很早就被蓝光照射到了。透过薄雾还能看到镇上有很多人。

"你看吧。"说着瑞木递给我一个小望远镜。

透过小小的透镜,我发现在这儿生活的人们好像什么都没发生一样,还是和平时一样,丝毫没有劫后余生的样子。

一个小家庭凝固在小公园里,一对年轻夫妇带着一双年幼的儿女,大一点的女儿挽着父亲的胳膊咧开嘴笑着,弟弟被母亲抱在怀里,睡得很香。夫妇两人四目相望,仿佛在交流着什么。

妻子好像在问丈夫:"这样可以吗?"而丈夫则回答:"这样挺好的呀。"就是这样一个家庭,就这样走到了尽头。

便利店停车场上,一位老爷爷拉着一个小男孩的手,小孙子好像等不及爸爸妈妈回来,就已经迫不及待地打开了手里的零食盒。也许他的目的只是里面的赠品,而爷爷则开心地望着孙子,满脸皱纹也乐开了花。

我还看到正在干农活的胖大嫂,正在散步的一对年老夫妇,穿着校服的年轻恋人等等。

每个人都是一脸祥和,脸上甚至还有笑容。

谁也没有料到会以这个样子告别这个世界。既没有发生暴动,也没有发生抢劫,更没有不惜踩着孩子的身体也要争先恐后逃命的大人。

瑞木认为这种现象是由于空气造成的,或许是这个原因。空气中充满了无色无味像兴奋剂一样的东西,它能激发潜藏在人体深处的某种潜能。虽然每个人被激发出的潜能因人而异,但是大致是往好的方面发展。

因为大城市首先受到蓝光的洗礼,所以行政机构瞬间就失去了功能。而我们这些人则靠着相互扶持,准备度过最后的日子。

记得有人说过,无论多坏的事,也都有好的一面。事实证明确实如此。虽然为时已晚,但至少我们这些人经过这一切后,会真切地体会到人类确实是一种高贵的生物。

今天天黑得跟往常一样早。空中,一层层的云飘得很低,仿佛千万条龙缠绕在一起,卷起旋涡,掀起巨浪。整个天际由西向东,依次被染成奇异的色彩。

"无论什么时候看,也看不够啊。"瑞木感叹道,"真是花钱也值得看的风景。"

"是啊,不过还是感觉有些恐怖。"

"嗯,这也正是引人入胜之处。"

附近是一片山谷,谷底是细长连绵的田野,一到黄昏,周围很快就暗了下来。

在昏黑的谷底走了一会儿,我们发现田地小道尽头有人蹲在那里。瑞木首先注意到了,低声对我说:"注意,有人!"

我们走近一看,发现是个相当年长的老人,他坐在路边靠着背篓休息,背篓里装满了薪柴。

"老爷子,您怎么了?"瑞木向他打招呼。

老人慢慢抬起头,看到我们仿佛吃了一惊,说道:"哎呀,没想到还有人。"

"当然有了,"瑞木对他说,"这个世界还没有彻底完蛋呢。"

"我扭到腰了。"老人解释说,"腿也抬不起来。"

"我看您是太逞强了。"瑞木瞅着装得满满一篓柴火的背篓对他说,"对您老来说,这筐子也太重了吧?"

"老婆子还在家等着呢。"老人回答,"她一直喊冷。"

"明白了,您这是想要让老太婆看您还中用不中用,对吧?不过您也做得有点过了。"瑞木大声笑了起来,"真没办法,那我背您走吧,留您在这儿,会被冻死的。"说罢,端木将自己的背包挪到胸前,背朝着老人蹲下来。

"嗨!"瑞木冲我扬扬下颚说,"那个就拜托你了。"他示意让我背背篓。

"好的。"我答应了一声,提起了篓子。令我吃惊的是这背篓远比我想象中重得多,背着它几乎走不动路。这样确实会腰疼。

走了大概十分钟就到了老人的家。那是一个如今很难见到的老宅,屋顶铺着茅草。

进了门厅,老人冲里屋招呼了一声。拉门一开,从里间跑出来一个小个子女人。一瞬间我觉得很奇怪,初见她会让人感觉她还是个孩子,但仔细看就会注意到她脸上已经满是皱纹,虽然举止、着装都与儿童一般无二,但根本不是小孩。

这位就是老人的妻子。她头上戴着棉头巾,一直垂到肩部,身上穿了好几层外套,看起来活脱脱像一个真人版俄罗斯套娃。

她注意到老人带了陌生人回家,一下子变得充满警惕。她一边盯着我们,一边隔着客厅中央的围炉在对面坐下来。

这种态度让我感觉她仿佛是野生动物,对人充满警惕。

"请不要在意。"老人对我们说,"她老糊涂了,有些孩子气。"

我们把老人扶进客厅,立刻把背回来的柴火点燃围炉,再从房间一角叠得很高的被子中间取下一床,裹住快被冻僵了的老人。当我们做这一切时,老太太只是在对面默默地看着我们。

"谢谢你们救了我！"老人再次对我们表达感激之情。他还告诉我们，"这附近只剩下我们老两口了，本来村里就没什么人，现在一个个都走了。除了搬到别处和入土为安的，就只剩下我们两个人了，如果你们不经过这里的话，也许我们真的就被冻死了。"

"请别这么说。"瑞木赶紧制止老人，"不是说我为人人，人人为我嘛。这个时候互相帮助才称得上人啊。"他又抬头望了望熏得焦黑的房梁，问老人："你们俩一直住在这么个老房子里？"

"是啊，我们俩已经在这儿住了几十年了……"

话匣子就这样打开了，老人开始给我们讲他的故事。

也许老人寂寞已久，早就想找个听众好好倾诉一番。

"我们俩其实原本是挺近的亲戚关系。"老人说道，"婆婆出生时的情景，我还历历在目，那时我才五岁。"

老爷爷说婆婆都很大了，还迟迟不会说话。

"大家都很担心，其实她只是懒得开口而已。她很久之后对我说，其实也能说话，只是她死活不想说而已。"

"总之，她是个不爱说话的人，能不说就不说。就这样，长大后也交不到男朋友，一直孤身一人。"

"那男人呢？"瑞木很好奇，"姑娘到了结婚年龄，村里的男人们就坐不住了吧？"

老人哼了一声说：

"这也要看谁了。婆婆既腼腆，又不懂得讨人喜欢。她总是跟鸟呀虫呀玩得不亦乐乎，说是能听懂它们说话。这样奇怪的姑娘哪个愿意要啊？"

"您不是要了吗？"

"这倒是。"老人回忆，"人家逼的。族里的人直接就给定下来了。自从父母去世后,我一直一个人在这里干农活,活得倒也自在。有一天本家大伯领着婆婆找上门来,开口就说你们俩今后就是夫妻了,根本没征求我的意见。背着我们,他们早把事情商量好了。我当时想,反正婆婆也不招人厌,而且基本上也不说话,饭量也很小,所以就让她留下了。"

"就这么简单?"

"差不多吧。"老人说,"我们也都是普通人,那个年代就是这样。"

"后来呢?"瑞木追问,"你们两人怎么样了?"

"就成婚了啊。"老人回答,"就成了一对真正的夫妻。"

"两人在一块儿日久生情。村里人也无人理会我俩,而我俩也无须介意别人的眼光。虽然生活并不轻松,但两个人总比一个人有依靠。我俩无微不至地关心对方,也就跟爱上了一个样。"

"原来如此。"瑞木继续问道,"你们就这样一直在这里生活到现在?"

"啊,你是想问为什么没生小孩吧?这个可能是因为我俩是近亲的缘故。另外,我们又哪里也没去过,这里就是我们的一切。虽然有警察来说这说那劝我们走,但我们就想像往常一样生活,反正马上就要离开这个世界了,惊慌又有什么用!"

"您说的是。"瑞木使劲儿点点头。沉默了一会儿,他就像在思考什么,然后问道:

"老伯您幸福吗?"

由于被问得有点出其不意,老人沉默了一会儿。

"你说幸福?"过了许久,老人反问。

"嗯,也就是说,人生的最后阶段,不是会想东想西吗?如果过上了另外一种人生,那会不会更幸福?"

"真令人吃惊。"

"为什么这么说呢?"

"在你向我提问之前,我从未想过这件事。"

"这真了不起。"瑞木赞叹道,"这么说,您度过了一段非常幸福的人生啊。"

"是吗?"

"是啊,就是这样啊。"

"啊。"老人感叹了一下说,"听你这么一说,也许真是那么一回事。每天为了生活忙忙碌碌,根本没有时间考虑其他,确实是这样……"

老人环顾家里破旧的墙壁和天花板,望着像个小女孩似的蜷缩在围炉对面的妻子说:"我喜欢这样的生活,这样的生活也是我的愿望。与这样一位从出生起就相识且不爱说话的朴实女性相伴,一辈子只和泥土打交道,无须介意别人的眼光。既不伤害谁,也不仇恨谁,单纯地享受着自然的恩赐,过着平淡的生活……"

老人用饱含热泪的目光望着自己深爱的女人,语带哭腔地说道:"说实话,照顾这样一个孩子气的老太婆对我来说是一种快乐。很久以前,我还不到十岁时,大人就老让我照看她。她是个很乖的孩子,只要看着别跑远就好了。长成小姑娘的她也是一样,追追蝴蝶,跟大树说说话,还有就是毫不厌烦地听鸟叫唤。"

"一切都很祥和。"老人继续说,"有时候我感觉自己是在做梦,想来也许从那时起,我就一直生活在老太婆的梦里了。"

天完全黑下来前,我和瑞木往返于老屋与山里,把运来的薪柴堆满了院里的仓库。有这么多的话,至少能维持一段时间了。

老人说家里的灶台和澡盆我们可以随便使用。由于老人家里储存有足够的大米和蔬菜,于是我俩烧了洗澡水,用灶台煮了米饭(水是从后山用桶汲来的泉水,可以尽情享用),还用围炉上的锅煮了蘑菇汤,四个人一起吃了顿饭。好久没有吃这么饱了,我和瑞木都很开心。

"这是应该的。"老人说,"你们是我们的救命恩人。"

吃完饭我俩又痛快地洗了个澡,在围炉边铺开被褥睡下了。

"家里很久没来客人了,被子可能有些发霉。"老人提醒我们。实际上被子非常干净,盖到身上很舒服。老人和妻子睡在隔壁房间,就像当年老爷爷照看年幼的小女孩一样。

映着围炉细细的火焰,我取出她的信来读。包里装的全是她寄给我的信件,睡觉前读一读信已经成了我旅途中的习惯。

围炉对面,瑞木拿着一本很旧的书在翻。

"你在读什么?"我问他。

听到我问,瑞木合上书,把书的封面给我看,书名是《人鼠之间》。

"是小说吗?"

"嗯,约翰·斯坦贝克[①]写的。"

"听说过。"

"肯定听说过,很有名的作家。你知道,我没好好上学,高中只上了半年,所以这些作家就是我的老师。如何说话、如何处事、如何看穿真假等等,我都是从小说里学到的。"

"这真很了不起,只不过……"我欲言又止。

---

① 约翰·斯坦贝克(John Steinbeck):美国小说家,获 1962 年诺贝尔文学奖。著有《愤怒的葡萄》《伊甸之东》等。

"怎么？"瑞木半搭不理地回答我，"所谓小说，实际上都是精心包装的谎言。"

"全都是胡编乱造。不过若用心去读的话，就能发现这些谎言之中隐藏着真实。这其实是很好的训练，有助于锻炼观察社会的眼光。"

"是吗？"

"可不是嘛！只有学会从谎言中看透真实，才能够知道那些所谓的真实其实有很多是胡说八道，这样才能成为一个事事精明、让人无机可乘的人。这些知识在学校里是学不到的。"

"确实如此。"我说，"学校不教这个。"

"对吧？这些人……"他把手中的书举了起来说，"读书读到屁股疼也学不到的精华，我就这么躺着就得到了，轻松得都有些感到不好意思了。"

语毕，他的目光停在我手里的信上，问我："那是什么？"

"是她给我的信。"

他哼了一声说："连恋人都称不上，吻都没吻过的那个她？"

"是的。"我回答。

"她长什么样？我还没问过这问题呢。"

我默默地从背包里取出照片绕过围炉递给他。

就是那张纪念在铁塔相遇而拍的照片。

"哎哟，"瑞木感叹，"真是个不错的姑娘，我要是十五岁，肯定会迷上她。"

"是吗？"

"我看女人很准的，如果有这样好的女孩在等我，爬也要爬过去！"

"是啊。"

"嗯,那肯定。"瑞木对我说,"咱们睡觉吧。"

"好的。"

"美美地睡一觉,明天还要走很长的路呢。"

"嗯,晚安。"

"晚安。"

第二天,日出之前,我们就早早收拾好了行装准备出发。老人给我们拿了很多大米和蔬菜,看起来他的腰伤基本上没什么大碍了。

老人一直把我们送到院门口,继而说:"祝你们平安到达!"满是皱纹的眼角看起来有些湿润,也许只是我的错觉,不过老人看起来确实显得有些孤寂。

"老爷子也要健康长寿啊!"瑞木和老人打了招呼,拍了拍我的肩膀说,"走了。"

当时没注意到,等我们走了几步回头看时,才发现老婆婆躲在老人背后,目送我俩远去。

从远处看,她仍像个小女孩,而老人则像个照看她的少年。虽然身上的穿着与那时不同,但两人所立之处就像是春日阳光照射之处一样,让人感觉明亮而温暖。

这一幕如此祥和,感觉像在做一个幸福的梦。

★

在那之后,我们就经常在铁塔下见面。

因为事先一次也没约过，所以都只能算是偶遇。

我一直祈祷这样的偶遇能时有发生，不仅在心里这么想，行动上也在不断努力。

我家是所谓的父与子组成的单亲家庭。母亲在我六岁时一病不起，很快便离世了，因此我的记忆中母亲的印象很模糊。虽然我无数次进行回忆，但是与母亲共处的记忆就像一张看了多次且磨损看不清的老照片一样，已经消失殆尽了。

父亲是一名修表匠。他在离家不远的一处旧公寓中设有一间工作室。每天，他都步行去上班，虽然收入微薄，但他发自内心地热爱这份工作，可谓沉迷于此不可自拔。

一旦开始工作，父亲每每废寝忘食，心无旁骛，因此常常工作到深夜。虽然做晚饭成了我的任务，但我几乎没有和他一起吃过晚饭。

傍晚时分，我都会悄悄溜出家门去街上闲逛。这是因为我一个人在家里看电视时总会忍不住哭泣，感觉内心很悲伤。

不过，一溜到夜色之中，那种感觉就会消失得无影无踪。

温柔的夜色，没有白天那刺眼的光线，黑夜仿佛柔软的棉被一样轻轻地包裹着我，给我以温暖。

我希望能这样和一个相爱的人长相守。

我决定把出门时间稍微提前一点，天没黑就向铁塔方向走去。以前我都是沿着高速公路旁的小道、公园墓地一般的住宅用地或者疗养院周围的松林漫步，这个地方并不常来。因为在那里不会遇到人，能够自由自在地放松心情。这时我会吹吹口哨、扔扔石子，或是坐在矮墙上唱唱歌。

在铁塔下遇到她的概率,最多每周一次。这是因为她平时既要上补习班,又要替母亲做家务,并不是每天都能来。

我每次遇到她,都会装作很吃惊的样子。

"遇到你好巧啊。"每次听到我这么说,她也是温柔地回应我:"是啊,确实很巧呢。"

"你在吊嗓子?"她问我。

"是的,我在练歌(我会不由自主地这样回答)。"

"Hol-Di-Ri-Di-A?"

"嗯,很难,约德尔唱法①。"

"我知道,我是绝对唱不来的。"她又问我,"你喜欢吗?"

"这首歌是我的回忆。"我答道,"我母亲喜欢,老早以前总听她唱,虽然她唱歌跑调,不过很开心。"

"啊,真好!有这样的回忆。"

"嗯。"

她的母亲以前是一名护士。这是我们两人在铁塔下第一次见面时她告诉我的。

原来如此啊!怪不得她那么擅长把脉。

那天的晚霞也很壮观,西方天际火红一片,甚至让人感觉不可思议。

我们俩并排坐在草地上,默默地望着天空出神。今天她也穿了网球短裙,两个柔软的膝盖被夕阳映得通红。

---

① 约德尔(Yodeling):源自瑞士阿尔卑斯山地区的一种特殊唱法。

"妈妈一直一个人在抚养我长大,直到一年前,她才终于结了婚。"她对我说。

"是吗?"

"嗯。"她点点头,表情并未显得快乐,"我妈妈是一名护士,那个人是妈妈的工作单位市立医院的医生。"

"这样啊。"我说,"那算是同事结婚。"

"嗯,差不多。"她继续说道,"这么一来,由于先生调到了这边的医院工作,所以我和妈妈也跟着来了。"

"先生?你这样称呼新爸爸?"

"先生就是先生嘛。"

我也想不出该说什么好,只好默默地点点头。

"爸爸的事我一点儿也不记得了。"

"为什么?"

"我记事的时候,他已经不在了。"

"怎么了?发生什么事了吗?"

"不知道。"她回答我,"我从未完完整整地问过妈妈这件事。"

"是吗?"我很吃惊,"是这样吗?"

"并不是所有的母女都无话不谈。妈妈自己不说,我也不好问。"

"你不想知道吗?"我问她。

她静静地摇摇头说:"我想也许我还是不知道为好。"

"为什么会这样想?"

"也许,"她说,"虽说是大人,但做的所有事情未必都是正确的。"

"嗯,大人也会干错事啊。"

"什么残忍的事、恶劣的事,他们都会干……"

记得有一次,她要把拍好的底片送去照相馆冲洗,于是我和洋幸陪她一起去。

那家店位于车站前的商店街上。暮色下的商店街,就像过节一样,人来人往,热闹非凡。闪烁的霓虹灯、耀眼的灯饰招牌、迎风摇摆的万国旗,以及林荫树上缠绕的红蓝色灯带,将整条街道变成了嘉年华表演的舞台。

洋幸十分兴奋,好几次想爬电线杆。我赶忙阻止他,结果他又开始大声唱歌,唱的是商店街的主题曲。

当时我想无所谓了,反正知道他很开心。在这一点上,我也和他一样。

陪着喜欢的女孩,带着亲密的朋友,三人一起逛暮霭中的商店街。整条街道仿佛移动的游乐场,光辉灿烂,充满了欢乐的音乐声,空气中还不时飘来香甜的味道。这一切令我的内心翻涌着一种想要跳舞的冲动。

"今天我请客!"洋幸带我们到咖啡店买了糖霜甜甜圈。

这家伙不知什么缘故,总是随身带好多钱。他说过午餐和晚餐都是他自己买着吃,所以手里有钱也并不奇怪。他的母亲平时不自己做饭。

虽然只见过几次,但在我的记忆里,洋幸的妈妈漂亮得令人感到吃惊。她看起来就像外国的女演员,华丽而妖艳(类似玛丽莲·梦露①、碧姬·芭铎②那些姓名首字母相同的演员),总是慵懒地抽着烟,一副全然不食人间烟火的模样,让人不禁怀疑洋幸究竟是不是她生的。

---

① 玛丽莲·梦露(Marilyn Monroe):美国女演员。
② 碧姬·芭铎(Brigitte Bardot):生于巴黎,法国演员、歌手。

我们三个一边吃着甜甜圈,一边站在电器店门口,眼睛盯着橱窗里的电视画面。

六台电视分别播放着不同的频道,不过都是在播新闻。那时正好是播新闻的时段。

其中一台电视正在播放某国内战的新闻,是一个失去了父母的孩子正在哭泣的画面。许多大人本来寿命就不长,却还要拼命地争来夺去。即便放任不管早晚也要去世,大家为什么就不能耐心地等一等呢?

身边两个"政治家"在激烈地争辩,看着此情此景,我感觉很丢人,真想对在看电视的他们两位说声对不起。

另外一台电视正在播放以老人为目标的诈骗集团的新闻。下面配图的是一个为了骗取保险金,企图将妻子连同游艇一齐凿沉的丈夫的特写。

大人们乱作一团,气愤异常,无法控制自己的欲望,可是他们对此却无能为力,只能徒劳挣扎。

当时的我认为,也许大人们是想通过伤害别人,从而缓和这种痛苦。因为不断膨胀的欲望,肯定就像肚子里发胀的气体一样,会令人痛苦不堪。

她一直盯着电视画面,随后说道:"这不温柔!"

"是啊,"我点点头,"是不温柔。"

站在她对面的洋幸也赞同道:"嗯,一点也不温柔。"

此后一段时间,"不温柔"这句话在我们三人之间成了口头禅。因为细细想来,这世上充斥着不温柔的事情。

听起来就像是在驱赶牲畜一样催促行人的汽车喇叭声;因为临时工店员的一些小失误就不依不饶、严加指责的中年男人;由于老人走得很慢而肆意冲撞却满脸若无其事的年轻人……

"这不温柔!"

"嗯,一点也不温柔。"

我常常思考,在她眼里,这个世界到底是什么样的。开始这趟旅行以来,很多人对我都很友好,我没被欺负过一次。即使跌倒,也总会有人向我伸出援手。我真想把这些事情都告诉她。

这个世界已经变得很温柔了,也许不久以后世界末日就会到来,不过与遭受虐待迎来末日相比,能这样结束不也很好吗?

洋幸总是说:"一定有什么地方弄错了。"

"一定是语言有问题。"他说,"这个世上给人造成伤害的词语太多了,如果把那些词语全去掉就好了。"

洋幸创造的语言里没有骂人的话。即使想骂人,也没有那样的词汇。假设在他的理想国里生活的话,坏人恐怕会深感困难。

她新爸爸的家人们也不温柔。

"先生是个好人,很喜欢妈妈。"

他比她的母亲小四岁,是第一次结婚。

"周围人都不看好这桩婚事,尤其是妈妈还带着我,所以有事没事他们就会指责我。先生的家人个个都很了不起,在这样一个家族中,也许只有先生自己是个怪人。"

"那可真够呛的。"

听到我的话,她点了点头,一脸落寞。

"我很喜欢这个地方。可能的话,我想一直住在这里。"

我很想给她一些鼓励,希望她在家里也能笑容满面。

"那自己该怎么做才好呢?"我在心里琢磨。

她喜欢云,尤其是火烧云。那就让她随时都能看到火烧云。想到这儿,我开始一点一点着手准备所需材料。

基础材料是万花筒。上小学的时候,绘画班曾经教过如何制作万花筒,从那之后我就彻底迷上了,还亲手做过好几个独具个性的作品。

我曾经把一只万花筒送给洋幸当礼物。

他兴奋得不得了,一直看了一个多小时,最后竟然感觉有点不舒服,甚至还呕吐了。

"我这叫万花筒醉。"他对我说。

我不知道世上竟还有这种说法。洋幸是个能把平常之事变成非常之事的天才。

制作万花筒还需传统和纸。我试着去附近文具店一打听,老板竟然愿意将质量上乘的和纸以近乎白送的低廉价格卖给我。镜片可以用手头剩下的几片,是以前在玻璃店买的。再有就是红色玻璃纸和小灯泡了,这些也都可以从学校附近的文具店买到。

工具的话,父亲的工作室里都有(除了修理钟表之外,父亲同时还制作一些小工艺品用来补贴家用,如灯罩、小型蒸汽玩具车、敲鼓小兵人偶、机关盒等等),可以拿来用。

经过多次试验,我发现通过让卷纸筒中插入的两张和纸和红色玻璃纸分别以相反的方向旋转,大体能够再现火烧云那种难以描述的变化。而且通过改变中心轴,能够得到数不清的扩展组合。这就是所谓钟表结构与万花筒的幸福结合。

我把这些材料装在一个10厘米见方的空点心盒子里,在上面开一个三角形观察孔,将带棱镜的万花筒装了进去。

我打开装在箱子侧面的小灯泡开关,用眼睛观察万花筒。旋转开关旁边的把手,奇异的景象就会在眼前缓缓不断地发生变化。

说老实话,观察到的景象与真的火烧云相距甚远,与其说是在观察火烧云,不如说是在观察一颗正在燃烧的巨大星球的表面。不过,看一会儿,我就觉得与观看真实的火烧云感觉相同,当然最重要的是感觉。因此,我决定把这个小礼物送给她。

由于不能把它带到学校去,于是我决定在铁塔下与她偶遇的时候送给她。我连续三天都带着万花筒去,终于见到了她。一见面她就问我:"你拿的是什么?"

"火烧云制造机。"我回答。

"火烧云?"她反问了一句,接着开心地问我,"真的吗?"

"真的哟,不信你看看!"

"可以吗?"她问我。

"当然了。"我回答。

我打开灯泡开关,将盒子抱到胸前,以方便她欣赏。

"是从这里看吗?"她指着万花筒的位置问我。

"是的。"我回答她。

她低下头,用手指撩开面前的头发,把眼睛贴在万花筒上。我轻轻地转动把手。

"哎!"她说道,"这是什么?"

她非常吃惊。

她的头顶就贴在我的眼前。浓密的黑发整整齐齐地从中间一分为二,正中间能看到一根细长的青筋。

过了一会儿,她抬起头看着我说:"真了不起!是吉泽你自己做的吗?"

"是的。"回答之后,我随即问她,"喜欢吗?"

她使劲儿点点头说:"我真的十分感动,心扑通扑通乱跳。"

"那就送你了!"

"真的?可是……"

"说实话,我本来就是为你做的,当然可以呀。"

"为我做的?"她捂着自己的胸口问我。

"嗯。虽然有点迟了,权当作为我们在铁塔下偶遇的纪念吧。"

听到我这么讲,她的脸一下就红了。我的心跳也不由自主地开始加速。

"谢谢。"她说,"我很开心。"

沉默了一会儿,她又问我:"哎,你知道吗?"

"嗯,什么?"

"跟吉泽在一起的时候,总是能看到漂亮的晚霞。"

"是吗?"

"嗯。你没注意到吗?"

"是的。"

"吉泽你就是晚霞男神。不是有'雨男'①吗?就是那种感觉。"

"让我想想,如果是真的就好了。"

她一只手举起万花筒,另一只手指了指西方的天际说:"你可要永远带给我最棒的晚霞呀。"

她眯着眼睛望着金黄色的天空,侧脸看起来特别美,那样的微

---

① 外出即下雨的男性。

笑要比世上一切宝石更加灿烂夺目。

如果这是真的就好了,我想要是自己是晚霞之神,就可以随时随地哄她开心。我这样的普通男孩给这个世界带来了如此这般令人陶醉的微笑,这是多么激动人心啊!我感动得简直不能自已。晚霞之神万岁!

接着我俩又像往常一样坐在草地上聊天。

我把自己制作万花筒的经过讲给她听,"都是我做的""使用了棱镜和透镜""对了,可以用两只眼睛观看""我曾经送给洋幸一个,他当时兴奋过头都吐了"。

她不禁笑出了声。她笑起来真可爱。怎么说呢,笑声听起来非常富有诗意,令人感到心旷神怡。

"我父亲是个钟表匠,"我对她说,"因此我从小就喜欢做东西玩。"

"听起来好有趣。"

"嗯,我是独生子,从小母亲就去世了,所以我一个人就特别爱这么玩。"

"你母亲不在了?"

"嗯,在我六岁时生病去世的。"

"那时你很难受吗?"

"可能吧。"我回答她,"记不太清楚了,也许是不想去回忆。我不喜欢悲伤。"

"嗯。"她温柔地对我说,"是的,我能理解。"

"快乐的事情我还能想起来。比如以前我们一家三口曾一起去河边野餐。"

"在那里都干了些什么?"

"什么都没干,只是一直在散步。我的家人很喜欢走路,一家人就像原始人,无论去哪儿都靠两条腿走路。我们在那儿吃了饭团、唱了歌,还吃了枇杷呢。"

"玩得好开心呀。"

"真的吗?"

"嗯,真的。"她又再次向我道了声谢谢,"我一定好好珍惜你送给我的礼物。"

我摇摇头对她说:"用不着那么珍惜。你要看个够,坏了我给你修。"

"知道啦,"她说,"我会看个够的。"

"好。"

"身边有个修理工,我就放心了。"

"好的,我一辈子给你保修哟!"

无意中的一句话,刚一出口,我立刻就感到很害臊,不好意思地低下了头。而她什么也没说。

"一辈子给你保修。"我也不明白自己为什么会这么说,感觉像是在求婚。

也许我在潜意识里期望和她白头偕老,一生相守。我这才明白,爱上一个人就是这种感觉。即使彻彻底底、完完全全地付出自己的一生,也毫不吝啬。

那天,我俩一直在铁塔下坐到天黑。我对她说了自己夜里散步的事情。她说让我再陪她坐会儿,反正回去也是一个人。

"今晚我母亲上夜班。"

"好辛苦啊。"

"嗯,真的是好辛苦。我母亲身体本来就不太好。"

"这样啊。"

"可不是吗,有时候患者都比母亲精神好。"

"那不是很奇怪吗?"

"是啊,不过母亲很喜欢这份工作。"

"跟我父亲一样。"我说,"我父亲也喜欢工作,达到了热爱的程度。"

"这么说来吉泽的父亲好幸福啊!"

"也并不都是这样,不过差不多能算得上幸福吧。"

"就这一点都很不得了呢。"她感叹道。

"嗯,也许是这样吧。"

太阳落山后,四周一片漆黑,天空中繁星闪烁。我俩坐的位置很适合观察星空,由于四周没有灯光,整个夜空显得无边无际,空旷得让人有些害怕。

蓝灰色的云在风的吹拂下飘过头顶,极目远眺,感觉自己宛如宇航员从太空俯视着无数的岛屿。而远处有无数的微小发光生物正在海底闪烁。

"夜空中的云看起来也很不错。"她对我说。

"嗯,我也这么觉得。"

"你以前不这样认为吗?"

"怎么说呢,我以前没怎么注意过,感觉光顾着低头看路了。"

"那以后也抬头望望天空吧。"

"嗯,我会的。我现在就在看。"

"天上和地下完全不一样吧?"

"不一样。"我回答道,"虽然是常识,但确实相差甚远。就好像地面虽然就近在咫尺,但给人的感觉却完全不同。"

她开始小声唱起歌来,好像是古老的民谣。

"你在唱什么歌?"我问她。

"你说什么?"她反问。

"你刚才唱的歌叫什么名字?"

"噢。"她告诉我,"是一首一个女孩子因思念远方恋人而哭泣的歌曲。"

"所以你要唱歌!"我说道。

她开玩笑似的摇了摇头,然后对我说道:"当然喽,我喜欢唱歌。"

"从没听你说过。"

"真的?"

"嗯,第一次听。"

"真是不可思议。"她对我说,"我感觉我们俩好像很久以前就认识了。"

这件事我们并未告诉其他人,因此对于我俩悄悄在校外约会一事同学们并不知情。她连自己的好朋友都没有告诉。不知不觉两人共度的那段时间就被披上了一层神圣的面纱。它仿佛是无色透明的纯净结晶一般,没有一丝杂质。

真正重要的东西,就是要好好地保存好,不能向任何人炫耀。

★

那天,我和瑞木走了好远。我们一路对照着地图,翻山越岭,翻过了好几道山梁。

我们从视野开阔的山坡上极目远眺东边的平原。

那里一片蓝色，它的对面应该是大海。

"真是蓝色的王国啊！"瑞木感叹道。

鸟群正从蓝色的大海上方飞过，还能看到遥远的平原上方恰有光线照射下来。不过从这么远的距离来看，仿佛只是些无关紧要的很常见的小状况。

我俩一边眺望着蓝色的冰冻世界，一边咀嚼着临上路时老人送的饭团。每个饭团里面都包着两颗酸得掉牙的梅干。

我脱下右脚的鞋袜，用指尖将大拇脚趾旁磨出的水泡挤破，然后贴上瑞木递过来的创可贴，换了双新袜子。

"没事吧？"瑞木问。

"没事。"我回答，"这点小伤，不算什么。"

嘴上虽这么说，但其实从昨天开始大腿内侧就不时在抽筋。这个情况我并没有告诉瑞木，一方面我不想成为他的累赘，另一方面，我也不希望因为自己而拖慢行进的进度。

短暂休息过后，我们再次踏上旅途。这一路基本上都是不怎么陡的下坡，我脚上的水泡已经不疼了。

★

初三是升学季，不过我却糊里糊涂地混到了冬天。因为我打算上附近的工业职高，分数线相当低，不用努力就能轻松地考上。

虽然老师一直强调要有更高的追求，可我却找不到努力的理由。我老早就打算像父亲那样学个手艺过一辈子。

而她却不一样，一直很困惑。

"虽然一直在用功,"她对我说,"可我还是很迷茫。"

"为什么?"

"我也许就不上高中了,直接就业。"

"怎么回事?"

"不想让母亲太累。"

"可是……"

"实际上都快支撑不住了。"

"支撑不住? 谁啊?"

"全家。"

"全家?"

"所有与这个问题有关联的人。"

"你说的'问题'是你母亲再婚这件事吗?"

"嗯。"她轻轻地点点头,"先生很可怜,母亲也很苦闷。"

"没有朋友支持他们吗?"

"一个也没有。"她继续说道,"全都是些冷酷的人,他们是不是认为对别人好会受到惩罚?"

"他们条件那么好,却……"

"可不是嘛。"她说。

此时的我尚且无法理解她的未来会如何。我还只是个孩子,不仅幼稚得可笑,而且完全不懂世事(也许现在也是这样),所以完全想象不到人与人之间到底会冷酷、刻薄到什么程度。

有时候我会想,如果当时我懂了,说不定会产生什么变化。也许我俩的命运会因此而改变。

不过,也许结局也没什么不同。不只是我,基本上所有的孩子在这种事情上一般都没什么发言权,只能默默承受。不管什么时候,在大人之间的争斗中,牺牲的只会是孩子。

有聚则有散,没想到与洋幸的诀别先到来了。
"我不上学了。"他告诉我。
"不上了?这可是义务教育啊,不是自己能决定得了的。"
"有什么不可以,我说不上就不上了。"
"为什么会这么想呢?"
"学校不是我该待的地方。也许学校也这么认为,并不希望我待在这里。因此我走对双方都好。"
"那你辍学后干什么?"
"先找找看,"他回答我,"找一个我愿意待、那儿也希望我留下的地方。我肯定能找到。"
"那你是要离开城镇吗?"
"嗯,要走的。"
"我会想你的。"
"我也会想你的,不过,这也是没办法的事。"

洋幸的父亲是大学教授,据说在心理学这一领域非常有名。洋幸的哥哥也才华出众得让人嫉妒,大家都说他最像父亲,而洋幸则更像母亲。洋幸的母亲是位"离经叛道"的人,行为举止就像一名演员。

连中学都没读完的洋幸,被大人们称之为"差生",可我对此并不认同。他并没有被社会淘汰,只是由于天生叛逆。本来就游离于社会组织之外的人又何谈被淘汰?

有时候我不禁想问这个社会,用自己的标准评价别人是你们的自由,但是你们之中又有谁能真正理解我们呢?

洋幸曾经跟我讲过他父母的事情。

一起上绘画班的时候,我们下课后总是习惯性地一起跑到铁塔附近玩,如果运气好的话还能碰到她。这时我们三个人就坐在河边聊天。

他把他父母的事告诉我们,是在他为失眠而苦恼的时候。那时的洋幸一直显得特别疲倦。

"睡觉的时候……"洋幸告诉我们,"就感觉大脑里什么地方有个开关被打开,随之意识会迅速往下沉,就好像在斜置的玻璃上流淌的油一样。下方一片黑暗,但如果意识要是能够沉到下面,整个人就能睡着了……"

"是吗?"她问洋幸。

"嗯。"洋幸反问,"你们不是这样吗?"

"我和你不一样。"她说,"我是在黑暗中紧闭双眼静静等待,或早或晚睡意就会来袭。"

因为基本上和我差不多,所以我也在旁边点点头。

"是吗?"洋幸有点怀疑,但紧接着就说,"通常来说,肯定是那样的。不过,不知从什么时候开始,如果我不主动让自己的意识沉入深渊,就很难睡着。"

"开关?"她问洋幸。

"是的,"洋幸回答,"是睡眠开关。用左手食指使劲按,按五分钟到十分钟。"

"开关的位置每晚都不同吗?"她问洋幸。

"是的,"洋幸点点头说,"会变化,不过很快就能找到,有时是这边,有时在那边,搞不好试几十个地方都不对。"

"太辛苦了吧。"

"嗯,是很辛苦。一晚上到处按来按去,手指头都按疼了。那感觉就像愚蠢的挖井工一样盲目瞎挖却找不到水。最后弄得我一点睡意都没有了。"

"我懂了。"她说,"你把你的头枕在这里。"

说着她拍拍自己伸向草地的腿。

"啊?"洋幸疑惑地问,"我怎么做?"

"挖井啊。"她说,"我觉得自己能做到。"

"真的假的?"洋幸一边表示怀疑,一边顺从地按她说的那样做。他把满是卷发的脑袋枕在她的大腿上。

"好了。"她对他说。

洋幸忍不住扑哧一下笑出声来。

"怎么了?"她问他。

"没,没什么。"洋幸忍住笑,"请继续。"

她把细长的手指伸进洋幸鸟窝一样的卷发丛中,让他仰面平躺,还要他把注意力集中在她的手指动作上。她感到我在看她,冲我莞尔一笑。

河面不时有鱼跃出水面,傍晚的气氛和谐而平静。我们坐的位置旁边就是一个小木屋造型的水泵房,前面是一片芦苇地。周围不时传来不知名的虫子啾啾的叫声,有时还会有白鹭仿佛滑翔机一般掠过水面。

"找到了!"她突然叫了起来,"是这里吧?"

"嗯,"洋幸回答,"可能是这里。"

"为什么?"洋幸问她,"你怎么知道的?"

"我是护士的女儿啊!这种事当然擅长了。"

虽然我不认为寻找睡眠开关是护士的工作,但还是大概理解了她话中的意思。

"放松,"她对洋幸说,"就这样睡一会儿。"

"嗯。"洋幸就在这似睡非睡的状态下,把他父母的事告诉了我们。

"最近我父母老吵架……"

"是这个原因吗?"我轻声问道。

"嗯。"洋幸回答,"我堵上耳朵也能听得到。父亲瞧不起母亲。母亲只上过初中,读书不行,字也写得差,可我并不觉得母亲笨。虽然她什么都不知道,但她一眼就能看穿是怎么回事,那能力真是让人感到可怕。"

"她跟你父亲是怎么认识的?"她问洋幸。

"父亲上大学时迷恋上母亲,父亲说他喜欢母亲那种气质。母亲在阶梯教室里画画,在食堂吃饭,有时还在走廊里睡午觉。这些都被当讲师的父亲看在眼里。因为母亲是所有女生中最漂亮的一个,我猜父亲肯定是一见钟情。"

"那为什么现在会这样?"

"嗯,怎么说呢?可以确定的是父亲在和别的女学生交往。不只是这一次,而是有好多次。我觉得他就是有病。虽然他想刻意隐瞒,可太容易被看穿了,真是个蠢家伙。母亲肯定也早就知道了,只不过不想揭穿他而已……"

"那为什么吵架呢?"

"因为我,我的今天、明天,以及遥远的未来……"

他打了个哈欠,用梦呓般的语调说道:"所以呢,我特别痛苦,受不了。"

说着说着洋幸真的睡熟了,叫也叫不醒(鼾声就像小鸟在鸣叫)。没办法,我只好背着他把他送回家。洋幸睡着的表情非常安静,仿佛在做什么美梦。

从那以后,洋幸再也没有向我们抱怨过失眠。

洋幸真正辍学(他自己说的)之前,好像曾经进行过一次准备练习,他一个人搭车跑到很远的地方去旅行。这件事给他带来了自信,一周后他终于决定辍学了。

进入寒风凛冽的十二月份,我和她还有洋幸三个人聚在铁塔下,进行最后的告别。

"这是礼物。"洋幸说着给了我和她一人一块漂亮的石头,送给我的是蓝色,送给她的是红色。

"我去了最南方某个不知名的小岛。白色的沙滩上只摆有这两块石头,好像是有人特意这样放的。我在周围找了一圈,也没看到其他人在那儿。"

"你说有人,究竟指的是谁?"她急切地想要知道。

"我不知道。"洋幸回答,"可能是个神仙一样的人物。"

"拄着拐杖,长着白胡须?"

"嗯,差不多吧。"

"谢谢。"她说,"真漂亮啊,简直就跟宝石一样。"

"你是要去那个岛吗?"我问他。

"也许吧。"洋幸点点头,"我舅舅住在那里,是我母亲的哥哥。他是个大怪人,完全不合群,不过不知道为什么就是和我很合得来。"

"肯定是这样,我能明白。"

"嗯,所以我在那儿很开心。对我来说,到更多的地方去旅行才是我想要的生活。"

"怎么筹钱呢?"

"我可以画画,画肖像画或者画风景画。而且我还有过目不忘的本事啊,大家都会佩服我,会给我很多钱。"

"真了不起!"

"是吗?"

"是的,"我说,"我就不会。"

"不过也只能这么干了。"洋幸说,"我已经在这里待不下去了。"

"这样啊。"

"跟你们在一起很开心。"洋幸说,"谢谢你一直以来的陪伴!"

"嗯。"

洋幸又对她说:"能认识白河也很开心。虽然时间不长,可是却给我留下了一辈子也忘不了的回忆。"

"我也是。"她回答道。

然后,洋幸朝我伸出了双手道:"握个手吧!"

"嗯。"我也伸出双手。他紧紧地握住我的手,他的手很温暖。

"虽然世道艰难,"洋幸坚定地说,"可是我绝不会输!"

"嗯,一定会成功的。"

"我的人生我做主,我要努力过好自己的人生!"

"所以呢,"洋幸对我说道,"小优你也要一样啊。"

"嗯,知道了,我也会努力的!"

"我们拉钩。"

"好!"

"我也一样。"白河也伸手握住我和洋幸的手,"我也会努力过好自己的人生!"

"是啊,"洋幸说,"我们永远都是好朋友。一定有精彩的人生等着我们。"

好久才放开紧握的手,洋幸道了声"再见"就转身离去,再也没有回头。

望着面朝夕阳大步前行的洋幸的背影,我觉得他的步伐铿锵有力,身体也不再像以前那样朝前倾斜。

她哭了起来。虽然我想劝劝她,可自己也要十分努力才能忍住不让眼泪流下来。最终我什么也没说。

我们一直目送洋幸走远,直到他那单薄的身影彻底消失。

从此以后洋幸就音讯全无了,也不知道他现在身在何处,在做什么,也根本没有办法知道这些(洋幸的家很快也不知搬到哪里去了)。

因为他天生爱冒险,所以我一直有些担心。

他会不会以为自己是只鸟,就莫名其妙地从高处往下跳?会不会从树上往拖车货柜上跳而把脚给扭伤?抑或做噩梦时会不会把被子尿湿?如此等等,不一而足。

反之,我还强烈地认为,如果是他的话,肯定没问题。我曾经对她说过:"即使整个世界毁灭,洋幸也能一个人活得好好的。"

洋幸很坚强,这可能和他的大方有关。一个不拘泥于得失的人,本身就已经足够坚强。

更何况这个世界还亏欠着洋幸。她曾经说过:"人至少在童年时期,应该绝对无条件地幸福!"可洋幸却没有享受到这种绝对无条件的幸福。他一开口就被大人们否定和指责,在原本应该茁壮成长的关键时刻却受到持续不断的打压(也许是因为如此才导致他走路时身体都朝前倾)。

我觉得洋幸应该会得到足够的补偿,因此,即使稍微冒冒险也应该能够化险为夷,一定有谁会保护他的(不过,一直到很久以后,我才知道实际上并非如此)。

洋幸离开三周之后,白河也离开了。突如其来的离别,丝毫不考虑我们的感受,突然得让人难以置信。

我想她自己可能也不知情,因为父母并不会把自己的一切都告诉孩子。越是重要的事,他们越是极力隐藏,因此坏事往往都是突如其来的。

也许只是算错了时间,可能她觉得自己至少还能在镇上待到毕业,然而现实却把她的想法击得粉碎。

十二月的某一天,学校召集大家拍摄毕业照。

大家把桌子、椅子从教室搬出来,在操场上搭建起了一个临时的观礼台。正式拍摄前,班主任要求大家整理着装。同学们纷纷梳理头发、相互检查衣扣,我也吸吸鼻子,舔舔嘴唇,让自己看起来更像样一些(平时的我对于自己的仪表并不十分注意)。

这时她悄悄溜过来,温柔地用小梳子帮我把睡得乱蓬蓬的头发梳好,并替我系好领子上的扣子,末了还用手轻轻拂了拂我的衣肩。

她今天没戴眼镜,头发也不知何时长长了。

班上的同学们盯着我们俩,那一道道目光仿佛千百颗石子一样,撞击在我的脸上、身上。一树的目光就像俄罗斯人所使用的双刃刀,锋利的刃尖深深地刺入我的太阳穴。那目光简直是肆无忌惮。

她却对此毫不在意,笑着对我说:"这样就没问题了。"

"嗯。"我对她说,"谢谢你。"

集体合影拍摄完毕后,大家围在旧校舍前的草坪上,拍一些比较随意的照片。由于草坪往校舍一侧倾斜,所以正好用作照相用的台子。

由于没有摄影师在旁指导,大家就各自找自己喜欢的位置站好,而我还是像刚才一样站在最后。我从小个子就比较高,习惯了站在后排。就在此时,她走了过来,静静地和我肩并肩站在一起。

我感觉今天的她跟平时不同,所作所为异于往常,眼睛也比往常要湿润得多。

"你没事吧?"我问她,"站在这里能拍到吗?"

"没关系的。"她踮起了脚尖,"你看!"

"嗯,很好。"

我和她身体之间留有窄窄的一条缝,可在拍照的最后一刹那,她悄悄地靠了过来,此时两人的胳膊紧紧地贴在了一起。我的口袋里放着洋幸送我的蓝色石头。我知道她的口袋里同样也放着那块红色的石头。

我想象着这两块石头像具有强磁性的磁铁般紧紧吸附在一起。也许原本它们就是一块石头,所以才会吸得那么紧。

照片拍好后,她长出了一口气,把踮起的脚跟放下了。

"不知为什么,"她说,"刚才感觉好紧张。"

"是啊,确实好紧张。"我一边回答,一边悄悄地紧握口袋里的石头。

那张照片就贴在毕业相册的正中间。因为从照片上看不出她当时踮着脚尖,所以她的个头看起来要比实际高好多。站在我身旁的她,看起来神清气爽,胖瘦相宜。

她的头稍稍向我这边倾斜,目光不是平视前方的镜头,而是微微斜向上看着我。而我则正好相反,斜向下俯视着她,两个人的视线交织在一起。看起来仿佛并不是在相互对视,而是一同在凝视着什么,就像那儿有一束美丽的光线。

这一幕让人感到无比幸福,但想到其后的离别,这一幕却又让人感到无比心酸。

我们俩只懂得用异常麻烦的方法来表情达意,比如词不达意地绕着弯对话,或者像发暗号似的用姿势表达秘密,表达感情的方式可谓委婉至极。

一旦注意到对方的好意,我们俩就会不约而同地选择逃避。即使被当面告白,估计我俩也会装作没有听见吧。

像我们这种人,恋爱成功很难,生儿育女更是难上加难。在这个即将走向尽头的世界,我们只是一群晚熟的人。

因此,拍照时她已经在尽自己最大的努力来表达爱意,但却未能得到我的正面回应,之后我们两个人就分开了。我总是给自己找理由:如果再有三个月的时间我会如何如何。不过仔细想想,即使真的给我三个月,我会把心中所想付诸行动吗?我想对我来说那恐怕也是相当困难的。

第二学期期末典礼那天,她没来上学。期末典礼前一天也没看出她有什么异常,这实在太出乎我的意料了。因为心里烦得要命,在体育馆里举行的典礼一结束,我教室都没回,就直接出了校门。

因为不知道她家在哪儿,我就朝铁塔方向走去。我心里明白,即使去了也一定见不到她。不过只有这个地方才有极小的可能性再次见到她。

那天异常寒冷,空中低垂着厚重的乌云,强劲的北风吹得电线剧烈摇晃,发出凄厉的呼啸。我没戴手套,走在路上只好缩成一团,把手夹到腋下取暖。

心脏"咚咚"地跳个不停,让我怀疑自己是不是得了什么不治之症,腿也冻得直哆嗦,只有头顶上热气升腾。

她并没有出现在铁塔之下,但我并未放弃,就在那里一直等着,因为我觉得她可能会来。

为了御寒,我围着铁塔跑步取暖,往冻僵的手指上哈热气,使劲摩擦冰冷的脸颊。我跑一会儿就停下来四处张望,然后再继续跑。

跑着跑着,我注意到之前我俩拍照片时放置相机的灰色箱子上放着什么东西。走近一看,原来是一个白色信封,上面压着一块鸡蛋大小的石头。

我认识这种信封,上面有漂亮的压花装饰。

我的心猛地跳了一下,伴随着一阵疼痛。我挪开石头,拿起信封。信封里面放着一张信笺,是她写给我的信。

  对不起,突然不辞而别。母亲遇到了一件非常难堪的事,具体是什么事她不肯告诉我,反正母亲就是那么说的。目前我们还没定下去处。母亲说即使定下去处,也不能告诉任何人,她怕先生追过来。因为先生就是那样一个人。不过母亲认为那对先生不好,所以……

虽说我们相处的时间不长,但是我很快乐。我由衷地觉得能认识吉泽是我的幸运。虽然希望能一起待到毕业,但这个愿望看来是无法实现了。

我们俩一起观赏晚霞,和洋幸三个人一起逛站前夜市,以前的回忆都像梦境一般美好。我真希望这样的日子能够永远持续下去。

感谢你为我做的一切。你送我的万花筒我会好好珍藏。虽然要离开了,但我会一直为吉泽祈祷幸福。

再见。

要是某一天又在某个地方邂逅该多好……

雪乃

P.S.:一定要努力活下去!因为我们要永远在一起!

我和她之间没有任何约定,也没来得及约定。这就是我俩的故事。

"要是某一天又在某个地方……"她说出这句话也是尽自己最大努力了。

我喜欢她的含蓄,喜欢她专注看晚霞的侧脸。在我的记忆里,她是那个把眼睛眯成一条缝,长长的睫毛映着霞光,永远在专心凝望世界的女孩。

我也一直在诚心诚意、发自内心地为她祈福。

这也许是此时的我唯一能为她做的事情。

★

"说实话,由于心里话没能说出来而错失良机的又何止你一个?"瑞木听了我和她的故事后如此评价。

"什么意思?"

"也就是说,我也和你同病相怜。"

"瑞木也是这样吗?"

"嗯,我的问题可能就是矫情。"

"是吗?"

"嗯,是的。"

"最后的那通电话,"瑞木回忆道,"实际上不是为了要钱。"

"那到底是怎么回事?"

"那家伙要过生日了,我给她买了条项链。"

"项链?"

"嗯,那时候刚开始存了一点钱。因为之前和她分手的时候觉得有些对不起她,一直放心不下,借着道歉我就想打肿脸充一回胖子。"

"这么说,实际上是为此才打的电话?"

"嗯,是的。就像两国恢复外交关系前举行的和解照会。"

他从夹克口袋里取出一个小盒子递到我手上,说道:"你看,就是这个,虽然谈不上高档。"

那是一个天鹅绒质感的酒红色盒子。翻开盖子,一条时尚雅致的项链静静地躺在里面,坠子是一颗精致的蓝宝石。

"好漂亮呀!"我不禁惊叹。

"是吗?"

我把盒子还给瑞木。他把东西放在夹克口袋后对我说:"那家伙喜欢蓝色。"

"奇怪。"我说,"女孩子喜欢蓝色,这很少见啊!"

"是吗?"

"我也不太清楚。"我实话实说。

"小时候,我在节日的夜市上曾经给她买过发卡。因为女的都喜欢红色和粉色,所以这种颜色早就卖光了,只剩下蓝色的了。我问她买不买时,她说这个就行。我问她喜不喜欢蓝色时,她说喜欢。这是我第一次听她这么说。以前都是红外套配红皮鞋和红色发卡。但是,既然她都这么说了,我就给她买了那枚蓝色发卡。"

"她很高兴吧?"

"乐疯了。"瑞木说,"走到哪儿都戴着,甚至毫不在意自己多大年纪,每次跟我出去都会戴。有时我问她这么做是不是在讽刺我,她也只是笑嘻嘻地说完全没有这个意思,只是因为心里高兴。"

"真是个掉价的女人。"瑞木说,"就像一条给块面包屑就会跟着走的小狗。所以,这次我原本也是打算这么干的……"

瑞木耸耸肩,又轻轻摇了摇头说:"看到愚蠢的我这么干,我想她一定会大吃一惊,说不定还会感动得泪流满面呢。"

"不过,你那招没有成功吧?"

"嗯,错就错在不该跟她谈生意上的事。我本想告诉她自己手头宽裕了,已不再是以前那个穷光蛋了。可她非但不感到开心,还一个劲儿地替我担心。'你没事吧？是不是做生意失败了又向别人借钱了？是不是被谁给骗了？'这个那个说了一大堆。这让我感觉碰了一鼻子灰，我努力想让她理解，可她根本听不进去。或许是因为以前发生过好几次类似的情况，她可能认为我又开始胡闹了。"

他抬头望了一眼黑云笼罩的天空，咂了咂嘴继续说道："没办法，反正就是那种感觉。最后我跟她说，要不你把你的钱都交给我保管，我包你稳赚十倍。这些话彻底把她给惹毛了。"

"你也真能干得出来！"

"嗯，她一下子就哭了。她带着哭腔说自己存的钱不是用在那种事上的。我就反问她要用在什么上面。她说是结婚的本钱。我随口就回了句：'那恭喜你了，结婚对象家是哪儿的？叫什么名字？'结果那头沉默了，是那种静得可怕的沉默。过了一会儿，她用特别凄惨的腔调告诉我是我不认识的人。说完就把电话挂了。争吵的过程还像以前一样，反正就是那种感觉，我特别擅长惹她发火。"

"真是要命的性格！"

"是啊，连我自己都受不了了。我有时甚至会想这是我吗？"

"对咱们这种人来说……"我总结道，"这也许是最后的机会了。"

"是的。"瑞木激动地说，"反正已经一无所有了，所以我们这次得玩真的了。我们已经完全清楚对自己来说什么才是最重要的，往后再遇到这种情况，绝不能再错失良机了，否则咱俩就是笨蛋。"

村子里连个人影都没有，平日里常见的野猫也不知所踪。狂风卷起地上的尘土,尘土漫天飞舞,连杆子上的电线也被刮弯了,发出刺耳的声音。此情此景,宛如世界末日。这与人们喜欢描写的那种夸张、震撼的末日场景(《启示录》中描写的那种钟鼓齐鸣)不同,显得平凡而寂静(就像猫或鲸鱼死亡),简直就是一种衰微式的死亡。

就好像派对结束或者商场打烊时突然产生的那种凄冷的景象。不知哪里传来的散场音乐,无情地催促我们所有人走到出口。虽然谈不上什么威慑,但无人反抗,简直就像哈默尔恩的吹笛人①所演奏的旋律。在一个戴着奇怪帽子的男人的操控下,这个星球的居民都被带去另一个世界了。

我们一个个就像被节日夜晚的喧嚣煽动着不停购物的小孩子一样,从不知什么叫满足。也许这种热闹与沉默之间有着某种神秘的关联。

本应珍惜使用的时间,被我们毫不在意地挥霍在无穷无尽的欲望之中并逐渐枯竭(我们盲目地认为时间要比石油、铁矿石等资源丰富得多,取之不尽,用之不竭)。

或许洋幸梦中听到的旋律,就是催促闹哄哄的人们到出口的散场乐曲。

无论如何,现在已经无可挽回。不久之后,这个星球上的所有语言都会消失。

整个星球会完全陷入沉寂,无论昔日多么繁华,也不会留下一丝记忆。

---

①哈默尔恩的吹笛人源自格林童话《花衣魔笛手》。

★

　　出人意料的是,她口中的先生竟然来找我了。他好像是在无计可施后,把我当成了最后的希望。

　　先生跟我之前想象的基本上一样,诚实而有礼貌,人好得就连我都能欺负他。

　　我觉得他是个不通人情世故的公子哥儿。

　　这样的人看起来一般都会比实际年龄年轻很多,仿佛还是青年。

　　他把富有光泽的头发梳理得整整齐齐,戴着镀金眼镜,看起来像是一位饰演有才华的医生的标准演员。

　　"能找的地方我都找遍了,"他说,"包括她的故乡和以前工作的公司。"

　　我"嗯"了一声。

　　我和先生在初中的校门外交谈着。放学回家的学生从旁经过时一个个都盯着我俩看。

　　"最后我能想到的,就只有你了,你有没有听到过什么?"

　　"对不起,"我告诉他,"我也不知道。"

　　"嗯。"先生说,"我觉得你大概也不知道。"

　　"是的。"我说。

　　"不过,实际上你应该还是知道点什么的吧,比如暗示之类的?雪乃应该跟你透露过什么吧?"

　　我用力摇摇头:"真的什么都不知道。"

　　"是她让你这么回答的吗?"

　　先生很烦人。我觉得他应该非常喜欢雪乃的母亲。这个人给我的感觉还不错,他心目中的女神和我心目中的女神肯定一样。

因此,最终我还是选择帮助他。

"明白了。"我对他说。

听到我这句话,先生的表情一下子明亮起来了,仿佛在期待着我接下来的话,但我还是遗憾地再次对他说道:"对不起。"

"请看这个。"说着,我取出了她留给我的信,原本我不打算给任何人看,但这个人比较特殊。

"嗯,请不要看到最后。"我对他说,"你只看开头部分就可以了,后面的内容跟您没有什么关系。"

"好。"他虽然口头答应着,但好像没有听到我说的话似的,眼神专注得不愿放过任何一个字。看着看着,他的脸上逐渐浮现出悲伤的神情。

没过多久,他抬起头来看着我,眼睛里噙满了泪水。

"对不起。"先生说,"看来你说的是真的。"

"是的,我真的不知道她们在哪里。"

"我们俩都被抛弃了。"

"嗯,是的。"

"到底该怎么办呢?"先生问道。在我听来,感觉他应该是在自言自语,就像人在走投无路时发出的深深的叹息。

"您说怎么办呢?"我也反问他。

"也许只能继续等下去了。"他自言自语地说道,"也许现在还不是时候。发生了很多事,而我却没能保护好她,我很后悔。为什么当时我就没有多听听她的想法呢?"

"什么'为什么'?"

"什么?"

"为什么没听她的想法呢？"

"因为……"

"因为什么呢？"

"因为太忙了。我不得不适应新的工作环境,比如新的人际关系、同事之间的钩心斗角,诸如此类的很多事情。"

"那就没办法喽。"

先生盯着我的眼睛,而我则微笑着点点头。

"确实如此。"他继续说道,"刚才说的都是借口,不过也请让我把借口说完吧。她什么都自己扛着,牢骚也不发,全都闷在心里。想从她嘴里了解到她的真实想法,是一件非常费神的事情。"

"嗯,大体上明白。"

"是吗？谢谢！"他又说,"另外,我为了保护她就不得不和自己的家人进行斗争。我讨厌那样做。"

"先生是个和平主义者？"

他笑了,笑得像个孩子一样。

"不错,"他说,"我是个和平主义者,所以我觉得医生这个职业很适合我。我这种人当不了战士,但是很擅长替别人疗伤。"

"是的。"

"哎,再怎么说也是自己的父母、兄弟,我当然不愿意和他们闹。虽然他们一味庸俗地追求虚荣,可对此我也完全能够理解。所以与他们面对面进行斗争对我来说非常困难。"

"先生一定是个听话的孩子。"

"嗯,是的,乖得不得了,从未想过要和父母唱反调。成绩册上永远都是五分,每次到新的班上都会被任命为年级代表。"

"话虽如此,可那是个辛苦的工作吧？反正对我这种人来说是无法想象的。"

"嗯。"先生点点头说,"行了行了,大家能自由快乐地活着就行。这种无聊的工作交给我这种人就好了。即便想放纵,我也不知道该怎么堕落。"

不知不觉间,我和先生之间竟然产生了某种奇妙的友谊。此后我们也时常碰头互通情报,其实就是把自己一无所获的实情告知对方而已。

无论从哪个方面来看,先生与洋幸都是截然相反的两种人。先生恪守规则(即便是不合理的规则),尊重秩序,看重人与人之间的和睦相处,从来不做没把握的事,谨言慎行(与此相对,洋幸则只按自己的规矩行事,缺乏秩序的概念,我甚至怀疑他是否注意到周围的人。洋幸以他那特有的突发、冲动、不正常的行为搅乱了我的生活,同时也给我带来了快乐)。

从这一意义上来说,我和先生之间的交流并不是非常无聊。先生不但有自知之明,而且也完全知道这个世界上有各种不同的人存在,以及人与人之间存在很大差异。这种人可谓非常罕见,相当了不得。

"没办法啊,"先生对我说,"世界的混乱,也正缘于此。"

"是吗?"

"是的。也就是说,这个世界就像一座巴比伦塔。大家都只用自己的语言说话,然而谁都没有注意到这一点,都自以为语言相通。"

"这就是所谓的自以为是?"

"嗯,差不多吧,就是这种感觉。"先生解释说他与雪乃母亲之间的关系也是这样。

"自以为理解了,可实际上自己什么都不懂。我没能将心比心地去感受她所承受的痛苦。"

"可如果没有心灵感应根本不可能知道啊?"

"也许吧。"先生说,"我们是一种有缺陷的生物啊。"

"因此,才无法变得温柔起来?"

"嗯,所以战争才不会消失,歧视与贫困也无法消灭。"

我们每次见面,都会聊诸如此类的话题,直到三年后先生去了外地一家新的工作单位。据说这是一家位于遥远南方的医院。

先生告诉我:"在家人开办的医院工作有很多是非,而他暂时只想当个普普通通的聘任医师。"

在启程赶赴新的工作岗位的那天早晨,先生专程开车来父亲的工作室找我,我们俩在公寓的玄关站着聊了一会儿。

"我把我的联系方式告诉你,你有什么消息的话记得通知我一声。"先生对我说道。

迄今为止,她俩依然杳无音讯。

"虽然也曾想过借助信用调查所来调查,"他说,"但是仔细一想觉得不行,因为这样做总感觉就像是伊索寓言《北风和太阳》中的北风一样,这种试图强行扒光对方衣服的行为,不符合我的风格。"

"那你还是选择等待?"

"目前暂时是这样,也许时间会告诉我要怎么做。"

"那段日子我特别开心。"先生感慨道,"与她们一起生活的日子虽然短暂,但是内心非常充实,让我感觉这才叫活着。"

"这么说,你以前没有过这种感觉?"

"可能是吧。"他回答我,"之前我从未思考过人生的意义,只是一味为了解决眼前的课题而奔波。"

"你很吃惊吧?"先生瞪圆眼睛摇摇头说,"那段时间竟然是我一生中最开心的时刻。"

说完先生就头也不回地离开了。

大家一个个都从我身边消失了,我不由得感到城镇比以前寂寥了。

★

穿过村子之后又走了很长一段路,我和瑞木遇到了坐在路旁休息的一家三口。

这是一片庄稼地中间的十字路口,旁边有古老的坟冢和一座小庙,庙里供奉着地藏王菩萨。

这对夫妻三十五六岁的模样,带着一个不到十岁的小女孩。夫妇两人体形都偏瘦,显得有些病恹恹的,女方更明显一些。她背靠着墓基坐在草地上,正一个劲儿地揉着自己的太阳穴。小女孩则蹲在旁边用蜡石样的东西在路面上画着什么。

男子坐在距离母女不远的地方抽烟。

"你好!"瑞木同他打了声招呼。

"你好!"男子回答了一声,瘦削的脸庞上稀稀疏疏地长着一些胡楂。母女俩听到招呼声,朝这边瞅了一眼,又立刻沉浸在自己的世界中,仿佛对我们这两个陌生人没什么兴趣。

"你们要去哪儿?"瑞木问道。

男子说了一个城镇的名字,那是个距此不远的地方。

"你们呢?"男子问我们。

我俩也把各自要去的地方告诉了他。

男子望着我说:"你要去的地方很远啊。"

"是的,但是必须去。"

"可想而知。"他点点头,"我们也是为了这个原因,才一路步行到这里。"

"啊!"

"是去妻子的老家。"他回答,"因为她无论如何都想回去。"

"您岳父、岳母还健在吗?"

他摇了摇头说道:"人早就去世了。妻子从小在那里长大,那里有她无数的回忆。父母、周围的亲朋,乃至城镇本身都守护过她。她在那里度过了一段幸福时光。思乡可是一种强烈的感情,我无论如何也要满足她这个愿望。"

"能平安到达就好。"

"嗯,彼此彼此。"说完这句话,男子开始用瘦骨嶙峋的手挠着自己胡子拉碴的面颊。

我们也在这里稍事休息了一会儿。

坐在沥青地面上,我脱下鞋子,检查脚上的水泡。水泡虽然看起来相当吓人,不过并不影响走路,脚疼也还可以忍受。我用手掌用力揉着酸痛僵硬的腿肚子,按摩要是偷懒的话,腿就会很容易抽筋。

瑞木从男子那里要了根烟,开始满脸幸福地吞云吐雾。

"已经五天没抽了,"瑞木提起话头,"真受不了了。"

"你们从哪条路来的?"男子问他。

瑞木一一列举了路上经过的城镇名称,给他讲了下之前的路线。最后的三天是跟我一起走的。

"遇到过人吗?"

"开始时能遇到。"瑞木告诉他,"走着走着就少了,今天就只遇到你们。"

男子讲的也与此差不多。他们一家开始这趟旅行已经七天了,遇到的人逐日减少,而与此相反,看到蓝色土地的次数则在不断增加。

男子讲了刚开始旅行时遇到的一件事。

"我们在一个地方碰到很多人,那是个人口有一两万的城镇。当时国道旁的一家超市里人山人海。我们过去一看,原来是老板在免费发放店里的商品,有水、食品,还有婴儿纸尿裤等等。排队的人当中有当地人,也有像我们这样的路人。这简直就像沙漠中的一片绿洲。"

他眯起眼睛望着天空,自言自语般地点了点头。

"不可思议的是……"他回忆说,"怎么说呢,当时那种气氛,是那么庄严肃穆。"

"庄严肃穆?"瑞木问道。

"嗯,只能这么描述,要不怎么说呢? 就像举行宗教仪式似的,反正就是那种感觉。"

"噢。"瑞木点点头说,"后来呢?"

"后来,对了,当时那家普通的超市给我的感觉简直就像是某个圣地建造的大教堂一样……"男人回答。

"哇!"瑞木不由发出感叹。

"你能明白吗?"男子问,"那种感觉,到底是什么呢? 反正我觉得在场的人都是那种感觉,因为我们都在唱歌。"

"唱歌？"

"嗯，真的是唱歌。那是一首老歌，大家都会唱，小时候学校教过的。名字叫什么来着？对了，音乐课上的歌，就是那样一首歌。"

"怪不得。"瑞木继续问，"然后呢？"

"不知是谁开的头，大家就都跟着唱起来了，到最后连外面停车场上的人也跟着唱起来了。大家一直唱了很久，唱了好多首歌，可原本很熟悉的歌曲调子却似乎完全变了样。总之，那个昏暗的傍晚，男人、女人、老人、孩子，大家一起低声吟唱，就像在一起祈祷似的。"

"我从前……"瑞木说，"也曾好几次遇到过与此类似的情景。"

"你也见过？"

"嗯，人为什么要唱歌呢？就像你所说的那样，那也许就是一种祈祷。那种感觉无法用语言描述，那种存在于人类内心的某种最值得尊重的感情，也许我们是想通过唱歌这种方式来表达。"

"很有趣的解释啊！"男子赞叹了一句。

"嗯。不过，也许真的是这样也不一定哟！"看起来瑞木对自己的解释也很满意。

男子把烟头在沥青路面上捻灭，随手又把烟头放到皱巴巴的西服口袋里。

"我妻子生病了。"男子告诉瑞木。

"我的预感看来是对的。"瑞木说，"看上去就不太对。"

"嗯，相当严重。医生也说活不长了。"

"这么严重？"

"嗯，都是我的错。"

"啊，"瑞木吃惊地说道，"连你也要忏悔吗？"

"什么意思?"男子没听懂。

"也就是说……"瑞木给正在一旁忙着处理脚上水泡的我使了一个眼色。

"嗯。"男子认真地听着。

"我们都是同病相怜,都是因为做了错事,或者某件事没做好,打算弥补,这才走到这一步。"

"嗯,"男子回答,"确实如此啊!"

"酒一直戒不掉。"男子说,"虽然多次尝试戒酒,可怎么也戒不掉。"

"从何时说起呢,可能就是孩子出生的时候吧。虽然之前也喝酒,不过从孩子出生后,喝法就变了。"

男子说自己喝了酒,就能忘记一切。原本像薄雾一样笼罩在心头的不安,仿佛一下子被风刮走了似的消失得无影无踪。

"怎么说呢,缺憾的感觉一直憋在心里。眼前的生活实际上已经难以为继,好像只有我还不明白,就是这种感觉。坏事已经发生,已无法避免,我所能做的就是假装没有注意到所发生的这一切。"

"但你只是在喝酒的时候能够忘掉这些……"

"是的,当时我就觉得这么喝下去不行,因为我自己也知道这种喝法不对。"

"不过,就是那回事吧。要是那么容易就戒了,也就没什么可说了。"

"确实如此。"男子说,"平时我是个特别稳重的人,一喝酒性子就变了,发过酒疯,甚至还在公寓其他人家的鞋柜上撒过尿。老婆一个劲儿替我给人家道歉,不过不久之后邻居一家还是搬走了。不止这些,还有很多糗事。"

"呵呵,估计是这样。"

"嗯,因为酗酒,工作也经常请假。"

"工作?"

"虽然我现在这个样子,但我之前可是一家有名的裁缝店的裁缝呢。"

"噢,很了不起嘛。"

"嗯,我对自己的手艺还是很有自信的。不过……"

"被辞退了?"

"嗯,虽然老板人很好,开始时对我睁一只眼闭一只眼,但后来也经不住我三番五次翘班。"

"那就没办法了。"

"是这样的,都是我的错。"

男子说自己后来就更加无所顾忌,每天从早喝到晚。在能领取失业保险的那段时间也没有认真找工作。

"从那个时候开始,我和妻子的关系就变得很紧张,两人几乎不怎么说话了。"

男子认为一直吵架也比这样强,因为吵架也算一种沟通。

但他把想法都埋在心里,嘴上什么也不说。不争吵而选择沉默,不埋怨却满腹委屈。

尽管如此,他还能借酒消愁,但是妻子却没有任何释放自我的方式,抚养孩子也不能马虎,生计又十分困窘。

"妻子在紧要关头,勉强支撑着这个家。她很辛苦,随时都可能倒下。可那段时间我还是一天到晚喝酒,不愿面对现实。"

"可能就是那个时候吧,"男子说,"那样的生活持续了四个年头,病魔缠身的她终于带着女儿离开了。"

"受够了吧。"瑞木深有体会地说,"即便如此,你妻子也是相当有毅力了。"

"嗯,要是能早点看清我是怎样一个人就更好了。"

"也许吧。"

"她把户口也迁走了。我这边还欠着钱呢。确切地说我们现在并不是夫妻,以前才是夫妻。"

"那为什么现在还在一起?"

"因为女儿。"男子说着,眼睛偷偷瞥了一下正在专心画画的小女孩。

"那么小的孩子却拼命给我打电话。"

"嗯,打电话?"

在电视新闻上播出蓝光画面的第一天,也就是我住进康复中心的第二个月,我在那里的大厅里看到的。由于当时的我生命垂危,所以我弟弟就出钱让我住进这里,还替我还了外债。

"还是兄弟情深啊!"

"嗯,也是弟弟把我的地址告诉女儿的。"

"原来如此。"

"电话一接通,女儿就在电话里哭起来了,说妈妈快不行了,让我快点去见一面。虽然妻子的病情已经到了晚期,但她一直都没告诉我,自己一个人在死撑。"

"嗯。"

"妻子离家出走之前曾对我说过。"

"说什么?"

"她告诉我她并不恨我,说是恨都恨不起来。这难道不是最糟糕的吗?"

"啊,确实是这样。"

"说对我尊敬不起来,已经没有感觉了,还说什么心里已经没有我了之类的话。"

"因为你干了那么愚蠢的事啊。"

"是的,她那样想也很正常。所以我很怕见到她,直到见面前我都很担心她会不会拒绝见我。"

"可想而知。"

"是的,不过我觉得无论如何都应该去一趟。一是因为大家都在忧心忡忡地谈论世界末日就要来临,二是因为即使不是世界末日,妻子也活不长了。虽然我如此不成器,但是背着她走路,温暖她冰凉的手,这样的事我还是能办得到的。所以我决定,假如世界末日真的到来了,我希望把自己剩下的所有时间都花在她们娘俩身上。"

"所以?"瑞木问他,"你们见面后怎么样了?"

"会怎么样呢?"男人轻轻摇了摇头说,"那时我也不知道。见面后至少没有被她拒绝,所以就这么开始了这次旅行。能被接纳我觉得这就足够了。能够这样和家人在一起迎接世界末日的到来,我很感激她们娘俩。"

我离开正在聊天的两人,走到母女俩旁边打了声招呼:"你们好!"

"你好!"她的声音非常微弱,看起来健康状况确实很糟糕。

"你没事吧?不觉得冷吗?"我问她。

她没有回答,默默地摇了摇头。

我蹲在小女孩旁边,看她画的画。她画的是一家三口(估计是她们一家），还有些意义不明的奇怪图形。

"这是什么？"我问她。

"是小狗。"小女孩回答我。

"你也想画？"她问我。

"是的，我也想画。"我回答。

于是小女孩把她用的石头递给我。拿在手里我才发现这并不是什么蜡石，而是白白的、软软的，就像记号笔一样的石头。

我开始在沥青地面上画螺旋线，石块摩擦地面的轻微震动传导到手指上，感觉痒酥酥的。

"好棒啊！"小女孩兴奋地问道，"你是怎么画的？"

"很简单。"我对她说，"首先画圆，在回到起点的时候稍微挪开一点画下一个圆，如此反复就可以了。"

我把石头还给小女孩，她立刻开始学着画了起来。开始时不太熟练，不过试了几次之后她就渐渐地能画出很漂亮的图形了。

"画得很好，就是这样画。"

我鼓励了小女孩几句，就起身走到女人旁边，问她："有什么需要我效劳的吗？"

"嗯……"她沉吟了一会儿，"能帮我把包里的围巾拿过来吗？"

"好的。"我答应着，从坟冢旁边的一个大包里取出一条毛料围巾，拿过来递给她。

"谢谢！"她说。

"不用谢。"

"那个人刚才说什么了？"女人边围围巾边问。

"总算明白了。"我回答道，"他说你们要到你的故乡去。虽然你们俩离婚了，但是都是他的错。因为你生病了，所以才又在一起了。如此之类的话。"

"是啊。"她说,"就是这么回事,但感觉上……"

"什么?"

"所谓夫妻,是种很奇怪的关系啊。"

"是吗?"

"你结婚了吗?"

"还没有。我现在正要去见自己一直喜欢的人。"

"很不错呀!"她说,"这种心情才最重要。"

"嗯。"

"正因为如此,我们现在才能又在一起。"

"嗯?"我问道,"具体指什么?"

"幸福的回忆,永远都会记得。说实话我其实已经对他死心了,不过仔细想想我俩的婚姻其实也并不全是坏事,有爱,也有很多美好的回忆。"

"你丈夫对你很好吧?"

"嗯,对我很好。因此……"

"什么?"

"怎么说呢,之所以他那么多次让我失望我还一直强忍着,就是因为我相信早晚有一天他会振作起来的。"

她瘦弱的身躯颤抖着,用双手把胸前的围巾合拢。

"我早就原谅他了。"她说,"我觉得欺负弱者很没出息。"

"那么……"

"不过话虽如此,但从说到付诸行动还有很长的路要走。他把我的病当成是自己的罪过,充满了悔恨。实际上这种事谁也说不准,可他却随意下结论,一味地苛责自己。为了让他原谅自己,我才提出这么一个无理的要求——背着行动不便的我回故乡。这是一个无论如何也无法实现的请求……"

"这是为了让他……"

"是的。"她点点头,"不过直觉告诉我他这次能帮我实现这个愿望,以前他可是一点毅力也没有的。"

"太棒了!看来你丈夫这次是一心讨你欢心。"

"嗯,当然。"她说,"因为我是真的想回故乡了,所以特别开心。"

"真好!"我说。

她望着远处朦胧的绿色山峦缓缓地说:"我的故乡就坐落在那座山脚下……"

"没多远了啊!"

"感觉上……"她静静地点点头,自言自语似的对我说,"连我自己都不敢相信,我现在心情特别平静。疾病、世界末日等所有的一切,都像是梦中发生的事情,唯一真实的是我们一家人在一起。"

"我懂。"我对她说,"我也是这种感觉。我现在只想去见自己喜欢的人,对我来说这就是一切,其他事情都与我无关。"

我边说边用双手在胸前画着十字。她默默地点点头,之后对我说道:"他曾经说过,这次的旅行对他来说就像是某种救赎。"

"救赎?"

"是的。被蓝光照到的人,无论是谁都会被定格在那一刻。对我来说,那也是其中的一种可能,也许还存在着不同于死亡的某种状态吧。"

"我们会永生?"

"是的,届时心会向往何处,谁也不会知道。"

"妈妈!"小姑娘叫着冲她跑了过来,一下子扑到妈妈怀里,指着地面说,"妈妈快看,特别漂亮的图案,全都是我自己画的。你能看到吗?"

"嗯,能看到。画得真好!"

"是哥哥教我的。"

"真不错!"她边说边在女儿的额头上轻轻吻了一下。

该出发了,我们一起踏上了旅程。

男子用一个铝合金管制成的背椅驮着女人走。背椅上的她,毛毯一直裹到头部,背对男人坐着。两个人的身体被打包用的黑色皮带牢牢地绑在一起。

他们两人让我感觉就像一个生命体。

也许实际上也确实如此。因为,所谓失去了另一半,应该就是形容这样的生命体被生生分成两部分。

他把行李放在一辆手推车上,用系在腰上的绳索拉着车往前走,手里还牵着小姑娘的手。

看到这一切,我不禁感慨,他这么瘦削的身体里竟然蕴藏着如此巨大的力量。

瑞木对他说:"我来帮你吧!"

"不用了,这是我的工作。谢谢!"男子谢绝了。

"真是不可思议,"他接着说道,"我感觉身体里有源源不断的力量涌出来。现在的我一点也不想喝酒了,感觉以前过的仿佛是另外一种人生。"

"可能是现在的气氛使然吧。"瑞木对他说。

"气氛?"

"嗯,能够让人身上最好的优点表现出来。你不这样觉得吗?"

"也许吧。"男主人说道,"要是能那样,也真是太难得了。"

不久,我们离那座山越来越近了,山脚下也影影绰绰能够看到村镇的轮廓了。

"喂,你看,"男子冲背后的妻子喊道,"已经能看到你的故乡了!"

男子侧过身来,妻子扭头望着道路尽头的风景。

"啊,"她激动地说,"回来了!我终于回来了!"

"是你的故乡!我们回来了!"男子也激动地说道。

仅从这里来看,城镇好像很安全,并未被蓝光笼罩。

"好怀念啊,所有的这一切!"她眼里噙着泪,用颤抖的声音说着,"我就是在那儿出生、长大的。"

"嗯,我知道。"

"爸爸、妈妈、哥哥和妹妹,还有伯父伯母、表姐表妹她们都曾生活在那里……"

"嗯。"

"感觉就像昨天一样。"

"嗯,我也这么觉得。"

"那边肯定是以前的小学。"

我完全弄不清她说的是哪个方向。从这个距离看,城镇就像一块模糊不清的拼图,只能看到其轮廓。

"是我以前上的学校……"她用呢喃般的声音继续说着,"想起来了。有一天,我在学校发烧了,就请假早退。"

"嗯。"

"妈妈到校门口接我。当时她已累得上气不接下气,正上着班就被叫过来了,身上还穿着工作服。老师告诉她我发烧并不严重,不用担心。她这才长长地松了口气。"

"嗯。"

"当时的我……"她虽泪流满面地说着,但脸上却洋溢着笑容,"当时的我就像现在一样,是妈妈背着我回的家。她的背上散发着特别好闻的味道,那是一种女人辛苦劳作时才会散发出的味道,夹杂着煤油和锯末的气味,还带有一点点甜香味——可能是香皂的味道。虽然当时我很不舒服,可是感觉非常幸福,那是一种与平时不同、很特别的一天。一想到白天也可以和妈妈在一起,妈妈是我一个人的,我就特别开心……"

她好像想起了什么,扑哧一下笑出声来,对他说:"你可别生气啊。"

"生什么气?"

"不能说啊。刚才我在想,那时候有一个男同学一直很担心地盯着我。"

"嚰,是一个什么样的家伙?"

"是一群坏孩子的头头,个子高大,人很粗野。"

"哎呀哎呀……"

"当时我和老师一起在校门口等妈妈,那个男同学一直躲在树荫后偷偷地看我……"

"那家伙还不错嘛!"

"是啊,我也这样想。他人还不错,虽然谈不上初恋,不过从那以后我一直记着他。"

"感觉有点吃醋啊!"

"至于嘛,只是个小孩子而已。"

"正因为年纪小我才嫉妒。这家伙竟然在我还不认识你的时候,就已经陪着少女时代的你了,而我却没有。那个时候的我,还在离你几十公里的地方懵懵懂懂、无忧无虑地捉虫子、追蝴蝶。"

"确实是这么一回事,"她说,"一种看不到的神秘力量让男人和女人的命运交织在一起。"

"我们俩也算吧?"

"算。"她扭过身子,把手放在男人的肩头,"谢谢你!"

"没什么。"他回答,"没什么了不起的。"

"不是,很了不起!你为我做得已经够多了。"

"嗯,不过,"他说,"我是你丈夫,做这些都是应该的。"

临别之际,瑞木把手头所有的食物都送给了这家人。虽然他嘴上说还有,但我知道他在说谎。

"反正明天我也会到达目的地,从这里轻装上路对我来说更轻松。"

"不过……"

"你还带着老婆、孩子呢,即使你不吃,也不能让她们饿肚子。"

"话是这样说,可是……"

"没什么可是,收下吧!"

"那谢谢你!"男子说,"真是太感谢你了!"

"没什么。"瑞木转移了话题,"城镇没事就好,说不定能碰到想要见的人。"

"喂。"瑞木拍着我的肩膀催促道,"咱们也该上路了,可爱的女人们在等着我们呢。"

走了一会儿回头看时,发现这一家人仍旧站在路口目送我们。小女孩冲我们招手,看到我挥手回应,她立刻大声喊道:"再见!"我也大声回答:"好的,再见了!"

从远处看,男子和妻子更像是一个人,两个人都相互靠拢成为一体。死亡也好,背叛也罢,也或被蓝光笼罩,一切都仿佛是另一个世界的事情,与他们无关,现在有的只是无限的包容和恩爱。

原来如此,我好像领悟到什么。正因为如此,人们才彼此追求,结为夫妇,原来是为了实现仅靠一个人而绝对无法实现的梦。

我们要成为一个坚强而无限温柔的存在。

那一夜,我和瑞木在偏僻村落的一处破旧仓库过的夜。村子里早已空无一人,也许世界末日尚未来临之前这里就已经没有人住了。

末日景观很普遍,何时何地都有,所以并不稀奇,只是这一次的规模特别大。

末日的进程接下来会不会停止?这确实是个耐人寻味的问题。不过,即将面对死亡的人,担心这些问题也无济于事,让那些其他有空闲的人去考虑吧。对我来说,最重要的是在世界末日来临前找到她,和她共度最后的时光。

我让瑞木吃晚饭,但他拒绝了。

"不用,真的不用了。"他说,"我现在一点也不饿,就是觉得心潮澎湃,就好像要参加重要的考试,考前由于紧张过度,什么都吃不下,就是那种感觉。"

"你很紧张吗?"

"嗯,无缘无故的。"

他一边烤着火,一边轻轻地晃着身体,有时还像烤脆饼一样把手翻来翻去。

"我一直在头脑里进行彩排。"

"是明天的事情吗?"

"嗯,是的。"他说,"诚实地面对自己的内心,是一件非常难为情的事。"

"真是,特别尴尬。"

"即使这样你也要正确表达自己的想法啊!能说好吗?"他问。

"肯定能说好。加油!"

他不屑地哼了一声:"说别人的事当然轻巧,等你自己遇到这种情况,也会瞻前顾后的。"

"我不知道,"我对他说,"也许会吧。"

"你会的。"

"对了,"瑞木顿了一会儿说,"你的故事还没讲完,再跟我讲讲你们分开后的事情吧。"

"好。"

"我想听,实在是睡不着。"

"明白了。那我就开始讲了……"我开始给瑞木讲以前的事情。

那是一段甜蜜而又略带苦涩的青春记忆,每次回想起来,我都很心痛。

第二章　曾经的我们

我从工业职高毕业后,直接进了父亲的工作室当学徒,但是没有薪水。因为工作室原本就没多少收入,所以不发薪水也是理所当然的事。

因此,我在帮父亲干活的同时,还必须想办法自己挣点钱。

因为我的手艺很好,也有一定的绘画功底,所以刚开始时做了很多尝试。制作父亲之前一直作为副业经营的室内装饰小工艺品、玩具,如灯罩、机关盒等;尝试复制名画,如《梵高的吊桥》、德加[①]的《调整舞鞋的舞者》等。我当时特别希望能发挥自己独创的才华,所以对那些都不感兴趣。

有段时间我一直在毫无目的地反复试错,干着干着,不久我就找到了一个财源。当然,说是财源,实际上并不是说能大赚一笔,而是勉强能够让人解渴的那种涓涓细流而已,不过暂时还算稳定。

我决定靠制作万花筒谋生。使用透镜和棱镜制作双目型万花

[①] 法国画家,雕塑家。

筒是我的独创,很多商店都愿意销售。

我与透镜工厂直接联系,低价购进大量处理凹透镜,棱镜也是买了足量的那种理科实验用的便宜货。因为要做的并不是什么精密光学仪器,手头有这些材料就足够了。

整个过程都让我深感不可思议。小学绘画班上学到的万花筒制作方法,现在竟然可以用来作为谋生手段。

在不改变当前尺寸的情况下,如果把万花筒做成双目型的会怎么样呢?这一幼年时心中一闪而过的想法,竟成了与其他同类竞争产品的差异点。可以说,这就是我的财富源泉。

除了主力产品——锥形三组透镜双目型油管万花筒之外,我还不断努力开发新产品。

送给她的"晚霞制造器"也单独发展成了一个系列。新产品不使用和纸,而是使用表面经过压花加工的反光镜,新命名为"索拉里斯"和"神曲"。由于这两款产品广受人们欢迎,曾有段时间我一度天天都在做这两款产品。

现在回想起来,总觉得当时仿佛是在以自己特有的方式提前观看世界末日的光景。

从上往下观看黑红色的旋涡状云海是一种令人震撼的体验。观察者会逐渐丧失距离感,从而产生一种类似亲眼观看遥远星球如何终结的效果。总之,是一件非常适合发烧友的作品。

第二年,我独立出来拥有了自己的工作室。我的新工作室在父亲工作室的隔壁。

为了实现独立经营,我还是费了一番功夫。

当时租的是一座建筑年龄已超过五十年的平房公寓,公寓内部设施老旧不堪,门厅、厕所、洗漱间均为公用,而且不带洗澡间。

唯一值得一提的是房租低得惊人，八间房中有五间都已经租了出去（我租的是第六间）。

住在这里的人们就像荒宅里的幽灵一样，没有任何存在感。偶尔在昏暗的走廊中碰到，既看不清对方的相貌，也听不清他们嘴里嘟囔些什么。他们从我身旁擦肩而过时，看都不看我一眼（也许对方也是这么看我的）。

令人深感意外的是，就是这样的公寓还曾经两次被盗贼光顾。为此，房东也被迫加强了安保措施。

问题是这里到了晚上就几乎成了无人地带。

住在这里的人大部分都属于夜行动物。到了深夜他们就会一个个溜出巢穴，消失在夜幕之中。由于很多房间都不上锁，被盗的物品可想而知都很普通（旧的晶体管收音机、破了洞的毛衣、余额不足两万日元的存折等），不过无论如何还是要采取防盗措施。

因此，房东为了避免公寓晚上没人，便要我晚上睡在这里，并以此为条件给我开出了超低的房租。

"你可以随便用。"瘦成鸡架骨头一样的半老房东对我说，"开派对、带女人回来什么的都可以，总之让人知道这里有人住就好。"

实际上这些都与我无缘，不过不知为什么从此就再也没有盗贼光顾了。也许对于盗贼来说，他们也都已经了解了这是栋破烂公寓。

就这样，我的单身生活开始了。那一年春天，我刚满二十岁。

虽说如此，生活还是和以前一样，几乎没什么变化。吃饭还是和父亲一起，洗澡还是用家里的。我还是不断穿梭于两个工作室之间，找我所需要的工具和材料。我还很稚嫩，还没有到展翅翱翔的时候。

父亲的工作在逐渐减少：一是因为安装齿轮的钟表越来越少，二是因为人们也不再爱惜东西，这一点尤其让人吃惊。

当今时代，丢弃物品俨然成为一种美德，据说这还能促进经济发展。在这样的大义名分下，"今年流行"这个词汇被创造出来，人们心安理得地扔掉上一年购买的物品。

已没有必要修理。在重复买了扔、扔了买的过程中，整个世界以正比例函数的方式朝着未来迅速发展。

我们家则仿佛与时代逆向而行。家里几乎没有新东西，在用的家伙仿佛是年老的士兵挺着满是伤痕的身体持续奋战在第一线。

我家的茶壶看起来就像一台小型冰箱，具体是什么年代的遗物已不可考。里面保存的热水是需要另外用水壶烧开后倒进来的，外壳上既没有电线也没有出水按键。不过，对我们家来说，一提起水壶指的就是它。

厨房用的菜刀由于磨得次数太多，已经缩小到水果刀一般的尺寸。

"这可是我结婚的时候买的。"父亲告诉我，"这是一件充满回忆的物品。"

而当时一并买回来的洗衣机、冰箱、电饭煲等一个个都还在服现役。无论哪个，虽然功能都超级简单，却反倒给人一种时尚的错觉。

即使是由于多年使用已经失去原本功能的物品，在我们家也会赋予它另外的功能，从而实现它的第二次人生。

直到现在我还清楚地记得，因为电机烧毁而无法使用的吸尘器,加上一个手工做的把手,就复活成了一辆儿童滑板车。这种用脚推滑前进的玩具车,骑起来甚至比普通踏板车更为优雅(它拥有窄长、流线型的车体)。

骑着它在公园里玩,周围的小孩子都朝我投来羡慕的目光,这让我甚是扬扬得意。甚至有孩子向我打听是从哪里买的,可见当时的设计有多么新颖。

缝纫机、熨斗、烤面包机等都是从祖父那一代就开始使用的老古董,里面甚至还有一些连用法都搞不清楚的奇怪东西。因为祖父曾经开过纺织厂,所以我认为那些东西可能是用来绕线或者把绕好的线再恢复到原位的工具。

就连穿的衣服、鞋子也是一样。衣服都是破了就补,实在不行就彻底拆开做成别的衣服,最后还可以当作毛巾,反正就是要一直用到连纤维都碎成粉末为止。这些物件的死因基本上都是寿终正寝。让物品一直活到它们生命的尽头,这俨然成为我们家独特的风格。

父亲选择"修理匠"这个职业,想必也是受到了这种家风的影响。父亲是这方面的专业人士,他的修理无懈可击,做工又非常认真,所以我们家的东西虽然年代久远,堪称古董,不过看起来却并不难看。有一些旧物,就像前面说的吸尘器那类,经过我们的创意加工,会以全新的面貌获得重生,外形比以前的还要漂亮。

"一次结缘,一生难断。"父亲总把这句话挂在嘴边,"器物也好,人也罢,都是一样。"

"那我母亲呢?"童年的我问他。

"当然了,一直连在一起呢。"

"可她已经死了啊。"

"嗯,这跟生死没有关系。"

"是吗?"

"你是把时间想象成一条河流,所以才那么想。"

"你说的是什么意思?"

"我是把所有的时间都当成现在来度过。这一点与你不同吧?"

"听不懂。"

"据说研究大脑结构的学者将这种思维模式称为强迫性回忆。不过,我只是觉得自己同时也活在所有时间里而已。人脑本身就具备这种功能,我们的灵魂在时空旅行的时候,甚至比光速还快。"

"是吗?"

"嗯,因为灵魂虚无,所以很自由。"

"这个嘛……"

"没事,现在不懂也没关系。总之,你母亲一直和我在一起。我和你这么说话的同时,也在入迷地看着你母亲十五岁时光彩照人的倩影呢。"

"母亲在你那里吗?"

"在呀,这会儿正望着夕阳微笑呢。"

"我怎么看不到呢?"

"早晚你也能看得到。"

但是令人遗憾的是,我仿佛没有这种能力。即使做梦见过母亲,可梦醒时分母亲也就不见了。要是在梦醒时分能够见到她那该多好啊!我的灵魂好像没有父亲的灵魂那样自由。

母亲长得特别漂亮。我母亲不同于洋幸的母亲,她生得朴素而腼腆,就像生长在大自然里那种迎风起舞、摇曳生姿的路边野花,清纯而又漂亮。我喜欢这样的母亲。

不过可惜的是,我长得更像父亲,只有瘦而高的身材遗传了母亲(父亲个子不高但却结实),脸型跟父亲简直一模一样。浓黑的眉毛,和鹦鹉一样的小眼睛,尖尖的鼻头(就像指向嘴唇的小箭头),像汤勺那样微微内陷的下巴。

母亲的老家就在我家不远处。父亲和母亲从小就相识。

他俩小学和中学好几次是在同一个班,到了高中虽然上了不同的学校,不过私下的往来一直持续到成人。

母亲是男孩子眼中的女神,是女生羡慕的对象。对于父亲那样不起眼的男孩子来说,母亲显得那么高不可攀(至少父亲当时是这样想的)。

那么,这两个人是如何走到一起的呢?

把小时候母亲和父亲讲的情节汇总到一起,就成了下面这样一个故事(虽然其中添加了我很多想象的成分,但是大体就是这个样子)。这个故事赋予我勇气。

很久以前,离现在差不多五十年前,这个城镇上生活着一位小个子少年和一位美丽的少女。

少女的名字叫由美子。

她不仅人长得漂亮,学习成绩好,而且运动能力也很出色。她作为跨栏选手,在操场上奔跑的身姿就像小母鹿一样健美。

而我跑步的速度却很慢。

记得我曾经就此问过父亲。

"是啊,"父亲点点头道,"这一点你比较像我,我们是走而不是跑。用乌龟和兔子来作比喻的话,我们属于乌龟,就是那样一种性格。"

"那是优点吗?"我问他。

"谈不上好坏。人必须遵从自己的本性,小心谨慎。蟹随身挖洞,人量力而行。你听说过吧?"

"不知道,第一次听到这种说法。"

"是吗,那就多记一句吧。"

"嗯,这就是母鹿、乌龟和螃蟹的故事吧。"

"嗯,差不多吧。"

由美子很受欢迎,而拓郎(父亲的名字)则基本上算是班里垫底的普通的小个子男生。

就像我会产生"怎么回事?"的疑问一样,班里的同学也都这么想,甚至包括拓郎自己也满是疑问。

不可思议,为什么她会对我这么好呢?自己并不是那种讨女孩子喜欢的类型。我既无运动细胞,学习也不好。虽然通晓机械方面的知识,可女孩子们对此根本不感兴趣。

然而由美子却不一样。

也许这方面她深受她父亲(我的外祖父)的影响。

由美子的父亲是一位研究"无限"理论的数学家。由于他挑战的对手过于强大,不久他就因为用脑过度,自己也住进了那些对手们入住的疗养院。

但即使住进疗养院,他也不改初衷,保持着一个学者的体面,在持续进行着研究,直到生命的尽头。

他的穿戴一辈子都毫无变化，总是身穿西装，头戴一顶礼帽。在疗养院里，无论是下雨天，还是晴天，他照例都是手拿一把晴雨两用伞，一边自言自语地念叨着什么，一边用伞尖在地面上画着算式。

所以，陪着外祖父长大的母亲，也存在容易"对怪人感兴趣"的倾向。

从母亲的价值观来看，父亲就是一位超级"帅小伙"。

"那么，是妈妈先看上爸爸的吧？"我问父亲。

"也许是这样的。"父亲回答，"当然我也注意到了你母亲的存在，只是因为她太过耀眼，我无法看清。我觉得要是自己盯着她看，视网膜肯定会被灼伤，受到的损伤会无法恢复。"

对于缺乏自信的拓郎，由美子并没有要求什么，而是主动示好。她经常替发呆的拓郎领作业本，甚至在他忘带盒饭时，她也会把自己的午餐分一半给他。

拓郎吃饭时，她会目不转睛地盯着他的脸，搞得拓郎很不好意思，都不知道自己在吃什么。为此，整个班级一片哗然。突然之间所有人的目光都聚集在拓郎身上，搞得他不知所措。

外出郊游时，由美子很自然地与拓郎并肩行走；在男女组合进行羊齿孢子培育相关的生物实验时，她也选择拓郎作为搭档。

由于拓郎早已成功进行过好几次类似实验，所以他在自己家里培养了好多羊齿草。等到她知道这些时大吃一惊，同时也感到非常开心。就这一点来说，她的选择无疑是正确的。

他们的羊齿草培育实验获得了巨大成功。两人合作培育的孢子发芽的数量比任何一个小组都要多,并且大部分都顺利长成了孢子体。

拓郎偏科非常严重。机械工程学、生物学、地质学、天文学等领域的知识他异常熟悉,但是已是中学生的他竟然不知道自己国家实行的是两院制,甚至连首相的名字也叫不出来。对于其他同学着迷的男女演员、艺人的名字,他竟然一个也不知道。

拓郎喜欢阅读的书籍仅限于自己家里的百科辞典和图鉴(这些书后来也成为我爱读的书)。其中包括西尔斯·罗巴克公司出版的英文版《不列颠百科全书》,全都是拓郎父亲在自己经营的纺织厂生意好时购买的。

拓郎从小就和图鉴和纺织机械打交道,自然而然地被打上了相应的烙印。他与由美子的谈话内容大多是植物及昆虫名称、星系起源、电灯颜色与惰性气体之间的关系、机械表中陀飞轮的作用等等,这些话题与同龄男女之间的谈话内容相比显得格格不入。

即便如此,或者说正因为如此,她反而更离不开拓郎了。虽然后来两人分别上了不同的高中,拓郎当了钟表匠的学徒(家中生意陷入停滞状态),由美子上了美术大学,她还是频繁地去拓郎家找他。

两人之间的关系并非一帆风顺,也曾一度产生过危机。由于她过于优秀和漂亮,拓郎心中不禁胆怯起来。

由美子从美术大学毕业后,不负众望地如愿进入隔壁城镇一家设计事务所工作。这家事务所虽然规模不大,可设计了很多大家熟知的标志、商标,在当地很有名气。

由美子很快就被授予重任。她的设计获得多方好评,业界甚至将她的崭露头角当作一条新闻进行报道。这让她迅速被衣着华丽、时尚的人们团团包围。

对拓郎来说，此时的她太过耀眼。她仿佛刚刚出海的小船，在充满无限可能性的大海里航行。她所接触的世界要比以往扩大了一千倍，可以说拥有无可限量的未来。

而此时的拓郎，生活竟然比以往还要平淡。他周围的世界仿佛在缩小，人际关系也异常简单，每天的生活像盖章一样趋于模式化。等待他的似乎就是眼前平淡无奇的未来，不过这也正是拓郎自己所希望的。

他的生活很有规律。他非常喜欢重复做规定好的事情。同样的地方，同样的工作，同样的人际关系。一次结缘，永不分离，说的恰恰就是他这样的人。

拓郎每天在相同的时间，穿着相同的衣服，沿着相同的道路去上班。他买了五件相同品牌的立领白衬衫，相同颜色的冬款和春秋款银灰色夹克各一件。一年当中有半年都是两件同款全棉裤子替换着穿，剩下半年则是两条同款毛料裤子替换着穿。

拓郎非常守时，时间观念很强，可以说天生就是一个名副其实的"钟表匠"。

平时他一直随身带着祖父送给他的怀表，那是一块 Lemania[①]的老式 Chronograph[②] 表。

小时候的拓郎就特别喜欢用这块表的计秒功能测量自己的脉搏。

他曾经尝试用各种方法控制自己的脉搏。

[①] 雷马尼亚，表的机芯品牌之一。
[②] 计时器。

他尝试过憋气,或用断音呼吸法一点点吐气。把脉搏控制到六十秒跳六十次是他的理想。拓郎觉得只有那样自己才能成为一个特别规整的人。

对拓郎来说,理想的生活是像钟表、日历一样严格约束自己,度过一段如列车时刻表般精确的人生。

直到今天,父亲的初心也从未改变。

不喜欢变化就会讨厌成长和扩大,因此父亲希望尽可能地过俭朴的生活。金钱只需维持最低的生计就够。他坚信财富是最不值得追求的东西,生活中的多数不幸均源于此。

他作为副业制作的金属玩具——在大海中漫游的抹香鲸铜像,有位画廊老板从中发现其作为艺术品的价值,高价求购这一作品,结果却被父亲义愤填膺地严词拒绝了。

"这是给孩子做的玩具,不是用来娱乐哪位富人的工具!"

为此,我们家始终与财富无缘。

拓郎明白自己的价值观与别人不同。

他生活在另外一个遥远国度的道德和美感体系里。在眼前这个以财富和权力称雄的国家,他这样的人从一开始就被当作失败者。

于是,拓郎开始考虑,自己和她在一起到底合不合适。那些能够帮她飞得更高的男人似乎更适合她。

平时他没什么烦恼,总是一副悠然自得的样子,以致周围的人都在想——这是没钱没势者的从容呢,还是他感觉太过迟钝呢?

不过,此时的拓郎实际上还很年轻,甚至可以说是幼稚。对他们两人来说,未来充满了各种选择性。他害怕看到由美子从自己的人生中消失。

他能特别真实地感受到这一点(他存在想象力过于丰富的倾向)。

拓郎清心寡欲,对自己的幸福只有点点期许。对他来说,之前从她那里得到的已足够多,甚至未来还能像领取退休金一样每次领取一些。

接下来轮到由美子来追求自己的幸福了。

有此想法的拓郎约由美子见面,提出希望暂时与其保持距离。他没有明确地说分手,是因为他也不知道两人是否在交往。他认为如果两人之间保持一定距离——自己从由美子的身边消失,她就会恢复正常。

听到拓郎这么一说,由美子的眼泪就夺眶而出了。

"对不起。"她问,"我给你添麻烦了?"

"没有。"拓郎回答的声音微弱得几乎都听不到。

"你有自己喜欢的人了吗?"她问。

拓郎摇摇头,可由美子没有看到。她只顾低头紧攥着连衣裙的衣角,眼泪大滴大滴地流了下来。

"感觉上……"由美子好像下定了决心,"现在的我,已经……"

她就像年幼的小孩子一样大声哭了起来。

这是拓郎第一次见由美子崩溃痛哭,他只见过她坚强的一面。这让他顿感手足无措。

拓郎的心怦怦直跳,这种感觉很不可思议。他望着痛哭流涕的由美子,心底油然而生一种爱怜的感觉。此时他终于意识到自己犯了大错。

拓郎感到一种前所未有的惊讶。

他意识到由美子对他来说具有非常重要的意义。那一瞬间让他醍醐灌顶。

不知不觉间,此时此刻的他第一次坠入爱河,而且是加速度倒栽葱似的坠入爱河。她的吸引力简直可以与银河系媲美。

拓郎没有料到由美子如此不懂人情世故。他觉得在这一点上,她还不如他。

由美子完全没意识到自己的魅力。除了她,即使这个世界发生翻天覆地的变化,他也不会移情别恋爱上别人。

拓郎强烈地意识到自己离不开她。

这种情绪转化成了行动,他伸出手想要抓住由美子的手臂。而就在那一瞬间,她突然一个转身,背朝着他跑了。拓郎的手抓了个空,那里只剩下她的一丝余香。

拓郎虽然追了十来米远,可由于由美子的速度比他快太多,他未能追上她。

真痛心啊!乌龟是绝对不可能追上小母鹿的。

那天夜里,辗转难眠的拓郎给由美子写了封信。

信的内容如下:

> 白天真对不起,我太不正常了。因为我认为自己配不上你,内心一直很压抑。我弄错了幸福的含义。男女之间相互吸引,共同生活,并不是为了获得物质上的成功。恰恰相反,而是为了到达一种纯粹之境,即除了两人在一起,其他一切都不重要。而我却完全忘记了这一点。
>
> 颇具讽刺的是,我当时跟你说那些话的时候,我发现

我说的和自己心里想的完全相反。我并不希望你离我而去。

如果你能原谅我的话，请在以后的日子里永远在我身边不离不弃。那样我就可以和你谈谈天上的星星，聊聊蝴蝶的诡秘行为，说说以"玛丽王后"这一名字命名的手表的命运。

请一定要原谅我的失礼。

P.S.：除了你我不会再爱上其他任何一个女性。永远不会！永远不会！永远不会！

吉泽拓郎

"这是真的吗？"在我第一次读这封信的时候，我曾经问过父亲。这封信现在还静静地躺在母亲化妆台的抽屉里。

"这真是您写的吗？"我问父亲。

"是的。"父亲回答，"有什么不妥吗？"

"不，没有。"

我是写不出这样的信的。绝对写不出来！

偶尔也有不明白父亲的时候。父亲一心想过像钟表一样精确的人生，他内心的某个地方竟隐藏着如此的罗曼蒂克。难道是存在于六十秒跳六十次，持续发出滴答滴答声响的父亲的心灵深处？存在于无数个齿轮和发条之间的缝隙里？虽然我觉得是如此不相称，但这封信确实出自父亲之手。

拓郎把刚写好的信放在胸前口袋里,骑上脚踏车直奔由美子的家。两家之间的距离骑车只需五分钟。到由美子家已是深夜了。

由美子的房间在二楼。拓郎在路边捡了块大小适中的石块用信纸包住,朝她的房间扔了过去(用的是从某部电影学来的方法)。

拓郎恐怕算得上是个无可救药的运动白痴,他迄今为止都没有和朋友练习过投接球。

裹着石头的信纸没有顺着理想的投掷角度进入二楼由美子的房间,而是直奔一楼窗户而去。拓郎饱含深情的信件以近乎直线的轨迹,直接砸破一楼玻璃落入由美子家里。

由于响声惊天动地,所以瞬间所有房间的灯都亮了起来。由美子家里乱成一团。

拓郎赶紧逃走了。

也许他只能这么干,因为他不知道该如何解释为什么要搞出如此大的动静。

第二天傍晚,由美子来到拓郎家,悄悄递给他一张纸。拓郎接过来一看,那是一张要求赔偿玻璃的通知。

"这是妈妈写的。"她说,"这才是我的………"

说着,由美子身体微微前倾,在拓郎的脸颊上轻轻吻了一下。

拓郎真正体会到了:一次结缘,终生不断。

两人自此成为一对和睦的恋人,并于十年后结为夫妻。之间之所以相隔十年,那是因为由美子必须要照顾自己的父亲——那位勇敢挑战无限的数学家。伟大数学家的心中只有数学,自理能力只有小学生水平。而她的母亲,也就是我的外祖母身体也不太好,所以作为大女儿的由美子就负担起了照顾双亲的责任。

她与拓郎的婚事,也是在外祖父自己要求住进疗养院后才得以完成。七年后,他们有了一个男孩(也就是我)。

记得父亲曾经对我讲过这样的话:"喜欢的人也喜欢自己,这种相知相伴的喜悦,是一种无与伦比的幸福。我每一天都全心全意地爱着她,仿佛为了第二天末日来临时不给自己留下一丝一毫遗憾。因此当她去世时,大家看到我没有流泪,都说我很冷酷,实际上我很庆幸自己做到了想要为她做的一切。生活虽然俭朴(母亲的收入几乎都补贴娘家了),可我们家却像贵族一样富有。在我们有限的领地里,遍布着财宝——恩爱、安慰、满足。我是国王,你母亲是王后,而你则是可爱的小王子。"

"我是王子?"

"是啊,在爱的王国里,所有的孩子都是王子。从某种意义上说,我们都是含着银汤匙降临到这个世界的。区别只是有的看得见,有的看不见而已。"

"是吗?"

"是的。"父亲说,"能看到的并没有什么了不起,因为它们是有限的,早晚会消失。而看不见的……"

说着,父亲摇晃着自己伸展开的粗短胳膊对我说:"无穷无尽!"

从某个时期开始,一直有个问题在困扰着我。

她对我来说,是不是像母亲之于父亲那样的存在呢?一次结缘,终生不断。

从她离开这里算起,已经过去整整六个年头了,然而她在我心里的形象却一直未变。

父亲写过那样一封信。然而,对我来说,我该把这样一封信送到哪里呢?

★

结果,那座铁塔成了重逢的契机。

在她离开之后,我一个人仍然经常去那座铁塔下,独自一人待在那里直至太阳下山。

入秋之后,气温降低,让人感到丝丝凉意。云彩在远方山峰的棱线附近徘徊,还无法形成漂亮的晚霞。如果云层太厚的话,阳光被遮挡,就什么都看不到了;而云层太薄的话,则整个天空都是黄色,看起来像是因染料不够而没有染好的布料,不会变成红色的晚霞。

我走到铁塔边的时候,天空正由黄色向红色变化,是那种令人心跳的胭脂红。

远眺夕阳,往事不断涌上心头。

和她一起拍纪念照,洋幸那次失败的鼯鼠滑翔,她经常吟唱的民谣(据她说,那是一个因思念远方恋人而流泪的女子唱的歌),还有毕业仪式那天因我一直在这里等她而发烧并卧床不起(差点感染肺炎)。

内心百感交集,不知不觉我像以前一样哼起了歌——Hol-Di-Ri-Di-A。

> 春天的日子呦,多美好,多美好;

白云飘过嘞，多美好，多美好。

　　对我来说，这首歌是我幸福的往日里常哼唱的歌。一唱起这首歌，我就会悲从中来，差点流出眼泪来。

　　我抽噎着，无意中望了一眼林荫道对面，发现有个人朝这边走过来，而且还是一个年轻女孩。

　　怎么可能？！

　　突然间浮现出来的想法，立刻就被我否定了。这种事不可能发生。可眼前……

　　目瞪口呆的我仍然保持着唱歌的姿态一动不动，身体里就像安装了由凸轮和气囊相互配合的自动音乐播放装置。

　　很快，这个身影穿过林荫道，走到我所在的草丛旁边。一种强烈的既视感向我袭来。

　　"吉泽，"她问，"你在做什么？是在练歌吗？"

　　"白河？"

　　说话声过了好久我才反应过来。

　　她已经出落成一个大姑娘了，不但个子长高了，胸部也变得丰满起来，就连腰部也比之前更加圆润。虽然仍然偏瘦，不过这样的身材反而显得亭亭玉立、曲线优美、妖艳迷人。

　　她上身穿着一件普通白衬衫，下配一条葡萄茶色短裙，外面披一件乳黄色对襟毛衣，未戴眼镜（后来她告诉我是戴了隐形眼镜）。

　　"真是好巧啊。"我对她说。

　　"是啊，"她温柔地回了一句，"真的好巧啊！"

　　然后我们就尽情地笑了起来。我发觉自己已经好久没有这样会心地笑过了。

我俩的心终于都落地了。

重逢的场景,两人都演绎得不错(甚至有可能像第一次见面时那样红着脸低头不语,因为这就是所谓的病态腼腆)。我们有幸获得了命运女神的眷顾(我们俩并未约定。两人无论多么想念对方,想要再次见面就只能听凭命运安排,而这次会面就是奇迹,所以说命运女神并未抛弃我俩),除此之外当然还有简简单单的喜悦。不知哪首歌中唱的,如果没有她,这个世界就会不完美,无论何时我都会觉得不完美。我由衷地感叹,如果有谁能弥补我心中的缺憾,那将会是一件多么美好的事。

"你什么时候回来的?"我问她。

"上周。"她说,"我已经连续三天来这里了。"

"原来如此。"我说,"能见到你真好。"

"嗯,真好。"

"你身体怎么样?"我问她。

"还好。"她的脸上浮现出拘谨的笑容,接着问我,"你呢?"

"我也很好。我有了自己的工作室。"

"工作室?做些什么呢?"她问我。

"万花筒。"

听了我的回答,她笑开了花。在我看来这是最美的笑容,她各方面都很完美。能这样跟她聊天,让我感觉丢失了整整六年的幸运又回来了,这让我欢欣雀跃不已,激动得有些忘乎所以了。

"真是太棒了!你说的是真的吗?"她问我。

"真的。自从给你做了一个之后,我又做了好多万花筒。现在这成了我的工作。"

"好想看!"

"好啊,想看多少都行!"

"谢谢,好期待!"

"嗯,会一直在这边吗?"

"不是。"她摇了摇头,声音听起来没了精神。

"我是来学习的。"

"学习?"

"学摄影。"她回答我,"专科学校六个月的培训。"

"那么……"

"是的,学完六个月就要回去。"

"回哪里?"

"秘密。"她回答我说,"你不是一直和先生保持着联络吗?"

"啊?"我吃了一惊。这让她高兴得笑了起来。

"你怎么知道的?"我问。

"我并不知道。不过先生绝对会去找你,见了面你们俩肯定会聊得很投缘。因此,如果那样的话,我想你们现在肯定还保持着联络。"

"你真是神机妙算啊!"我说,"确实如此。"

"果然。"她边说边点点头,"先生还好吧?"

"嗯,还好。"

接着,我把先生目前住的地方告诉了她。

"这我知道。"她说。

"你知道?"

"嗯。"她点点头说,"母亲的朋友告诉我们的。"

"是这样啊!"

"隔得好远,先生和母亲。"

"嗯。"

我不明白她说的隔得好远指的是两人之间的关系，还是实际的距离，也许二者兼而有之。

"母亲没法去见先生。"她说，"因为母亲生病了。"

"什么？"

"嗯，她本来身体就很虚弱。"

"话是这么说……"

"而且，母亲这个岁数，也不能替先生生孩子了。"

"这个完全没关系吧？先生非常喜欢你的母亲。"

"这我知道。"她的语气有些低落，"不过母亲说正因为如此才更不能和先生见面了，她不希望因为自己而耽误了先生宝贵的人生。"

"这么想是不对的。"

"是啊。"她说。

"可不是嘛。"

"不过……"她长长地叹了口气，说道，"母亲就是这样一个人。"

越是谦虚的人，越会因为爱而高估对方，觉得自己能为对方所做的，都是些微不足道的小事，就像以前的父亲一样。

脸皮能再厚一点就好了。不过这样的人一般较为清心寡欲，总想着为对方做点什么，无法以自我为中心来考虑问题。我觉得这种性格很麻烦。

"不过。"我说，"我觉得先生会一直等下去，因为他就是这样一种人。"

"是吗？"

"嗯,我很了解他的内心。"

"那你也会那样吗?"

"我?"我一时没反应过来,"你是说'会那样'吗?"

"你也会像先生那样,一直等着某个人吗?"

我不由得盯着她那双长着弯弯长睫毛的迷人的大眼睛。

所谓有吸引力的眼睛,我想大概就是这样吧。自己盯着她看的时候,就感觉身体里面某个柔软的部分正在慢慢融化。如果长时间这样盯着她看,对我来说非常危险。

"也许吧。"我若无其事地避开她的目光,"嗯,我想我大概也是这种类型吧。"

"这种类型?"

"嗯,一直等着的那种。"

"是吗?"她说,"很不错啊,这种类型。"

"是吗?"

"嗯,绝对的。"

她终于饶过我,开始转换到别的话题上。谈别人的时候口若悬河,而谈到自己就会东一句西一句。也许这就是所谓的自我防御本能过度的表现吧。

"我在车站附近租了一间公寓。"她说,"坐电车到学校大概得十五分钟。"

"这样啊。"我说,"好幸福啊!"

"嗯,这是母亲给我的礼物,所以要好好玩一玩。"

"礼物?"

"是啊,庆祝长大成人的礼物。"

"原来如此。"

"母亲把自由作为礼物送给了我,半年的自由。"

"这话让人听着怎么感觉怪怪的?"

"就像笼中鸟?其实母亲对我这么说,'你就为所欲为吧!'"

"不过,"她又摇摇头对我说,"本来不应该这样的。丢下生病的母亲去独享自由。"

"确实。"我点点头,"我理解你的心情。"

"你懂?"她问我,"对于你父亲,你是不是也这么认为?"

"是的。"我说,"因为他们要孩子晚,所以他现在年纪大了,而且,怎么说呢……"

"是啊,"她急切地问,"'怎么说呢'是什么意思?"

"爸爸并不是个正常人。"

"不是个正常人?"

"嗯,是个怪人,他的金钱观特别奇怪。修东西不收费,制作的作品白送给别人,简直就像与钱有仇一样。"

"这不是很了不起吗?我觉得。"

"不过站在家人的角度来考虑的话就不一样了,他特别让人操心。放任不管他吧,他很快就会消瘦下去,干起活来怕麻烦也只吃些麦片,简直像个孩子一样。"

"上了年纪,性格却像个小孩?"

"是的。"我接着说,"所以,不能让他一个人待着。"

"是啊。"她说,"我这边也是。母亲虽然很坚强,不过身体不好。因此,这次外出可能是最后一次,母亲让我任性了一次。所以,我就……"

"嗯?"

"不谈这些了,"她说,"我的假期才刚刚开始。"

"是啊,这可是个假期。"我说。

"可不是嘛,整整六个月,像一辈子那么久呢。"

"是啊。"

"那个什么……"她继续问,"洋幸后来怎么样了呢?"

"一点消息也没有。"我答道。

"这样啊。"她说道,"嗯,不过,这小子肯定在哪个地方活得好好的。他可不是别人。"

"是啊,一定会的。"

"绝对会。"

那天,我俩又拍了一次合影,纪念重逢的这一天。

在晚霞的映照下,两个人肩并肩站在一起。

"真是这样啊!"她感叹道。

"什么?"我问她。

"每次遇到你,我都能看到美丽的晚霞。"

"想说我是晚霞之神?"

"难道不是吗?"

"如果是就好了。"

要是这时候告诉她,我想看到的并不是什么晚霞,而是喜欢看她观赏晚霞时露出的笑容,不知她会做何感想。或者告诉她,没和她在一起的时候,多是些无雨无云的平平淡淡的傍晚。

上面这些话仅仅是我个人的秘密。一旦说出来,肯定会失去魔法般的效果。

她拉开一点距离站在我面前。我感觉两人之间稍有些隔阂,也许这就是六年的岁月使然吧。

我俩已经不是小孩子了,有些同龄人甚至都已经结婚了。我们有需要照顾的父母,是一家的顶梁柱,已经不能像幼时那么自由自在。由于要考虑的事情很多,所以我们也变得更加小心谨慎。

因此我没有问她为什么上摄影学校却要住在这里(仅仅是因为怀旧),半年后离开的话,之后她会如何生活(到哪儿都是这么孤立无援),我觉得她好像有什么秘密不能告诉我。虽然我很想知道,但又怕知道了真相只会徒增伤悲。

最终我安慰自己,反正眼前的她处于假期当中,我们可以尽情地享受重逢的喜悦。

天色完全暗下来后,我们离开铁塔。我步行送她回公寓。

"你长高了吗?"她问我。

"嗯。"我回答她,"高了十厘米。"

她用手在自己头上量了个尺寸,又在我头上比了比。

"和以前一样啊,我们俩的身高差一点也没变。"

"是啊。"

"你稍微瘦了一点。"

"差不多吧。"我说,"没有称过,因为家里没有体重秤。"

"你有没有好好吃饭啊?你不会也是光吃麦片吧?"

"没有,我没那么偏食。不过因为我家里都是男人,所以吃的可能比较简单。对我来说,所谓料理就是上火热一热,然后用盘子盛出来,再加上酱汁而已。"

"那么,"她稍做停顿后,问我,"到我那儿坐坐好吗?"

"你那儿?"

"就是我的公寓。里面什么都没有,空得一塌糊涂,不过做个饭还是没问题的。"

"可以吗?"

"当然可以了,欢迎欢迎。"

于是我们在车站前面的商店街上买齐了做晚饭的各种食材。

商店街看起来和六年前一样一点也没变。嘉年华仍然在继续,装饰彩灯有些已经损坏,万国旗也有些褪色了,可即便如此,我们依然很享受那令人眼花缭乱的色彩和热闹的气氛。

现在的她正处在假期中,这里就像遥远国度的某条充满异国情调的繁华街道。如果是现在——是同她一起的现在——完全可以这样想。真是不可思议,只要她陪在我身边,我就感觉整个世界看起来都不一样了(话说世界的本质到底是什么呢)。

我们就像旅行途中的一对情侣在采购土特产,一边欣赏着橱窗里的货品,一边和店员轻松地聊天。

来到电器店,我俩驻足观看架子上电视机播放的新闻。

令人吃惊的是,这个世界和六年前一样(甚至有过之而无不及)物欲横流、尔虞我诈。政治家们仍旧在把自己的职业生涯用于攻讦算计别人,而世界各地的人们则纷纷为了满足自己的欲望,在一个劲儿地利用别人。

"真的不温柔!"她自言自语道。

"不温柔。"我也如此回应。

在我们心里,还有一个声音在同时响起(嗯,一点也不温柔)。

如果那时我们仔细看新闻的话,也许能注意到世界末日已经开始降临到这个世界了。

我记得好像确实看过这样的新闻。报道称某个城市的上空一直笼罩着很厚的云层,已经几十天看不到太阳了等等。因为类似的新闻并不罕见,况且讲的又是遥远的北方某国发生的事情,所以基本上也没给我留下什么印象,甚至连一点预感也没有。

我想肯定别人也是这么看待这类新闻的(如果我不是特别迟钝的人就好了),但实际上,世界末日的进程已然开始。

但是人们一点都不知道,整个世界仍然在一点点地浪费着所剩不多的宝贵时间。

在肉店买了肉末和鸡蛋,又在旁边的蔬菜店买了洋葱和白菜后,我们离开了商店街。她告诉我家里有面包粉,不用再买什么了(我们打算做汉堡包牛排,因为这是我的最爱)。

她住的公寓是一栋常见的二层建筑,上下楼梯在外面,外观看起来比我住的公寓要新半个世纪。

"我住在二楼走廊的第一个房间。"她说着,先我一步上了楼梯。

她纤细的小腿肚子在我眼前晃动,这种体验对我来说非常新鲜。迄今为止的人生中,我从未这么仔细观察过一个女孩子的小腿肚子,当然还不仅限于小腿肚子。

房间有四张半榻榻米那么大,玄关旁设有厨房,厨房对面是厕所和浴室。

"房间不错嘛!"我随口赞美了一句。

"不过房租很贵。"她说。

对于既不是官二代也不是富二代的我们来说,选择的自由永远都会受这个问题限制。为了这半年的假期,她不知道打了多少工,受了多少累。

"请坐吧。"她边脱对襟毛衣边对我说。我走到房间里面,在靠窗的位置坐了下来。我本以为房间会有女性特有的味道,但遗憾的是只能闻到旧榻榻米的味道。

她系上围裙来到厨房。

"不需要我帮忙吗?"我问她。

"不用,厨房太小。"她回答。

"嗯,看起来确实如此。"

房间里没什么家具,显得空荡荡的。除了一张可以折叠的小圆桌和一个绿色箱子外,隔壁房间还斜挂着一根绳子用来晾晒衣服。绳子上面只挂着一件我说不出用途的白色衣服,在随风摇曳。估计包和被子之类的此时都收在壁橱里了。

"什么都没有啊。"我说。

"这边就是睡个觉。"她说,"比起住宾馆,还是这边便宜些,还是要尽量节约点。"

"是的,没错。"

"在那边,"我问道(说"那边"是因为我并不清楚她住在什么地方,所以只能这么说了),"你干过什么?你的工作?"

"打过好多工。既干过事务性的工作,也当过超市收银员。"她的说话声中夹杂着切洋葱的声音。

"学习呢?"

"不能再上学了。搬过去不久母亲的病情就恶化了,哪儿还顾得上上学。"

"那么,你是初中一毕业就工作了?"

"是的。"

"真不容易啊!"

"也许吧。不过话说回来,不受任何人的气,那样的生活我觉得很舒服。"

"我看你在信里写了。"我说,"以前在这边住的时候,真的那么痛苦吗?"

"你看过了?"她有点吃惊。

"嗯。"我回答她,"读得可认真了。"

"谢谢!"她说,"鼓起勇气给你写信写对了。"

"嗯,多亏了这封信,我才没有迷茫。"

她有点腼腆地点点头,随即像演戏一样故意咳嗽一声打破尴尬。

她说道:"这也看人,我就不行。看到一个人讨厌另一个的样子,即使讨厌的对象不是母亲,我也受不了。我感觉自己都要被气疯了。"

"嗯,我懂。"我对她说,"那个样子,让人感觉很害怕。我也是一看到别人发怒的样子,心就怦怦直跳。"

"我们这样的人是不是不正常啊?"她问我。

"也许是这样吧。要是所有人都像咱俩这样,世界也许就会跟现在完全不同。你看现在新闻上播的那些人都是从早吵到晚,估计那样可能就没有这种事了。"

"那也有点超现实主义了!"

"嗯,那样的话就是某些人的噩梦了吧?肯定是。"

没过多久,她就把饭菜做好了。

"让你久等了。"她一边关火,一边招呼我。

"太好了,肚子都饿瘪了。"

她给我做的汉堡包,在肉末里放了很多面包粉,有一种"妈妈的味道"。旁边放着堆得如小山一样的卷心菜丝。我朝上面挤了好多沙司酱。

"你可真喜欢沙司酱。"

"特别喜欢,我连吃豆腐都会放。"

"真的?"

"真的!"

她皱着眉摇了摇头。那种表情我也是第一次见,看起来可爱极了。

因为没有适合我的碗,她就用大海碗给我盛饭。

她边给我盛饭边问:"这么多可以吗?"

"嗯,再多点。够了。谢谢了。"

"说实话,最近手头没钱,我都没怎么吃饭。"我告诉她。

"是吗?"

"嗯。"

"那你在这儿可要吃饱了。"

"谢谢,我要开动了!"

"请吧,请用餐!"

今晚的一切都让我很感动。

她为我盛饭。我品尝她亲手做的汉堡包(特别好吃,她很会做饭)。我们俩围坐在小桌旁面对面一起吃晚餐,简直就像一对夫妇一样,只不过这是我们这对"夫妇"的第一顿晚餐。

父亲一如既往地深爱着母亲。对他来说,这并不是为了让婚姻延续的权宜之计,而是对女人表达爱意的唯一方式。

父亲每天看到母亲,都会感到激动和快乐,还会感谢上天赐予自己幸福。

我觉得像父亲那样过一辈子肯定很快乐,因为他不会陷入惰性循环,每天都像第一次和妻子相遇,每次都会坠入爱河。

这样的事情能持续十年、二十年,父亲真是一个与众不同的人。当然,他无论做什么事都出人意料,怪人反而容易成功。

我会怎么样呢?我会和身边这个充满魅力的女人,一起度过未来的人生吗?

晚餐之后,我俩喝着红茶,聊了一会儿天。窗外时不时传来有轨电车缓缓进站、出站的声音。除此之外,这个小区异常安静,连表的滴答声都不曾听见。

"我正在找地方打工。"她说,"说是专科学校,实际上我报的课程与面向业余摄影爱好者的文化教室类似,空闲时间很多。所以我想如果什么都不干的话,时间有些浪费。"

"话是这么说,可是你在休假啊。"

"是啊,"她笑了起来,"灰姑娘的故事就是这样啊,直到举行舞会的那天晚上,也要忙到最后关头。对我们来说,浪费时间是一种奢侈。"

"这样的话,"我说,"你能来给我帮忙吗?现在刚好接了大单子,忙得不可开交。肯定会有收入,所以我会多付酬劳的哟。"

"这样好吗?"

"当然,"我回答,"你要是能帮我,我就得救了。现在我吃饭都顾不上,别的工作也推后了,一直在忙着干这个。要是不能按时完成,我连饭钱都不够了。"

"真的?"她问我。

"可不是嘛。"

"既然你这样说，"她满面笑容地对我说，"那我就恭敬不如从命了。"

"嗯，那就麻烦你了，就当是帮我。"

"感觉像做梦一样。"她说。

"不至于吧，太夸张了！"

"我还没适应！"她说。

"什么？"

"喜悦。"

"噢。"我说，"现在可是假期哟。"

"是啊，"她对我说，"谢谢了！"

"嗯。"

"仔细想来，快乐的日子，基本都是和你一起度过的。"

"啊！"被她这么一说，我心里突然一阵激动，不知道该怎么回答。

"什么？"她问我。

"嗯？"

"你的脸红了！"她盯着我说。

我赶忙用手捂住脸，感觉脸上火辣辣的。看到我这个样子，她大声笑了起来。

"哎，你到底怎么了？"她开心地问我。

"你是不是在取笑我？"

"我很感激你！"她说，"你相信这一切吗？"

"什么？"

"现在的我们俩。"她说。

"怎么讲？"

"这三天,我每天望着那座铁塔都在想我们俩的事情。这样合适吗?自从离开这里,到现在已经整整六年了啊!吉泽可能都不住在这里了。即使人还住在这儿,他也会有他的人生,恐怕早就将这座铁塔和这里曾经发生的一切忘得一干二净了。因此,我不能抱有太多幻想。越是期待,现实可能越让人悲伤……"

"不会的。"我回应了一句。

"是啊。"她说,"我们竟然见面了,你看,这难道不是奇迹吗?"

"嗯。"我点点头,"我也吃了一惊,真是心有灵犀啊!"

"那,吉泽你有没有许愿想见我?"

"什么?哦,是的。"

"这算什么回答嘛!"她喷笑着说,"感觉你说话一顿一顿好奇怪。"

"没有吧?"我说,"我一点也不结巴。"

"真的?"

"嗯,一点也不。"我肯定地回答。

她已经出落成大姑娘了。光是看着她,我的心都会怦怦直跳。六年的岁月改变了她。这一切太富有戏剧性了,在她面前我感觉自己越来越怯场且难以保持冷静。在跟她说话的同时,我也变得过于敏感,回答时也由于过度思虑反而不知该如何回答了。

"我该回去了。"我对她说。

"是吗?"

"嗯。"

接下来我们又商量了明天之后的日程安排,并在玄关处相互告别。

"明天见!饭菜很美味,多谢了!"我对她说。

"嗯,早点休息吧。"

"你也早点休息,明天见。"

"嗯,明天见。"

虽然是司空见惯的告别话语,但听起来让人感觉特别了不起。这简直就像恋爱咒语,因为只要讲了这句话,明天我们就能再次相见。

从第二天开始,她成为我工作室中的一员。

她第一次见到我父亲时,竟忍不住笑出声来。

"对不起。"她强忍住笑解释说,"没想到吉泽和父亲长得一模一样。"

"是吗?"

"就像镜子中的两个人一样,连发型都一样。"

"请多关照!"她一边说着,一边把手伸向父亲。父亲慌忙把手心在裤腿上使劲擦了擦,战战兢兢地和她握了握手。

"请多关照!"父亲的声音有些沙哑。他盯着她的脖颈,莫名其妙地点了好几次头,嘴里像是自言自语似的发出"呀""嗯"的声音。接着,他非常唐突地缩回手,做了一个令人费解的动作。他把两只手在头上画着圈,头部像鸡一样向前一伸一伸的,看起来仿佛想要表达什么,可是那种尝试好像以失败告终。父亲突然停下这一奇怪动作后,就转身背对着我们一声不吭、头也不回地离开了房间。

后来,父亲趁她不在的时候悄悄对我说:"这个女孩子,长得和你母亲年轻的时候一模一样。为什么你不早一点告诉我呢?"

"真的一模一样。"父亲边说边用粗短的手指使劲地摩挲着自己的脸颊。

"真的,完全一模一样……"

原来如此。我终于明白了让父亲失去理智的原因。

因为我父亲把她看成母亲,所以,其行为举止突然间回到了十五岁的少年时代。父亲无法直视她,肯定是因为害怕。即使现在,父亲也还是一位杰出的晚熟之王。

她似乎感觉到父亲在有意躲避她。无论是谁看到那个动作都会这么想。

"是不是我当时不应该笑?"她对我说。

看到她很在意这一点,我决定如实相告。

"不是这么回事。"

"那是为什么呢?"

"我爸有点不好意思,主要是你太有女性魅力了。"

"是因为这个?"

"嗯,他当时抱着头在想'怎么办'。我爸他就是这么一个害羞的人。"

"真的?"

"真的。下次在一块的时候你仔细看看,我爸脸都红了。"

"是吗?"她开心地笑了,"伯父真可爱。"

"是啊,完全像个小孩儿。"

从某种意义上说,这也算是一种告密吧,在此只能跟父亲说抱歉了。我不会说谎,况且,最重要的是还要让她保持愉快的心情。只要能让她开心地在这里工作,我连父亲的短裤是什么颜色都愿意告诉她。

只是,我没有把她和母亲长得比较像这一点告诉她。我害怕她笑话我恋母(我确实有恋母情结)。实际上到底像不像就不得而知了。

虽然两个人看着比较像,但具体到细节差别就很大了。

母亲的皮肤不如她白皙,但头发显得更有光泽。她的眼睛比较大,睫毛也比较浓;而母亲的眼睛看起来则有一种"清凉如水"的感觉。相似的地方是两个人的耳朵都比较大,脖子都很细长。从整体上来看,她更有现代感(而母亲具有古典美)。

也许父亲从她给人的感觉、简单的动作以及内在的那种温柔之心以及待人公平、没有偏见等方面,找到了和母亲相似的地方吧。

我能理解父亲。她和母亲都有喜欢帮助特立独行人士的特殊爱好,在这个世界上属于难得的女性,而且两人都是美女,从这一角度看,两个人确实很像。

总而言之,我这个做儿子的继承了父亲对于女性的审美,潜意识中一直在追寻着母亲的背影。

看到我在工作室里穿的衣服,她立即笑了起来。

"穿的这是什么啊?"

"嗯?最近不是有点冷了嘛。"

"冷是冷,不过怎么穿成这样?是要参加谁的婚礼吗?"

我穿的是祖父的旧礼服,为了方便工作,就把下摆部分剪掉了,其他地方没怎么动。这样看起来确实有些奇怪。

"我家就是这样,作为礼服是在外面穿,之后就成了家居服,再后来就当睡袍穿了。"

"感觉这里的时间和别的地方不一样。"

"也许吧,这可是五十年前的衣服。不过用的都是好料子,穿起来感觉很不错。"

"很合身,感觉每天都是庆祝日,这样也许很不错。"

"嗯,也许是吧。"我回答。

真正的庆祝,才刚刚开始。

我们已在制作巨大的创意时钟。

这台挂钟足有一张榻榻米那么大。挂钟的胡桃木底板上遍布着用1.5毫米的铜线制成的复杂轨道,这是为了让铜质的小球在上面滚动以显示时间。轨道上安装了三处闸口,滚动的铜球会停留在这里。第一个闸口上停一颗球代表一分钟,若存到十颗球,闸口就会自动打开,让小球一起滚出。其中九颗球会滚到最下面的储球仓停下,剩下一颗被第二道闸口截停,这代表十分钟。这里停六颗球后,闸口打开,六颗小球一起滑下来,其中一颗被第三道闸口截停,这里存十二颗球后,所有小球会被放行,滚到储球仓,以此来表示经过了十二个小时。

储球仓中的小球被几个像缆车一样的装置循环向上搬运,送到最上面的出发点。运送小球的缆车是发条式的,要想让它正确完成搬运任务是非常困难的,这项精密的工作只有父亲才能完成。

这台挂钟设计成了一个小时响一次。若计算十分钟的六个球中的五个滚到储球仓,挂钟就会响一次。挂钟不是靠次数而是靠分散的和音来表示不同的时间,钟声音调的上升或下降代表不同的根音。人们通过辨别挂钟根音的高低来判断时间。决定钟声音色的发声体可以自由更换,使用者可以根据自身喜好来选择根音。比如早上六点可以选择阳光、雄壮的C大调,而在下午五点就可以选择悲伤的 E 小调。

父亲以前曾经制作过一个比这台个头小得多、结构更为简单的挂钟。一位富裕的画家不知在哪儿看到过,就前来订货,说是用来装饰自己的新画室。

这次的制作主要由我负责,要是父亲的话肯定又会执拗地拒绝。

我去画室参观过一次。那是一间挑高挑得惊人的房间,其中一面墙整个都是石头砌的,据说砌墙用的石头都是从德国、瑞士那边的古堡中拆下来的。我们负责制作的挂钟将被装饰在这面墙上,感觉看起来会很不错。

我和她负责制作轨道部分。

表芯由父亲在自己的工作室制作,表盘则放在我的工作室,一切做好之后我再将父亲做好的表芯装上去。

因此,我这边的工作主要是和她两个人完成。父亲自那之后,就小心地与她保持着一定距离,尽管如此,父亲好像还是很在意她。我曾经见过他好几次远远地、偷偷地观察她。虽然他自以为没被对方发现,可这就相当于掩耳盗铃。这简直就是十几岁满脸粉刺的小年轻的做法。

她自告奋勇地说要负责切割铜线。她先用钳子把铜线剪短,再用锉刀把横截面上的毛刺清理干净。

我们没有图纸。我和父亲无论做什么都不曾画过图纸,因为成品都已记在脑海中。即使是非常复杂的结构,我们也能记得住。也许所谓匠人的大脑就是这么长的吧!银行家有银行家的大脑,会计师有会计师的大脑,而我的记忆力虽然很不好,但是只要是干这个工作,从未感到过不便。

早晨父亲会把当天的工作交代给我：从这里到哪里要安装轨道、要弯什么样的角、斜向下的角度大概什么样等等。我将这些信息换算成厘米后再告诉她。

我负责把剪好的铜线用焊锡焊接并固定在表盘上。一个人忙不过来时，会让她帮忙摁着铜线。当然，这种时候我俩的身体会靠得很近。虽然我们在此过程中丝毫没有感情掺杂其中，但这么近距离地感受着她，我会瞬间激动起来，毕竟这是一种不可抗力。

对我来说，这是我所能想象到的接近她的最佳方式。现实环境需要我们俩的合作。

我们这样的人都害怕成为当事人，总是希望做旁观者。但这样一来，即使我们对谁有好感，也说不出口。所以，就会产生矛盾和纠葛。我们面对自己本能地产生的冲动时，总是会采取回避的方式。

就寻找伴侣的战略来说，上述做法是相当不合适的。人一旦太过慎重的话，往往会迷失原本的方向。关于这一点，在我之前取得突破的伙伴们，肯定早就摆脱了困扰，获得了解放，优哉地享受着单身生活的快乐。

表盘挂在墙上，主要是为了方便随时进行小球滚动测试。

她比我矮约 20 厘米，为了压住铜线，她就需要进入到我和表盘之间。因为空间过于狭窄，有时我的胸部会碰到她的背部，即使非常小心，有时我的腰部也会碰到她。我总觉得这……

这种身体接触让我想起小时候玩的"扭扭乐"这一游戏。这种游戏要先拨动四色转盘，指针指到哪种颜色，手或脚就要压在毯子的那种颜色上。我们今天的工作和这个游戏非常相似。

"按着这条轨道！""接下来扶着底下的支柱！"我每次下达

指令的时候,她就要在我和表盘之间爬来爬去。

每次身体碰到一起,我们都会礼貌地相互说"啊,对不起"或者"嗯,没关系",但不知怎的,这种情况多了也就见怪不怪了。在别人看来,我们的行为更像是一对男女在一起打闹。

她的头发碰到我的鼻尖时痒痒的,那种甜甜的香气现在也没有任何变化。那种清新的香气令人联想到刚刚诞生的女神。

工作结束时,她看到我额头上挂满了汗珠,不禁笑了起来。

"你怎么出这么多汗?"

"不知道。"我说,"也许是因为紧张。"

"会吗?"

"嗯。"

"我很开心,"她对我说,"特别开心。"

她笑得意味深长,可我并没有继续往下问。

"嗯,那太好了。我们是不是该吃午饭了?"

集中精力工作时,父亲基本上什么也不吃。为此,我们特意为他做了饭团和三明治,并且为了避免打扰到他,总是悄悄放在工作台上。

父亲专心致志做事,看都不看我们一眼。也许他根本没有注意到我们俩吧。他的专注力远远超乎我们的想象。

我们俩只好自己吃午饭,吃完她就去上学了。她上学时间比较自由,有时上午去,有时也会晚上去。

第一天,我们一边听着老旧的音响,一起吃了奶酪意面。

"哇,这个是用磁带的?"她很惊奇。

"是的,我小时候家里就有了。每次音响坏了时,我父亲都会把它修好，所以一直用到现在。"

"这种声音真令人怀念。"

"嗯，磁带已经松了。和人一样，磁带也会老。"

正在播放的是母亲喜欢的那首歌。一个外国歌手用鼻音很重的童声反复吟唱着"又恢复单身了，这也是理所当然"之类的歌词。每次听到这首歌，我都会想起母亲。因此，一个人的时候我很少听这首歌，怕会伤心落泪。

吃完饭有一会儿空闲时间，我请她到我工作间隔壁的私密小屋小坐。对我来说，这当然是第一次把女孩子请进我的房间。

我取出坐垫请她坐在窗户旁边，那可是整个屋子感觉最舒服的位置。

从窗口能够尽情欣赏公寓后小树林郁郁葱葱的绿色，不时还会传来阵阵鸟鸣。到了晚上，还可以眺望夜空中的星星和月亮。

窗棂上放着几个养羊齿的小罐。这是以前父亲和母亲在学校培育的羊齿的子孙后代，说起来可以算作我的兄弟。

"很棒的房间！"她兴致盎然地环顾四周。

房间的三面墙上都装了书架，上面放着因工作或爱好而制作的作品，甚至有很多称不上作品的破铜烂铁也像模像样地摆在那里。

上面放着用齿轮和凸轮做成的精致木制三叶虫，独具匠心的吹奏乐器，画了一半的世界名画复制品，用棱镜制成的彩虹制造装置，小到能够放在书本上的迷你街景，铜质牵线人偶，还有从家里带来的资料图鉴、百科辞典等，另外，还有万花筒。

就像先前约定的那样，我请她欣赏了迄今为止所有作品中极其重要的几件。

首先是被命名为"银河射线"的最新款万花筒。这个万花筒以宇宙为主题,通过几个透镜和齿轮,让数千束细小光束随机产生明暗变化,同时又以螺旋状缓慢改变形状。

"太棒了!"她惊呼,"感觉就像真的漂浮在宇宙中一样,有一种神秘感。"

我拿腔捏调地向她讲解驱动星星的复杂结构。

"使用十五个齿轮和凸轮。是的,就是这样。转动这边的旋钮,你看,光线的颜色就会逐渐变化。"

讲解完一件作品之后,就立即给她看下一件作品。

就这样,一件接一件地把我以前的作品都向她炫耀了一遍。大体上所有万花筒她都喜欢,只是对"神曲"这件作品有些不感兴趣。

"我有些害怕。"她对我说,"有时候我会做这样的梦——世界末日降临的梦。"

"就像这样?"

"是的,就是这样。你的作品哪件都像梦境,有梦的触感。"

"也许吧。对我来说,万花筒是用来观察某个地方的工具。"

"这个我懂,我经常看那个万花筒。就是你给我的那个晚霞制造器。"

"是吗?"

"嗯,每次看都会产生一种奇妙的感觉。感觉就像沉睡的另一个自己苏醒过来了。也许这种感觉无法用语言来描述,不过对我来说非常宝贵。每当我被生活重担压得喘不过气来时,看一看它,我的心情就会逐渐平静下来。"

"嗯,"我说,"太好了,你能那样用,真是太好了。"

"你真是个善良的人。我感觉我……"

"什么?"

"没什么,感觉我自己总是从你那里得到帮助。"

"这没什么。"我说。

"我说的是真的哟!"

"是吗?"

"嗯,一点也不夸张。"

当年第二学期一结束她就离开了,所以她没能拿到初中毕业纪念相册。因此,这是她第一次见到当时拍的那张集体照。

"当时能赶上真好。"她说,"要是在拍照之前就离开的话,我的照片就只能单独一张孤零零地插在相册里了。"

"那样确实有些寒碜。"

"嗯,我会伤心的。"

看到草坪斜坡上拍的集体照,她高兴得叫了起来。

"对了,还拍了这张照片呢!"

"嗯。"我说。

"我看起来好高啊。"她说。

"因为你踮脚了嘛。"

"话是这么说,不过确实很自然啊,咱俩看起来好般配。"

"是吗?"

"嗯,咱俩都在看同一个地方。"

"嗯,我也注意到了。"

"看到什么了? 你还记得吗?"

"不记得了。"我说,"什么都没有,不过看起来我们俩确实都在看同一个地方。"

"是啊,真不可思议。到底为什么呢?"

不知不觉之间,我俩的脸都要贴到一起了。更不幸的是,不知为什么,我俩在这个时候忽然一起转头,弄了个四目相对。

我连忙低下头看相册,顿了一顿才又抬起头。

我发现她还在望着我,顿时我的心怦怦直跳。

"怎么了?"她问我。

"没什么,"我说,"什么事也没有。"

实际上并非如此,不过我只能这么回答她。现在这种发展速度对我来说太快了。我有些手足无措,低下了头。

她沉默了一会儿,不久缓缓地长出了一口气,对我说:"我该走了。"

"嗯,很晚了。"我说。

"那明天见。"她向我道别。

"嗯,明天见。"我回答。

当然,像这样和一位女性在一起这么长时间,对我来说还是第一次。我颇为认真地认为,将来类似这样的机会可能这一辈子都不会再有了。

她说过,现在的假期是母亲送给她的礼物,是纪念她长大成人的最后的自由。而在我看来,我甚至可以认为这是她送给我的最好的礼物。

实际上我也认为这是女神的恩宠。对于我这个与女性无缘又生性内向的二十岁青年来说,这是爱之女神赐予我的一份对淡淡青春的回忆。只要有这一回忆,我的一生将不会再感到寂寞。

对我来说,过去的回忆都是弥足珍贵的财产,要珍视回忆并面对未来。如果说破坏和创造是前进的两个轮子,那我可能就属于那种宁可靠自己的双脚缓步前进的、笨拙而迟钝的龟速派。虽然有轮子很方便,但因为我并不着急追赶什么,所以从未羡慕过速度快的人。

稍微前进后再回首,怀念一下自己所走过的路,孤芳自赏一下后,再面带微笑踏上征程。对我来说,人生就是如此。无论好也罢,坏也罢,我只会这样一种生活方式。不是有人说过"蟹随身挖洞,人量力而行"吗?总之做人要量力而行。

因此,我决定全身心地享受快乐,除此之外什么也不去想,只保留现在的一切。为了这淡淡青春的回忆,活在当下。仅此而已。

和她一起共处,是我人生中最为精彩的大事。我们两个人一起听老旧的流行音乐,还一起眺望傍晚的天空。工作室里充满了她的气息。

只要时间允许,每天的傍晚时分我俩都会在铁塔下度过。

她会在这个时候拍很多张晚霞的照片,而我在这期间可以尽情欣赏她美丽的脸庞。

望着她洁白的脸颊、柔嫩的嘴唇,我有一种想吻她的冲动(她每次按下快门的瞬间,都会嘟起小嘴,看起来就像在索吻似的)。

但是,我什么都没做。因为我无法想象那一天会到来,甚至连想也不敢想。

对我来说,她就像女神、仙女一样充满神秘,就像永远无法揭开的谜底一般。她的身影如梦如幻,稍不留神可能就会随风而逝……

当然,我知道事实并没有如此夸张。她也只是一个和我同龄的二十岁女孩,同样有着二十岁所特有的欲望和烦恼,同样是在努力生活。她不会像天上的女神那样超然于天地之间,不食人间烟火。热血在她雪白的肌肤下流淌,她也会悲伤流泪。

所以,这些都只是我天马行空的主观想象。我会那么想,可能是因为我爱她。喜欢上一个人,不就是那么回事吗?爱上一个人就会认为对方很特别,会感觉她比现实中更为神秘。而恰恰因为对方是无可替代的存在,所以我才会害怕失去她,无法让她远离自己的视野。

有些男人并不会像我这样,或许他们才是多数派,我这样的则属于少数派。总而言之,由于我把她看得过于神圣,以至于晚熟过了头。

天黑之后,我们在疗养院周围的松树林里散步。我们吹口哨、扔石子,坐在松林的公园秋千上一起看星星。

这种感觉真的好幸福!

夫复何求?我属于那种没有太多欲望的人,拥有太多反而会内心不安,会认为自己贪得无厌。

因此,当发生"电话事件"时,我也觉得是理所当然。不过,正因为如此,我更喜欢她了。与地球引力相反,离她越远,我对她的思念反而越深。

可以说我对她的思念,是两人之间距离的平方。

她来到这里两周以后发生了"电话事件"。

她每隔几天就会通过公用电话给她母亲打电话。因为设有公用电话的便利店离她在车站前租住的公寓很远,加之停车场上总是有些不良少年和飞车党聚在那里,所以感觉走夜路非常不安全。因此,我推荐她用我公寓这边的公用电话给她家里打电话。

"这和公用电话一样。向电话旁边的盒子里投币即可使用,三分钟十日元。旁边放了个沙漏,可以用来计时。"

由于我住的公寓年代非常久远,没有通往各个房间的电话线,所以我们只好将走廊上放的黑色话机当作公用电话使用。而别的住户好像都是自己想办法解决,所以目前这部电话只有我们父子俩在用。

"那我就不客气了。"她开心地说道。从此以后,她都在这里打电话。

有时从走廊对面能够听到她和母亲通话的声音,不过因为隔着门,声音模糊,很难听清具体在讲什么。

但是,那天很不幸(也许不能完全说是不幸,因为我早晚会知道),两件事很偶然地碰到了一起。

夜里加班告一段落的时候,她说了句"我去打个电话"就离开了屋子。我站在表盘前面,继续思考下一项作业的施工顺序。

这个时候从走廊上传来了她打电话的声音。与以往不同的是,这次的通话内容我听得清清楚楚。

"啊,妈妈吗?你身体怎么样?嗯,知道了,太好了!"

我回头看了看房间的门,发现门没有关紧,留下一点缝隙。

我走到门边,抓着门把手想轻轻关上门,可感觉门被什么弹了回来。我低头一看,发现门和门框之间夹了一块小木片。

"原来如此。"我蹲下来拿起那块小木片。

恰巧在此时,话筒中传她说话的声音。

"是诚二来家里了吗?"

这句话让我感觉非常不吉利。虽然只有一句话,可我瞬间仿佛明白了什么。我就那么蹲着不由自主地竖起耳朵听着她俩之间的通话。

"为什么?没有,我没有跟他联系。不过……嗯,是这样……"

不知怎么回事,此时我的心里乱糟糟的。她的说话声中夹杂着些许烦躁和负罪感。

"我回去会好好和诚二说的。不是不是,我不告而别并不是那个意思……嗯,是的。所以妈妈你别在意。嗯,嗯,所以……是的,可以,真的是。这件事我都跟您说过好多遍了,这是我自己的决定。是的,小里美的事也是这样……嗯,是的。孩子真乖。不过,靠一个男人来养是有点……是的,嗯……"

我听着电话,心怦怦乱跳。她口中所说的自己的决定到底是什么呢?她的母亲似乎并不支持。从通话内容来看,感觉她母亲是不同意她一意孤行的。我莫名地觉得自己应该支持她的母亲。

"你看,我现在也不能立即回去,是吧?嗯,说了不是因为顾虑长濑……什么?嗯,以后再说,我回去了再做。"

又冒出来一个长濑。这又是哪个家伙?

不久她和母亲的话题就转到别的上面去了。我悄悄拉开门,偷偷地看她站在走廊上的样子。她背对着我,肩膀斜靠在走廊的墙壁上,每次讲话,长发都会随着语气摆动。

我缩回头,把门掩上,跟跟跄跄地回到表盘前,扶着墙回想刚才听到的内容。

她讲的内容我基本上都明白。只要大脑不过于迟钝,无论谁都会听出些端倪。她所说的最后的假期,也许指的就是那件事。

虽然不是现在,但在不远的将来,她就要成为一个我不认识的人的妻子。

仔细想想,这种事其实司空见惯。对于无依无靠的这样一对母女来说,这也许是最佳的解决方案。虽然不知道她是怎么想的(也不知道诚二是怎么想的),不过这种事情,她怎么想也许根本无关紧要,重要的是双方为了各自的切身利益,如何解决当前所面对的问题。

在她的解决方案中,是不存在我这个选项的。

我自己穷得连吃饱一日三餐都成问题,还要赡养一个性格、行为完全异于常人的父亲。况且,实际上我和父亲几乎没什么两样,都是一个靠不住的人(这是遗传),所以即使没有这一问题,我也无力供养她们母子。

真是难受啊!想着这些我的泪水不由自主地就溢满了眼眶。虽然这只是一种预感,不过这么亲耳听到后,还是会忍受不了那种痛苦。

听到她回到房间,我赶忙擦干了眼泪。

"怎么样了?"我背对着她问道。

"嗯,"她语气平淡地说,"妈妈精神不错,好像最近身体很好。"

"那太好了。"

"嗯……"

好像等待什么似的,她沉默了一会儿。我只好问她:"怎么样了?"

"嗯?什么?"

"没什么,你的声音有点……"

"是吗?"

"嗯。"

我的心又开始怦怦直跳。我很害怕她告诉我真相,我什么都不想问。

"那个什么……"她提起话题。

"什么?"我问,"想说什么?"

我的膝盖在发抖。我闭上眼睛,紧紧咬住嘴唇。

"农村还是很复杂的,人际关系什么的……"

"是吗?"

"嗯,最终的结果是好像无论在哪里都无法自由。"

"嗯……"

她自言自语般地小声嘟囔道:"我真想一直待在这里。"

我想了一会儿问她:"可你不会一直待在这里,对吗?"

"嗯。"她说,"要是那样,我会无法原谅自己。把自己的幸福建立在别人的痛苦之上,那样的事……"

"可是,大家都是这么做的啊。"

"是啊,不过咱俩跟大家不一样。是吧?"

我回过头望着她,她的眼睛里不知什么时候已经噙满了泪水。

"嗯。"我点点头,"是的,我们俩不一样。"

也许是因为发生了"电话事件",几天之后,我干了一件缺乏经验的事并因此而惨遭挫折。

那天,给我介绍这项工作的画廊老板来了个电话(公寓的黑色电话机),邀我那晚与买主画家见面并一起吃晚饭。正好她从下午开始一直到晚上都要上学,而父亲是干起活来就什么都不管,所以让他一个人待着也没什么问题。我把提前做好的三明治放在工作台上,里面放了培根和莴笋。父亲喜欢吃烤得脆脆的吐司三明治。

傍晚五点刚过,画廊老板坐了辆出租车来接我。这是我这辈子第二次坐出租车(第一次乘坐是在母亲病重,送她去医院时。因为母亲不喜欢叫救护车,所以我就跑到马路边打了辆出租车)。

到聚会的目的地约二十分钟车程。那是一家位于街边上的大型豪华饭店。柜台放着各种各样的酒,衣着华丽的人们聚在一起,大声地竞相吹嘘着自己。

酒店服务人员领我们入席。沙发奢华得令人吃惊,让我感到一种窒息的压迫感。它好像刚打过蜡,味道很浓,颜色像火烈鸟一样鲜艳,在灯光的照射下就像镀了一层珐琅的餐具一样熠熠生辉。

等了将近三十分钟画家才到。我和他是第一次见面(当时去他工作室实地考察时,他刚好出国,没有见到本人)。他的长相跟我想象中的截然不同,与其说他是个画家,不如说他更像一位精明的实业家。他大腹便便,头发梳得油光发亮,脸颊也被晒成了健康的小麦肤色。

在我看来,有才能的画家应该是洋幸那样的形象,而这个人给我一种截然相反的感觉。在见到他的瞬间,我不禁觉得作为一名画家他的品位相当有问题。

画家还带着两位女伴,年龄与我同龄。两人长相非常相似,就像一对双胞胎。虽然她俩都很漂亮,但是总有种让人说不清道不明的不自然。

画家看起来心情不错,落座后马上开始询问工作的进展情况。

"很顺利。"我说,"已经完成了八成左右,还需要最后加把劲儿。"

"我等着看成果。"他说,"你的父亲很有才能,我希望能让更多人知道这一点。"

"真的吗?"我问。

"嗯,"他说,"真的。"

"那么,"我说,"除了这次的挂钟,能否请您再订一些别的作品呢?"

我勉强自己参加今晚的聚会,就是这个目的。我希望得到更多订单。如果收入能比现在大幅增加的话,也许我和她的未来还会有一线生机。我希望自己能成为她的解决方案的一种。

"我暂时只需要那台挂钟。"画家说,"我的工作室会有很多人来访,也许有人会感兴趣,到时候我会替你推荐。"

"真的吗?"

"真的。"

我听了他的话,感到希望仿佛就在眼前,新的订单会随之接踵而来。这样一来,她就可以一直留在工作室,不久的将来甚至可以把伯母也接过来……

然而实际上并非如此,订单仅此一件而已,而我家的生活正如父亲所希望的那样仍然很窘迫。

甚至后来我还听说,画家不到半年就把我们制作的挂钟从墙上拆下来了,在那儿挂上了他所敬爱的一位巨匠的名画。名画价格应该是挂钟的几百倍。

想来这也是情理之中的事,这只是有钱人的心血来潮罢了。

当然,无法未卜先知的我,为了给这样一个人留下好印象,那一夜我低眉顺眼地做了很多违背本心勉强自己的事情。

画家好像特别喜欢听人夸奖,即使明显是吹捧的话,他也毫不在意。反正只要别人奉承他,他就非常满足。陪他的两位女伴似乎精于此道,也许她们就是吃这碗饭的,可谓是拍马屁专业人士(一直到酒席结束,我都不知道她们是何许人也)。画廊老板也很会逢场作戏,现场表现最差的可能就是我了。

我是个不会说奉承话的人。

他的画我见过几次,对我来说都是些难以理解的抽象画。解说部分罗列了许多概念性的词汇,仅仅是读一读都让我感觉有些发怵。我和洋幸都是写实派,讲究分毫不差地描绘我们所看到的世界。对我们来说,写实本身就已经具有极致的美了,比如她给我留下深刻印象的洁白双膝。

因此,我只能说一些无伤大雅的话,比如"红色运用得很好""那件作品我看过"之类的。即便如此这也已经是我的极限了,可仔细想来,这根本算不上称赞,只是在描述客观事实罢了。站在画家的角度来看,我这个人一点也不懂人情世故。我认为自己这种不善交际的个性大概是拜家风所赐。

画廊老板之所以叫我过来,可能是因为他觉得我与画家从事着类似的职业(都属于创作,偶尔也画画)。他认为我属于那种人生还没有走上正轨的懵懂青年,可能会对成功者抱有些许憧憬,会面带羞涩不停对画家说一些他爱听的羡慕之类的话。

不过,看来我的表现让画廊老板失望了。

因此,打算以戏弄我来取乐的画家在得知我已二十岁之后,就开始以"二十岁了要尝尝酒的滋味"为由,拿白兰地、威士忌拼命灌我。

由于不愿过于驳他的面子,我只好平生第一次喝了酒。酒一点也不好喝,确切地说难喝得很。真不懂那些爱喝酒的人是怎想的。

看到我小口喝酒,这帮人就说,"这样不行""一口干了,干了"。他们虽然笑眯眯的,但声音听起来却好像很不高兴。两个女人也一边哄笑一边拍着手催我喝酒。

我觉得她们逼我做不情愿的事情实在是很过分。虽然她们很漂亮,但内心却和母亲及白河判若云泥。

我不知道最后喝了多少杯。我是那种不懂拒绝的人,在他们的催促下,我强忍难受一直喝。忽然觉得很难受,还出了一身汗。

出汗之前,我就已经感觉心脏在肋骨下面像打桩机一样怦怦直跳了,而且还伴有呼吸不畅、恶心、全身奇痒等症状。

"我感觉很不舒服。"我对画廊老板说。

他望着我的脸仔细观察了一下,吃惊地对我说:"你脸上尽是疹子!没事吧?"

"估计有事。"我勉强回答。本来我不想让大家担心,努力想笑一笑,可是面部僵硬得完全挤不出笑容。

画家流露出厌恶的神情,对老板说:"还是早点让他回去为好。"也许他对戏耍我已经没兴致了。于是画廊老板叫来一辆出租车,让我坐着回去。

站起来走了几步路,我感觉更难受了。只有画廊老板送我到店门口,那两个女的甚至还用鄙夷的目光看着我。

坐上出租车后,我感觉特别想吐,强忍了一会儿,十分钟后实在忍不住了,就请司机停了下来。我跳下车,跑到一根电线杆旁一阵狂吐,直吐得浑身颤抖、眼泪直流。

因为暂时还止不住呕吐,我就让司机先走了。

望着出租车逐渐远去的尾灯,我长长叹了一口气。这里距离公寓还有很长一段路要走,要在平时这当然不算什么,但对当时的我来说,这段距离就像一辈子那么长。

我走一段路,就扶着电线杆吐一会儿。全身一直很痒,特别是背上肩胛骨附近奇痒难忍,可是手又够不着,只能强忍痛苦。

夜深了,气温逐渐降低。被汗水浸湿的背心冰冰凉凉,让我感觉很不舒服。更不幸的是,这个时候天空居然开始滴答滴答下起小雨,我觉得这样下去自己肯定要感冒。

因为心里焦急,胃里恶心,加之浑身哆嗦,所以怎么也走不快,感觉自己就像一团快要融化的蛞蝓。

走了一段路,看到一处空无一人的公交站台(末班车已经走了),我决定在这里休息一会儿,等恢复一点体力再走。

木质长椅的漆面已经斑驳脱落,我在上面躺了下来。

躺下还是感觉天旋地转,我大口大口地使劲呼吸,心里祈祷这种恶心想吐的感觉早点消失。

我家没人喝酒,也不能喝酒,这是家里的传统。我很后悔自己明明清楚这一点,却还干这么蠢的事。

虽说希望多揽点活儿这个理由堂堂正正,但醉成这样不仅仅是这一个原因。我心中有一种自虐般破罐子破摔的冲动,这种冲动是我今晚干出如此愚蠢行为的另一个原因。这是一个隐藏在我内心的愿望。虽说我是个凡事都还想得开的人,但还是会有像今天这样消沉的时候。

仰面躺在椅子上,我闭着眼睛大口喘气。突然,我感到有人向我走了过来。

睁开眼睛一看,穿着浅口无扣无带皮鞋的一双女性纤细的双脚映入我的眼帘,我感觉好像在哪里见过。

"是吉泽吗？"对方开了口。

"是白河吗？"

听到我说话，对方立即跑过来，边弯腰观察着我的脸，边问："你没事吧？"

她的雪白双膝就在我的眼前。我看着她的膝盖回答："没事。"

"真的吗？"

"嗯，只是腿使不上劲儿，走不了路。"

"是吗？"她说着把手中的伞折叠起来靠在墙边放好，在我的头的旁边坐了下来。

"头能抬一下吗？"她问我。

"嗯。"

她轻轻托着我的头，就像手里扶着的是一件易碎的青瓷，缓缓地让我的头枕在她柔软的两腿之间，我的脖颈隔着她的连衣裙就能感受到她肌肤的温暖，后脑勺也感觉弹性十足。让我躺好之后，她把托着我的头的纤细手指从下面抽了出来。

那种软着陆让我无比陶醉。

我依稀记得很久以前也曾发生过这样的事情。她身上散发的体香和那一次一般无二。在触碰到她的一瞬间，恶心想吐的糟糕感觉一下子消失得无影无踪。

"我带了水，你要喝一点吗？"

"嗯。"我说。

她托着我的背扶我坐了起来，动作娴熟。喝了点保温杯里的水，喉咙得到滋润，我感觉舒服多了。我又躺了下来，她把手帕用水润湿，轻轻替我擦去嘴角的污渍。

"别擦了，很脏。"我说。

"说什么呢,"她像训小孩子一样对我说,"我是护士的女儿。你不要在意,交给我就好了。"

"嗯……"

"感觉怎么样?"

"嗯,好多了。不那么想吐了,只是……"

"什么?"

"背上特别痒。我喝酒了,可能是过敏了。"

"知道了。你转个身!"

"嗯。"

我很听话地侧过身来。

耳朵摩擦着她的连衣裙,发出"沙沙"的声音。她雪白的大腿近在咫尺若隐若现,美不胜收。

她把手从领口伸到衣服里,轻轻替我挠背后过敏发痒的地方。

"对,就是那里,是的,肩胛骨中间那……"

她的手指触碰到过敏发痒的源头时,我不禁叫出声来。那种强烈快感让我舒服得要死。

"就是这里吧?"她高兴地问我。

"嗯,就是这里。"

"你的脸上也出疹子了!"说着她用另一只手轻轻摩挲着我的脸颊。

"痒吗?"

"还好,那里我自己已经挠过了。"

"是啊,已经被你挠红了。"

"嗯。"

每次说话的时候,她柔软的小肚子就会轻轻地碰到我的头。

此时的我不禁感叹,幸福的类型真是多到数不清,任何地方、任何瞬间都孕育着幸福的种子。

"你怎么知道这儿?"我问她。

"画廊老板打电话了。"她回答。

"学校上完课我就去工作室找你,以为你已经回来了,这时电话响了。你们公寓的规矩不是谁离电话近谁接电话吗?我一接知道是画廊老板打来的。他告诉我你喝多了,见你难受就打了出租送你回家。我很担心你,就在公寓门口等了一会儿。"

"嗯。"

"可结果左等右等都不来。等得我越来越担心,就估摸着一个方向往这边来找你。能找到你,太好了!"

"这样啊。"我说,"太谢谢你了。"

"嗯。"她顿了一下问道,"不过我想知道,你为什么要喝酒呢?你以前可是从不喝酒的啊。"

"嗯,这是我第一次喝酒。"

"那是为什么呢?"

"对方是很重要的客户,我想借此机会多接点活儿。"

"就为了这个?"

"嗯,我努力想迎合对方,可结果还是不行。"

"是这个原因吗?"她说,"这不像你。"

"为了工作嘛。"

"为什么?"

"什么为什么?"

"对了,你可不是这样的人啊。"

"并非如此,"我说,"我也有想要的东西。"

"是吗?"

"嗯。"

她没有问我想要什么。

要是她问我了,我会如实回答她吗?

我想要的是你,我想永远在你身边,我想成为你的解决方案中那个值得信赖的恋人。因为我知道眼前还难以实现,所以我才会干那样的事。

"不要再让我担心了,"她说,"我感觉自己都折寿了。"

"知道,"我说,"不会再这样干了。"

"嗯,拜托你了。"

之后她摸着我的上衣袖口,有点担心地问我:"你一直穿着这个吗?"

"是的,今晚有点冷。"

我穿的正是祖父留下的礼服。

"人家有说你什么吗?"

"没说什么。"刚一说完我就想起来了,"我想起来了,有人说我简直就像一位星星王子,是说的这件衣服吧?"

"是女的吗?"

"嗯,有两个和我们同龄的女孩,是画家带去的。"

"我也说不清。"她说,"是在说你的衣服,还是在说你。"

"是吗?"

"嗯,你自己看。"她拉着我用来系裤子的蓝带子对我说,"这是什么?"

"什么'什么',这是用来当皮带的。之前我没跟你说过?"

我觉得店里卖的腰带,不管是皮的还是布的,都硬得要命,所以我一直都用柔软的毛毡带子代替。"

"嗯，"她点点头说，"这我知道，以前听你说过。真漂亮啊！这个海蓝色的带子，还有腹部的蝴蝶结。"

"嗯……"

"也就是说，"她说，"我觉得说的就是这个。"

"哎，"我问她，"到底是怎么回事？"

"这就是那个女的觉得你像星星王子的原因。"

"嗯。"我不得要领地点点头，其实心里还是不明白。

"你谁也不像，也不愿模仿谁，是个非常特别的人。"她对我说。

"你特别有个性。"

"原来如此。"我说，"谢谢！"

她扑哧一声笑了出来。

"怎么了？"

"确实如此。"她说。

"嗯。"

"我刚才夸你，说你'特别'，你回应'谢谢'，所有这些都是你的魅力所在。"

"真的？"

"真的。"她说话的声音非常温柔，"因此那些人肯定也是在夸你。你就像星星王子一样。"

我也知道不是那么回事，但还是默默点点头，很开心她那样为我着想。

"我替你把这件礼服改一下吧，"她说，"没事的，我都会做。"

结果她真的把这件礼服改好了。工作室里有一台脚踏式旧缝纫机，她用这台机器成功地把礼服过于宽大的领子和剪得不整齐的下摆重新进行了设计和剪裁。

"衣服改得好棒!"我不禁赞叹。

"我们家也是这样。"她说,"把谁的旧衣服改改穿,不能叫人说浪费。"

"嗯,是啊。而且这样做自己也会很开心吧,自己会改样式。"

"是的,全世界仅此一件,独一无二,别处买不来的。"

除了这件礼服,她还替我改了好几件旧衣服。这里剪剪、那里裁裁,转眼就把祖父、父亲的旧衣服修改成适合我瘦高体形的款式了。

而且她把局部细节设计得非常得当,改好后整体看起来还很时髦。

她还教了我几道方便易做的家常菜。

"总是煮一下就放酱汁,老这个样子恐怕光看菜谱就会厌烦了。"

她告诉我,之前她做的有妈妈味道的汉堡包、酱汁鸡蛋卷、豆渣做的沙拉等都是既便宜又有营养的菜肴。

"你得再胖一点才好。"她还拿我开玩笑,"现在这个样子一阵大风都能把你刮跑。"

"这个我试过。"

"试过?"

"嗯。"我告诉她,"刮台风的日子,我在铁塔下像洋幸那样裹一件斗篷……"

"结果呢?"她问。

"真的飞起来了,因为我还撑了一把用铁丝加固了的雨伞。飞了有七八米远。"

"就像玛丽·波平斯①那样吗？"

"嗯，只是没那么优雅。"

"你真搞笑。"她高兴地笑着问我，"有人看到你了吗？"

"怎么会？！狂风暴雨的，周围一个人也没有。"

"可以想象你当时的样子。暴风雨里，你被淋得跟落汤鸡似的，一个人玩得不亦乐乎。"

"是的，确实很开心。"

"这事只有你能做得出来。"她笑着对我说，"亲爱的，你一定是从某个奇异星星降临的古怪王子，所以才跟别人有这样大的差别。"

她的无心之言听起来就像是自言自语，这是她第一次叫我"亲爱的"。我呆呆地望着她，不过她似乎没有注意到自己说了什么。

那天，整整一天我都是既开心又害羞。

我知道她是在为离我而去做准备。

虽然假期还没有过完一半，但因为担心分别那天不期而至，所以我和她都不太相信所谓的预定时间。

我俩每天都在拼尽全力活好今天，就仿佛明天就是末日一般，想象力过于丰富的人应该多少都有这种想法。在相遇、相恋的那一瞬间，我和她就已经陷入失去对方的痛苦。对我们来说，爱和永恒的离别永远都是一对孪生姐妹。人们常说失去了才懂得珍惜，而我们却在失去之前就已经饱尝痛苦。这也可以说是种杞人忧

---

① 英国女作家帕梅拉·林登·特拉弗斯创作的玛丽·波平斯系列童话中的人物。

天吧。

她给我拍了好多照片。我感觉这一辈子的照片仿佛都被她拍完了似的。她在站前的照相馆把这些照片全都洗了出来(她虽然学了显影,但显然在店里洗照片要便宜得多),整整齐齐地装在照相馆免费送的一本相册里。

"全都是我的照片啊!"我从后面一边偷看一边说。

"我要把你带回家。"她回过头来,露出孩子般的笑容,"可以吗?"

"可以,我也是那么觉得。照片里都是我被照相机吸走的灵魂。请一定要善待我的分身哟。"

"嗯,我一定会珍惜的。"

说实话我也给她拍了好多照片。我用祖父的那部旧相机给她拍了几十张照片,照片有些成像模糊,有些曝光过度。

从某种意义上说,我们相互留下了对方的灵魂。此时的心情、阳光、空气以及共度的美好时光都被永远定格于那一张张薄薄的相纸上。我一直觉得照相机是一部神奇的机器,就像一尊小小的神仙一样。

★

假期最后的三天,发生了一件事。

人们所说的不可抗力——女神心血来潮的随手一摸,让我和她之间的距离以一种意想不到的形式被拉近了。

那天我在工作室一直干到深夜。整个挂钟的制作已经基本完成,只剩下了最后的收尾工作。

父亲完成自己的工作后就回去休息了。白河傍晚去学校上课，这个时候她应该也已经进入梦乡。其他住户也都出门了，这栋楼就只剩下我一个人，整个公寓非常安静，令人感觉毛骨悚然。

突然走廊上的电话铃响了起来（电话铃声总是在不经意间响起）。电话声音很响，我被吓了一跳。

我停下手上的活儿到走廊接电话。

"喂，喂？"我从木台子上的黑色电话机上拿起听筒。

"吉泽，是你吗？"电话那头传来白河慌乱的声音。

"是我。怎么了？"

"公寓失火了！"

"失火？！"

昏暗的走廊里回荡着我吃惊的声音。

"是的，刚刚完成灭火作业，这会儿明火刚刚被熄灭。"

"啊，"我想起来了，"刚才我听到消防车拉的警笛声了。"

"嗯，说不定就是奔你们那儿去的。"

"受伤了吗？具体情况怎么样？"

"我没受伤。听到有人大叫'失火了'，我就醒了。那个时候房间里已经有烟涌了进来，我把身边的东西往包里一装就跑出去了。"

"嗯。"

"出来时发现火苗正从一楼走廊尽头房间的窗户里一个劲儿地往外蹿。住在这里的人都已经安全跑出来了。由于那个房间一直空着没人住，所以大家都推测可能是有人故意纵火。整栋房子几乎全被烧光了。"

"是吗，你没事就好。现在你人在哪儿？是在那个小超市吗？"

"不是,在车站检票口前面的公用电话这边。"

"明白了,我这就去接你。"

"好的,我等你。"

车站前静悄悄的,一个人影也没有。末班车已经在二十分钟前驶离了。

她看到我向我招手。她上身穿着深蓝色短大衣,身旁放着两个大包。

我从自行车上下来,一路小跑到她身边。

"没事吧?"

她默默地点点头。

"冷不冷?"

"有点,"她回答说,"里面就穿了件睡衣。"

"啊,怪不得呢。"

"大家都这样狼狈。看到失火,公寓住户都穿着睡衣跑出来了。"

"真惨啊!"

"嗯,不过我还算好的呢,重要的东西都装到包里带出来了。"

"真好!"我问她,"有什么东西没拿出来?"

"被子、餐具,还有西装……"

"好的,已经很幸运了。"

"嗯。"

看到我打算脱掉上衣给她穿,她连忙制止我:"没那么夸张,我没事。"

"真的没事?"

"嗯。"她点点头。

"那好。"我又把扣子系上,"晚上就睡在工作室吧,有现成的被子。"

"谢谢!"她说,"对不起,给你添麻烦了。"

"哪里的话。"我赶忙说,"一点也不麻烦。"

我从地上放着的两个包中,挑了一个大的放在自行车后座上,用橡皮带子绑好,再把小的那个放在前面的菜篮子里。

"咱们走吧。"

"好。"

我推着自行车和她走在深夜的商业街上。平时繁华的街上现在连一个人影也看不到,显得特别冷清,仿佛置身于另一个世界。

我一边走,一边不断地问她:"你冷不冷?"每次她都回答我说:"不冷,谢谢。"走到一半路程的时候,我再一次问她:"冷不冷?"这次她用征询的口吻问我:"我可以挽着你的胳膊吗?"

"可以!"我回答。我平静的语气把自己都吓了一跳。当然,实际上并非如此。

"谢谢!"

说着她紧紧地抱住我的胳膊,身体也和我贴在一起。我感觉她的身体特别柔软,脑子里就想着她外套里面穿了件睡衣。

"车把扶累了吗?"她问道。

"没事。"我回答,"小意思。"

她默默点点头。她把头靠在我的身上,踮着脚尖往前走。

"以前我就想……"她对我说。

"嗯?"

"你身上比别人暖和吧?"

"嗯。"我点点头,"我的体温比别人高,好像生下来就这样。"

"现在也是如此,我感觉就像抱着个暖炉。"

"嗯,太好了。我是你的小暖炉。"

"是吗?"

"是的,一个会吃饭、说话、画画的小暖炉。有时做梦还会说梦话呢。"

"真的啊?"

"当然是这样,还会好多呢。我父亲告诉我,我做梦时还会讲奇怪的话呢。"

"好有趣,想听听呢。"

我笑了笑,没有继续这个话题。我的胳膊碰着她的身体,能感觉到她的身体软软的、暖暖的,那种感觉很强烈。我们都是会思考的小暖炉,都在默默祈祷能温暖所爱的人。

到了公寓,我把行李搬进工作室,对她说了声:"请稍等一会儿。"我进入里面的房间,手忙脚乱地把房间里乱放的东西整理好,并铺好被褥。

"好了,可以进来了!"我叫她。

她双手抱肩走进房间,看起来似乎有点紧张。按理说她应该对这里很熟悉,可能是因为在这种情况下,所以看起来才和平时有所不同。

"被子不是什么高级货。"我说。

她心不在焉地点点头,环顾了一下房间后声音很小地对我说:"你睡哪儿?"

"啊?"我吃了一惊。

一阵尴尬的沉默过后,我们对视了三秒钟。

"啊,"我对她说,"我回家去睡,那里也有我的床。"

她眨了眨眼睛,用修长的手指撩起脸颊边的秀发问我:"真的?"

又是一阵沉默。

"嗯。"我回答,"家里有从小我一直睡的床,父亲给我做的。"

"是吗,这样啊。"她的语气有些奇怪。

总感觉什么地方不对,她讲话的节奏有些异于平时,我有些跟不上。

两个人一起尴尬地站了半天,她终于长出了一口气说:"那就这样吧。"她的声音很大,我吃惊地抬起头,发现她正在对着我笑。

"该睡觉了吧,明天还要加油工作呢。"

"嗯,最后收尾了。"

"你看。"她掀开外套衣襟,露出里面穿着的特别可爱的粉色两件套睡衣。衣服有些透,能够隐约看到内衣的形状和颜色,我猜大概是白色女式短背心和舒适内裤,但她似乎并没有意识到这一点。于是我就装作什么都没看到的样子。

"衣服好可爱。"我对她说。

"谢谢!"她说,"刚开始觉得怪怪的,不过很快就习惯了。大家都穿得很漂亮。"

"确实如此。"我说着,眼睛眨都不眨地一直盯着她看。

她的紧张情绪得到缓解,还不经意地伸了个懒腰。我感觉她这个动作好幼稚。

我咽了口唾沫对她说:"今晚你已经很累了,早点睡吧。"

"嗯,我会的。谢谢!"

"好,那明天见,晚安!"

"嗯,晚安!"

★

一番波折之后,现在她也成了这间公寓的住户。

刚开始我打算让她住我的房间,可她死活不同意。这时的她是非常固执的,而且绝不妥协。

我忽然想到隔壁房间也空着,就把这件事告诉了她。

"也许能特别便宜地租下来。"

我把我这间房间的租金告诉了她,她两眼放光。

"这价格也太便宜了!"

"嗯。虽然距离车站有点远,不过我可以把自行车给你骑。"

我们随即打电话给房东,对方也满口应承:"你想怎么样都可以。公寓的安全都靠你了。"

于是她竟然成了我的"邻居"。

搬家一分钟都没用,把放在我房间的包搬过去就行了,余下的就是擦擦榻榻米和窗户了。我最后还苦口婆心地说服她使用我从家里带过来的被子。就这样,这里俨然成了一个像模像样的"家"。

那天晚上,我俩一起去公寓附近的公共澡堂洗了澡。因为我家的洗澡间实在寒酸得不像样,我也不好意思让她去洗。

"感觉好不可思议啊。"她说,"竟然和你一起去澡堂洗澡。"

"真的呢,要是我们上初中时能预料到这些,肯定会大吃一惊呢。"

"是啊,不过那个时候如果想去也就去了,只是没想到而已。"

"和洋幸三个人一起去?"

"对啊。在大池子里好好泡一泡,回去的路上还可以三人一起去饮品店买苹果味苏打水喝呢!"

"啊,这个主意不错,肯定会很开心。"

"是吧。"

我的眼前仿佛出现了三个人一起寻开心的场景。那是比现在要稚嫩得多的我们,每个人头发都湿漉漉、小脸红扑扑的。洋幸会高兴地跳着莫名其妙的舞蹈,我和她则会看着洋幸大笑不止。

"你怎么了?"她问我。

"嗯,"我说,"我看到我们在那里。"

我指着一处被路灯照亮的地方。

"是吗。"

"嗯,我们都很开心呢。"

我们约好洗完后在澡堂的入口见面,之后就进了澡堂。目送着她进入女宾室,我的内心洋溢着无法形容的喜悦。不知怎么回事,我的心跳得很厉害。虽然我内心并没有期待什么,可心脏却像在期待着什么似的"咚咚"直跳。

在更衣室换衣服的时候,隔壁传来了她的声音。

"吉泽是你吗?"

"嗯,怎么了?"

"我这边没别人,就我一个。"

"时间不早了,我这边也只有一位老爷爷。"

"快要关门了吧?"

"是的。"

"这么大的澡堂,人这么少,好奢侈啊。"

她似乎心情不错,不断地隔着墙跟我说话。

"墙上的画很漂亮,你那边也有吗?"

"有的。"

"水很热呢。"

"你从水龙头里放点冷水中和一下就好了。"

"你身上洗干净了吗?"

"马上就好了。"

泡在浴池里的老爷爷冲着我直笑,我只好挠挠头向他打招呼并尴尬地说:"她是我的初中同学。"

老人笑着点点头。这让我感觉对方可能会错了意,急忙加了句:"今天她搬过来成了我的邻居。"

"你在说什么?"她在对面问我。

"没什么。"我说,"我这就洗好出去了。"

我在澡堂门口等了一会儿,她才出来。就像所有女人那样,她也把发髻高高盘起,并用毛巾包住。

"你这个样子,"我对她说,"我觉得挺好看的。"

"是吗?"她说,"反正回公寓的路上也没什么人,昨天不也是穿着睡衣走来走去的嘛。"

"嗯,这样好啊,更有女人味。"

"谢谢!"她略显羞涩地说。

刚出浴的她给人一种纯真无邪的新鲜感(可能是因为完全没有化妆)。她的脸红扑扑的,湿漉漉头发也很有光泽,身上还有股平时闻不到的不知是香皂还是洗发露的味道。

"今晚的星星好漂亮!"

"是吗?"她问我,"我没戴隐形眼镜,看不见。"

"没事吧,能走路吗?"我说。

"走路还行……"

正说着,她就被什么绊了一下。

"我扶着你走吧。"我建议。

"可以吗?"她问我。

"可以。"我回答她。

因为现在名正言顺,所以我没有任何犹豫,非常光明正大地握住了她的手。

"谢谢!"她说。

"嗯。"

今晚她的手很暖和,纤细的指尖仿佛在寻找什么似的总是动来动去。我装作若无其事的样子,抬着头只顾朝前走。我心里一直在绞尽脑汁地思考这时候应该聊点什么话题,可牵着她的手的感觉几乎占据了我的整个大脑,弄得我都不知道要聊些什么了。

此时,她的手指依次钻进我的手指缝间,一根,又一根,简直就像正在寻找自己住处的小生命一样。一开始还在试探,充满戒心,逐渐胆子大了起来。

"这样比较好。"她说,"这样拉手才舒服。"

"是的,"我回答她,"这样拉着确实舒服。"

感觉自己好像一个傻瓜。这种高级别的牵手方式,特别容易让人感到紧张。这可能就是那个数学游戏的一种解答吧。两个人的手指亲密无间地缠绕在一起,让人觉得有一种数学上的和谐美感。

"挂钟就要完成了吧?"她说。

"嗯。"

"大家都辛苦了,每天都干到半夜。"

"嗯。"

"怎么了?"她问我。

"什么?"

"感觉你怪怪的。"她说。

"没有啊。"

"真的吗?"

"嗯,可能是刚洗完澡的缘故吧。是的,肯定是这样。"

"真是这样?"

"嗯,怎么说呢,我也不知道。"

"你真怪。"她笑出声来。

"是吗?"

"是的,特别怪。"

"这是在夸我吗?"

"是的。"她对我说,"我是在夸你呢,用最美好的词语。"

"那就谢谢了。"

"不客气。"

由于回到公寓已经很晚了,所以我们就在走廊上分开了。

各自打开房门,互道了声晚安,不过我俩都不约而同地望着对方,谁也没有进屋。也许是希望尽可能多回味一下这个晚上的快乐,留恋的心情使我俩都站在原地没有动。我们又扯了些无聊的话,开了些没头没脑的玩笑,一起傻笑了一会儿。

两个人的心情就像插上了翅膀一样,快乐得让人感觉天旋地转。明明没有喝酒,两人却兴奋得像喝醉了一样。不过,也不能就这样无休无止地聊下去。于是我估摸着谈话结束的时间,伸出胳膊做了一个催她快点进屋的夸张动作。女士优先,应该她先退场。

她扑哧一下笑出声来,无声地向我示意"明天见",然后就要往房间里走。再一看原来是个假动作,她又使劲把头往后仰再次偷看我。我俩四目对视,又一次笑了起来。

重复了好几次这样的游戏后,我终于进到房间钻进了被子里。不大一会儿又听到她敲击墙壁的声音,还恰好是在靠近我头部的地方。

"怎么了?"我问她。

"喂,能听见吗?"墙那边传来说话声,墙壁似乎并不厚。

"我兴奋得睡不着觉。"她说。

感觉好奇怪,今夜我俩一直在隔着墙聊天。

"看来你是兴奋过头了。"

"是的,非常开心。"

我知道她睡的位置,实际上我俩是隔着墙头碰头在睡。

我想象着我俩躺在表盘上的样子,我是长针,而她是短针,感觉有一种微妙的对称性。

她粉色的睡衣隐隐约约透出内衣的轮廓,让我感觉自己能够接触到一点她的秘密。这就像一个无限深奥的谜,无论有多少提示都没用。不过对我来说,这已经足够了。那位有名的大胡子物理学家曾经说过,"我们能够体会到的最棒的经验,就是神秘感本身"。一切都看清了,也就索然无味了。

"谢谢!"她的声音听起来遥远而又无助。

"谢什么?"

"所有的一切。"

"嗯。"

"值得我鼓起勇气。"

"勇气?"

"站在那座铁塔下的勇气。"

"啊……"

"我可是拼尽全力了呢。"

"嗯。"

"连我自己都不敢相信。"

"是吗?"

"嗯,可不是嘛。"

四周万籁俱寂。透过薄薄的墙壁,我能感受到她那孤寂的心。

不知几时起,秋日夜晚的魔法消失了。激动与兴奋结束之后,一股无以言状的悲伤涌上我的心头。

"喂!"她叫我,"睡着了?"

"没有,还没睡着呢。"

"是吗?"

"怎么了?"

"吉泽!"

"嗯。"

"我……"

"嗯。"

"我有没有成为你的负担?"

"怎么会?"我说,"根本没有的事。"

"真的?"

"嗯。"

"那就好……"

"怎么突然想起问这个了?"

"没什么。"她说,"只是……"

"嗯。"

"我要是能成为你快乐的回忆就好了。"她接着说,"我希望你能快乐,做自己想做的任何事,彻底以自我为中心。"

"那种事……"我话刚出口。

她仿佛想堵住我的嘴巴似的说道:"你别说话,这是我的愿望。这样一来……"

说着她就陷入了沉默,结果这成了我俩这一晚的最后一句对话。

始终无法随心所欲的我俩,也许是害怕这样会带给对方痛苦的回忆吧。如果真是这样的话,那反倒成了莫大的讽刺。

也许我俩就像两面对照的镜子一样,都在思念着对方,又都在为对方着想。这样一来,反而没有办法随心所欲、为所欲为了。

我俩就像架子上的珍贵瓷器一样,由于太过珍惜,结果反倒成了摆设。也许是因为我们把眼前这段时间过得太过精致了。我们没必要害怕伤害对方或让自己受伤,需要拿出勇气再向前迈出一步。不要彻底以自我为中心,不要考虑太多以后的事情,我觉得这也许才是她想说的话。

★

第二天,挂钟制作完成了。

那天晚上,我们在工作室开了一个小小的派对。

我们把几个箱子堆起来，在木箱上垫上薄板，再铺上一大块蓝色衬布，这就成了临时的派对桌。她为了让我亲自做一下她教我的这几道家常菜，所以饭菜都是我俩自己做的。这几道菜看起来都很不起眼，不过这反而更适合我们的派对，毕竟我们都和奢华无缘。

我们用茶水低调地干杯后，派对正式开始。

"真好吃！"父亲吃第一口就竖起了大拇指。

"酱汁鸡蛋卷是我做的。"她告诉父亲。

"啊，原来如此。"父亲的脸有点红了。

由于我和她并排坐在一起，父亲坐在对面，所以父亲的表情根本没有办法掩饰。她扭头冲我笑了一下，似乎在暗示着什么。

"伯父，"她说，"我是不是很像小优故去的母亲呢？"

父亲吃惊地望着我们。

"为……"他的表情僵住了，也许他是想说"为什么"。

"是我告诉她的，因为她觉得你总是躲着她。"我告诉父亲。

"这事……"父亲很无奈。

"嗯，我知道。不过，要是不向她说清楚的话，她会误解的。"我说。

"是这样啊……"父亲若有所思地点点头，语气温柔地对她说，"是这么回事。你的长相确实和我妻子有些神似，具体哪里像倒也说不上来，大概就是这种稳重的神态、气质吧。看到你总让我联想起她年轻时的模样。因为她太过光彩照人，所以当时的我都不敢直视她。现在也是这种感觉。你同样光彩照人，但我并没有躲着你的意思。"

"噢，"她点点头，"原来您是这么想的啊！我太高兴了。"

"你是个好姑娘，"父亲对她说，"今后也请继续做我儿子的朋友。"

"那是当然，"她说，"我也是这么打算的。"

"谢谢！"父亲说。

由于紧张情绪得到缓解，父亲终于能和她自然地交流了（当然，他的视线始终还是停留在她的锁骨附近，不敢直视她的眼睛）。

"我第一眼看到你就明白了。"父亲说，"人的内心会从外表显露出来。"

"是吗？"

"嗯，你的内心肯定充满了爱。"

"你是说……爱吗？"

"是的，就是爱。我的妻子——小优的母亲给予我们的爱芳香四溢。"

"嗯。"

"陪伴、包容、鼓励、慈爱，所有这些丝毫不会强加于人，而是以一种不可思议的力量让我们着迷。即使什么都不做，但只要身处其中，爱就会芳香四溢，恰似某种甜蜜的引力。可并不是所有人都拥有这样的爱。"

"是吗？"

"是的。"父亲说，"所谓爱，实际上是一种非常暧昧的词语。其中包含了各种各样的感情。但爱也因人而异，有时仅仅是指自我。有多少人就有多少种爱。这其中，我觉得你和小优的母亲在爱的方式上可能存在着相似之处。"

"爱会芳香四溢。"我完全没想到父亲会说出这样的话。

这不是父亲的语言，我突然发现这个我自以为很了解的人，竟有着如此深厚的内涵,这让我深感不可思议。

我羞于出口的话,父亲却能轻松地说出。也许关于衡量羞耻的标准,父亲与我的大相径庭。

对父亲来说,最羞耻的事情是骄傲,即向别人炫耀自己有钱或者显示自己的力量或能力。

派对进行到深夜。父亲摘下老花镜,擦了好几次眼睛。最近我经常见他这么做。

"您没事吧?"她担心地问父亲。

"没什么,眼睛有些不舒服,可能太过逞强,用眼过度了。"

"那么……"她忽然站了起来,绕过桌子站到父亲背后把手放在他的肩膀上。

"我来替您揉揉肩吧。"

"这个……"父亲有些不知所措,不过很快表情就平静下来了,对她说了声,"谢谢。"

父亲全身放松地任她按摩。

"真舒服!"

"真的?"

"嗯,真的。这让我想起以前妻子帮我揉肩膀的往事。"

"您有肩周炎吗?"

"这个嘛,只要是干这个的,谁都会有。"

"小优呢?没替您揉过肩膀吗?"

"小优不行,揉得一点也不舒服。"

"是吗?"

"他太笨了,小时候母亲就去世了,待人处世方面的经验不足。"

这孩子就连跟我接触都会提心吊胆。"

"真的吗?"她笑着看了我一眼。

"这个嘛……"我只好耸耸肩缩了缩脖子。

"多谢,我轻松多了!"父亲对她说。

"没事。"她更加卖力地帮父亲揉肩膀,"还差得远呢,我再帮您揉会儿。"

"那太好了,你也累了吧?"父亲问她。

"没事。"她摇摇头说,"我没有父亲,所以现在您就是我的亲父亲,就让我尽点孝心吧。"

父亲眯起眼睛,不胜感激地轻轻摇了摇头。

"你真是个好孩子……"

"没有了,这就是我一厢情愿。"

"那样就更难得了。"父亲拉住她替自己揉肩膀的手说,"有你这样优秀的女孩儿做我儿子的朋友,我特别高兴。一直以来我都觉得在孤独中长大成人的小优有些可怜,我担心他就这样过完自己的青春,一点绚丽的回忆都没留下……"

说实话,我非常吃惊,没想到父亲竟然会这样看我。今晚真是惊喜连连。

"不过,"父亲接着又说,"看来这种担心是多余的,有你我就安心了。"

"您这样说……"她有些为难。

她不可能一直留在我身边,做一辈子朋友可不包括这一点,而父亲却对此一无所知。

"我……"

她刚想说什么就被父亲打断了。

"没事,"父亲说道,"请不用说了。今晚就到这里,我该走了。"

"啊,这么早?"她问道。

"嗯,终于从漫长的工作中解放出来,我也该回家休息了。"

父亲说着站了起来,这次他是面对着她并看着她的眼睛向她表示了感谢。

"你做的饭菜非常可口,肩膀揉得也很舒服。非常感谢!"

"没什么,是我应该谢谢您。真的非常感谢!"

"嗯。"父亲说着拍拍她的肩膀,缓缓走出了房间。

"我爸爸说了很多奇怪的话,请不要介意。"

听我这么一说,她微笑着摇了摇头,说:"并不奇怪啊,伯父是在担心你,做父母的都是这样吧?"

"也许吧。"

"嗯。"

"不过我真的很吃惊,"我对她说,"父亲竟然那么看我。之前一点也没想到。"

"是啊,"她脸上浮现出戏谑的笑容对我说,"你觉得自己是个可怜的儿子吗?"

"没有啊,"我说,"我自己从没这样想过。"

"没有和别人交往过?"

"这个嘛,除了洋幸和你之外……"

"那以后呢?"她又问。

"什么意思?"

"你今后也一直一个人?"她的表情看起来非常严肃,我被她的表情吓了一跳。

"我不知道。"我像个孩子一样随口答道,"那种事……"

"是啊,"她说,"那种事谁也说不准。"

"嗯。"我回答。

"喂,"她说话的语气突然变了,对我说,"放放音乐吧。"

"放那盘磁带?"

"是的,就是它。"

"现在就要听?"

"是的,现在就想听。"

我走到音响旁打开电源开关,按下了播放键。

音乐随即响了起来。那是一首以可爱的少女的名字命名的歌曲,歌词开头唱的是:"见到你的瞬间,我的内心莫名发生了变化。"

"这样可以吗?"我问她。

"嗯。"她点点头。

"来吧。"她冲我伸出手。

"干吗?"我问。

"跳舞吧。"她说。

"什么?跳舞?在这里?"我很吃惊。

"嗯,是的。你不喜欢和我跳舞?"

"怎么会呢?"我摇摇头说,"可我从来没有跳过。"

"我也是。"她说,"不过谁都有第一次,这就是我们的第一次。"

"嗯……"

看到我扭捏的样子(特别害怕出丑),她用特别温柔的语气对我说:"虽然微不足道,不过这也会成为我们俩美好的回忆之一。你说是吧?"

"啊。"我不禁叫出了声。她说得非常对。派对也好,跳舞也罢,这一切都是她给我的礼物,都是即将离去的她留给我的、慰藉我心灵的礼物。

我点点头,朝她走了过去。

餐桌和制作好的挂钟之间只有一块狭长的空间可供我们跳舞。虽然地方很小,不过我俩谁都不在乎,这就是所谓的难得的不可抗力吧。不过也恰恰因为地方狭窄,我俩才可以从一开始跳舞就把身体贴得紧紧的。

我俩轻轻拥抱着对方,胸贴着胸,腰靠着腰,身体随着节拍一起缓缓摇摆。

跳舞真是一个好主意。伴随着和缓的音乐,我俩才得以任由身体尽情感受对方的存在。也许这才是男人和女人一起跳舞的真正意义。

我特别喜欢她的节奏。舞步的轻重缓急伴随着喜悦(或者说不安)潮涨潮落。

甜蜜的发香,微醺的气息,纤长的睫毛,冰凉的手指,对我来说,这一切的一切都具有无穷的魅力。

我俩的身体越贴越近,逐渐交织在一起。

我甚至觉得自己的身体能够感受到她的心跳,也许那也是我自己的心跳。

这一刻,我是世界上最幸福的人。

不久,她的手绕到我的背后抱住我,我也同样抱住她。

我俩站着抱紧对方,身体随着音乐轻轻摆动。

一想到自己和从十四岁起就一直喜欢的人抱在一起,我激动得眼泪都要流出来了。此时的我深感自己是多么爱她啊!

她闭着眼睛,头随着节奏轻轻地左右摇晃,表情显得很陶醉。在我眼里,这样的她看起来无比性感。

忽然,我感到一阵欢愉的悸动,仿佛有只长有一百对触手的细长虫子正沿着我的脊柱向上爬。

也许她感受到了我的激动,睁开眼睛望着我。四目相对,本能上我应该避开她的视线的,可不知为什么,我并没有这样做,我俩就这样一直出神地望着对方。

她的气息变得有些紊乱,也许我也是一样。她的眼睛看起来比平时更加湿润,这让我难以平静下来。

此刻我只想为她做点什么,所谓"想对别人好"的症状又开始发作了。

"随心所欲!"她说过,"完全以自我为中心。"

我想吻她。她的嘴唇细腻柔软,虽然毫无遮挡,但也是她极具个性、特别私密的部位。

我想吻她,特别特别想。

虽然我在寻找不可抗力的接触,但是接吻并不是在哪儿都可以进行的合适行为。

即便如此,我还是选择了等待。为什么会这样,我自己也不明白。也许受到类似不可抗力的那种绝对存在的影响,负责编排我人生大戏的导演冲我比了个 OK 的手势(也许那只是我心中的幻觉罢了)。或者那只是借口,思虑过多的人总是追求这个。他们想要得到什么非分之物时,总要找一个正当的理由。

我俩还是默默地望着对方,似乎已经用眼睛在接吻了。如果我没猜错的话,她是在默默地等待着我更进一步的行为,从朋友关系到比朋友更深的关系。

我的心脏在剧烈跳动,我已经无路可退。我深深吸了一口气,又缓缓呼了出来。就像在练习约德尔唱法一样,最后的呼气微微颤动。

她仿佛把我深呼吸的举动当成了信号,轻轻地闭上了眼睛。我能看得出她的嘴唇正在微微颤抖,于是用更大的力量来拥抱她。

恰巧在这时,走廊上电话响起来了。

我们慌张地放开对方。真是不可思议,在我们刚才亲密接触的时候,潜意识中完全没有罪恶感。这使得我们对于第三者的反应更为激烈。

"也许,"我说,"是画廊老板打来的电话,明天一早要送货,一定是说这个事。"

"是啊,"她边说边用手整理了头发,使劲把连衣裙上的褶皱抚平,"明天要早点出门呢。"

"嗯,是啊。"我回答。

我像只虾一样往后退去,然后快速转身跑出门去。难以抑制的兴奋和一下子被打断的刺激,让我的心脏都快要爆炸了。我感觉自己的心房或心室跳动得异常激烈,连肋骨内侧都能感受到那种怦怦的震动。

我气喘吁吁地拿起听筒。

"喂,哪位?"

"喂?"对方的语气似乎有些惊讶。不是画廊老板,而是个陌生人的声音。难道是打给别人的电话?

"你好,喂喂?"我反复了几声。

"那个……"电话那头传来一个男人的声音。年纪似乎介于我和父亲之间,可能与我更为相近。

"请问,白河雪乃小姐在吗?"

我吃了一惊,差一点把听筒掉到地上,感到这一切似乎并不是真的,可我冷静一想,立刻又明白自己正处于现实之中。刚才的感觉还未消退,我觉得自己有些手足无措。

"她在这里。"我答道,不知道又发生了什么事情。于是接着问道,"您是哪位?"

"我叫小野诚二。"对方回答。

"小野……诚二?"

"是的。"

我脑海深处传来什么东西连接上的声音。我明白过来了,心中突然有些不安。

"您是哪位小野诚二?"我胆战心惊地问道。

我啰里啰唆地问这问那仿佛让对方有些不耐烦。

"我是她的未婚夫!"对方略含怒气地表明身份。

"未婚夫?"我无意识地反问了一句,眼前一黑差点晕倒。

"是的,差不多吧,算是未婚夫。请快点请她听电话,我有急事。"

"好的……"

我赶紧跑回房间(听到急事这两个字产生的自然反应)对她说:"是你的电话。"

"电话?"她问。

"嗯,一个叫小野诚二的人打来的,说有急事。"

"明白了。"她的脸色刷的一下变了,声音听起来有些紧张。她表情僵硬地从我旁边走了出去。

我把门掩上之后,为了让自己紧张的心情尽快平复下来,我开始收拾东西。

我收拾好碗筷,把当桌布用的蓝布叠好,又把当桌面的板子靠到房间角落里。可过了这么长时间,她的电话仍然没有结束。

我越来越感到不安,于是只好开始洗碗,最后连厨房周围的污渍都打扫了一遍。就在我打算清理炉灶的时候,她终于回到房间,脸色很难看。

"发生什么事了?"

虽然大概情况我已经猜到,不过还是忍不住想问问她。

"母亲……"她回答,"病倒了。刚被人送到医院住下,病情暂时还算稳定。"

"这样啊,"我又问,"没事吧?"

"嗯,我不担心。"她说,"以前也病倒过几次。因为最近身体情况还好,我就没……"

"嗯。"

"我明天回去。"她说。

"是吗?那学校呢?"

她摇摇头对我说:"没办法啊,这也是我的决定,万一有事,无论如何也要赶回母亲身边。这是最重要的。"

"嗯,"我说,"是这样啊。"

"你不觉得很棒吗?"似乎为了转换心情,她刻意用欢快的语气对我说,"仿佛就是为了等待挂钟制作完成的这一刻,虽然我什么都没说。"

"嗯,是啊。"

她长出了一口气,说道:"接下来要收拾行李了,虽然没太多东西。"

"嗯。"

"派对结束了,尽管有点遗憾。"

"嗯,假期终于要结束了。"

"嗯,不过这可是最棒的假期啊。谢谢你为我所做的一切。"

"嗯。"

她出门的时候,我突然叫住了她:"那个……"

"什么?"

"刚才打电话的……"

"嗯?"

"没,没什么。晚安!"

"嗯,晚安!"

我躺下后一点也睡不着。开始时隔壁还传来她收拾行李的声音,不久就归于平静。这时整个公寓万籁俱寂。

"未婚夫。"我不知不觉小声嘟囔了一句,还说什么"算是未婚夫"。

我想一定是这样,她打算回去结婚。

我不喜欢听那个男人的声音。没有听过的话,还可以把这些当成没有实体的幻觉,可惜我和他说了话。那声音——低沉的男性声音,听起来仿佛比我要成熟十倍。

我想他一定是个成熟的男人,因为他连孩子都有了。估计他老于世故,有包容心,而且更为重要的是经济上也比较稳定(我觉得一定是这样),我完全比不上他。

回想起来,似乎一直都是她在照顾我,流鼻血、醉到呕吐……我就是这么一个人,不仅生存能力低下,还总是受挫栽跟头,实在是靠不住。

我一个人的话,这么生活完全能对付,至少我自己是这样想的。只要没有太多欲望,即使不懂得为人处世,也能简简单单地获得幸福。做自己喜欢的工作,不饿肚子就好了。幸亏公寓的房租便宜到让人难以置信,而且祖父和父亲的旧衣服也多到穿不完。

然而,我还是会有追求,很想为她做点什么。每次我这样想,都会觉得自己是个"有缺陷"的人。人一旦开始追求什么,就无法保持自我的完整,因为追求本身的意义正在于此。

破坏自己内心的某个部分,用她提供的东西进行填补,这样一来,我们就能获得新生。我也不再是我,她也不再是她,而是成为"我们俩"这样一个新个体的一部分。

迈出这一步,有时也是一件非常痛苦的事情。这个过程令人痛苦、尴尬、害怕,还可能丢脸,甚至被人嘲笑。但即便如此,我们也必须迈出这一步。我本能地认为即使付出百倍努力,仅仅得到百分之一的回报,自己也能为此欢呼雀跃。

所以我去尝试追求了。然而,现实却如此残酷。

也许在其他时候,爱可以作为自己单纯的想法,能由着性子尽情去尝试,但随着涉及的人越来越多,这件事就会变得复杂。这就好像万有引力的三体问题①。

这个问题真是太难了,无论我如何冥思苦想,还是得不到答案。

"咚咚",隔壁传来敲击墙壁的声音。声音很有节制,若有若无。

"怎么了?"我一下子坐了起来。

---

① 研究三个可视为质点的天体在相互之间万有引力作用下的运动规律问题,三体问题不能精确求解。

"睡了吗？"她问我。

"没,还没睡。"

"是吗……"

"嗯,怎么了？"

一阵沉默。

"那个……"她问我,"我可以去你那边吗？"

我感觉心脏仿佛池中的鲤鱼一样在剧烈跳动,身体在激动地颤抖。

"好呀。"我大声回答,声音显得有些生硬。连我自己都不知道为什么声音会变成那样。

过了一会儿,门被轻轻推开,传来她走进工作室的声音。

"没事吧？能看见吗？"我问她。

"没事。"她回答道,不过脚下好像被什么绊了一下,害她"啊"的叫了一声。

"我把灯打开吧？"我问她。

"不用,别开灯！"她说。

"嗯,好的。"

等了一会儿,她终于溜进了我的房间。

昏暗的房间里,隐隐约约能看到她身上穿着粉色睡衣,就像一条深海里的神秘生物。

"我坐你旁边好吗？"她问我。

"好呀。"我回答。

在被子上抱膝而坐的我挪了一下身子,在旁边给她腾出空位。

她贴着我坐下来,距离非常近。此时的我上身穿着长袖 T 恤,下身配一件蓝色的带花纹睡裤。不知为什么,我心里很不踏实,有些羞耻,还有些莫名其妙的罪恶感。

"我睡不着。"她对我说。

"我也是。"我回答她。

"再过几个小时天亮了,我就要离开这个地方了。"

"嗯。"

"没办法啊。"她说。

"是啊,"我回答道,"你母亲需要你的照顾。"

"嗯。"她回答。

月明如水,枝头随风婆娑起舞的树叶,在我俩身上洒下摇曳的影子。她的光脚丫看起来小巧可爱,脚趾头仿佛婴儿的那般精致。

她那么脆弱,那么容易受伤。虽然表面上精力十足,但有时也会败下阵来。她需要有人给予她支持。

"刚才我没说完。"她说。

"什么?"

"你不是问我'打电话'的事吗?"

"啊,嗯,对了。"

"那个打电话的人。"

"嗯。"

"是妈妈以前工作单位社长的外甥。"

"是吗?"

"嗯,他对我们一直很照顾,不求回报。其实他自己也有不少麻烦。"

"多大年纪?"

"三十岁左右吧。"

"嗯。"

"他叫小野,也在那家公司上班。那是一家很常见的那种家族经营的小企业,是做和纸批发生意的。"

"是吗,还有这样的公司。"

"嗯,母亲托以前朋友的关系进这家公司上班,不过因为身体原因,并没有干多久。"

"这样啊……"我忽然想起来什么,打断她问道,"那么,你以前上班的地方,也是这家公司吧?"

"嗯,不过,没干几天。"

"辞职了?"

"嗯,有很多原因,人际关系什么的。"

"嗯,原来如此。公司就是会有很多麻烦事。"

"是的。"她说,"不过,因为这层关系,母亲一遇到什么事就会麻烦小野,所以身体不舒服的时候会给他打电话。估计我这边的号码也是母亲告诉他的。"

"怪不得,"我说,"原来是这么回事。"

"不过,"她继续说,"小野特别在意。"

"在意什么?"

"他说电话里你的语气很严肃。"

"啊,那个呀……"

"他问你是谁,我回答说是初中同学、打工地方的老板、公寓的邻居之类的。"

"啊哈?!"我笑了起来,"是的,就是这样。还有别的吗?他还说了什么?"我问她。

"别的?"她很奇怪。

"嗯,我也不知道,总觉得还有别的。"我说。

"没有啊,"她摇摇头说,"就这些。"

"这样啊……"我又问,"小野这人温柔吗?"

她沉默了一会儿,似乎在寻找什么合适的词汇。

"嗯,"她小声地告诉我说,"很温柔,非常温柔。"

"嗯,那就好。"

"是吗?"她问。

"是啊,人不温柔可不行。"我说。

"没错,"她说,"是这么回事。"

"嗯。"我回答。

"他啊,"她的语气似乎发生一些变化,"去年离婚了。"

"离婚?"

"是的,他一个人带着一个六岁的小女孩,是个非常温柔的父亲。"

"这样啊。"

"还有,那个女孩叫里美,很黏我,是个特别可爱的小姑娘。"

"嗯。"

我不知道自己想干什么。我是希望听这个故事,还是想干点别的——比这种聊天更有意义的事? 不可思议的是我自己也不知道我想干什么。

我感觉她很遥远。虽然那个身穿可爱的粉色睡衣,尽情散发着芬芳的佳人就坐在我身旁,可不知为什么,我却感觉她离我非常遥远。

"小野……"我提起了话题。

"嗯?"

"在刚才的电话中,自称是……"

"啊?"她问,"他说什么?"

"说是你的未婚夫。说什么'算是未婚夫'。"

说完这句话我自己也吃了一惊。和她在一起的时间只剩下一点点了,为什么自己还要说这些呢?真搞不懂我这是怎么了。

她很镇定。也许她是在等着我提这件事。

"没想到,"她的声音有些发抖,"事情会发展成这个样子。"

"什么意思?"

"社长,"她说,"极力撮合这事。周围的人,也乱传我是他外甥的结婚对象,所以……"

"可是,你和他本人呢?"我问她,"你们自己是怎么想的?"

"小野……"她叹了口气对我说,"他说只要我同意就行。即便不是现在,任何时候都可以。"

"是这样啊。"我说。

原来如此。怪不得他跟我自称是她的未婚夫。他和他的舅舅一样,自己也在对外这么宣传。

"那……"我的喉咙有些哽咽,沙哑着嗓子问她,"白河你呢?你是怎么想的?"

她低下头咬着嘴唇,轻轻地摇了摇头,自言自语似的说道:"我不知道。"

"'不知道'是什么意思?"我问她。

"母亲……"她用带着哭腔的声音说,"一想到母亲的情况……"

她顿了一顿,咽了口唾沫,长出了一口气,平静下来了。

"小里美的情况也要考虑。"她说,"而且一直以来我和母亲都受到社长的照顾。"

"话是这么说,可你自己的想法呢?这么看感觉你是因为周围人那样说才结婚的。"

也许这个瞬间,我才真正是在为自己考虑而讲这些的。我希望她能说"我不想这么结婚""小野这家伙讨厌死了"。不过,她什么都没说。

"算了,"她有些悲伤地对我说,"我的想法根本不重要,原本我也没什么想法。我从小被体弱多病的母亲抚养长大,已习惯了这种扼杀了自我的生活方式,长此以往,便完全地失去了自我。"

我真想大叫:"胡说八道!如果真是这样的话,你为什么要来这里呢?难道不是你自己要来的吗?曾经住在这里的你不也那样快乐吗?"

不过,我最终什么都没说。不知为什么,我说不出口。

"我觉得这一定是我们最后一次见面。"她的声音微弱得几乎听不到,只能听到呼吸声,"所以,一切都算了吧。"

"因此我才来到这里。"她边说边拉住我 T 恤的衣角。

我的心像被碎玻璃扎到一样突然一阵剧痛。

我竟然逼她讲了这么一番话。

她原来是带着这样一个决定回到这个镇上的。她打算把自己献给我——这样一个喜欢她却靠不住的男青年。因此,她才一直对我说:"你可以随心所欲。"

不知她从什么时候开始有这个想法的。

我什么也没说,只是默默地低头盯着自己的脚尖。我最爱的女人就在我身边,她身着漂亮的睡衣,充满魅惑的气息,散发着迷人的魅力,而我却动也不敢动她一下。

感觉一种无比的悲伤涌上心头,我不禁为自己的懦弱感到愤怒。

她鼓起十足的勇气来到我身边,这是一件多么了不起的事啊！她已经给了我无穷无尽的回忆,仅凭这点就已经让我喜出望外了。而她却告诉我,我还可以更贪婪些。

但是,我却做不到这一点。

我是个无可救药的古板人士,是打算后半辈子一直心怀"纯洁"在这个星球生存的最后一个男人。

我有一个小小的梦,希望能在这个广阔的世界遇到一位欣赏我的女生,和她相伴终老。就像其他人一样,平平淡淡就好。然而,对于这一理所当然的事情却无法心安理得地去做的我来说,这个梦还很遥远。

迎娶自己所爱的妻子,组建一个温暖的家庭,建立一个充满温柔和慰藉的、只属于我俩的小小王国。在我的心灵深处,我一直在默默地祈祷自己能像父母那样,什么时候也能实现自己的梦想。

对我来说,和谁结婚就意味着这些,所有的这一切都包含在其中。

如果不是那样,如果无法相信那样的未来,我是不会允许自己拥抱她的。

"那个……"我开口道。

听到我说话,她有点紧张。

"很久以前,就想和你一起看一样东西。"

"看一样东西?"她很疑惑。

"嗯,之前一直说不出口。不过,现在这个时候……"

"到底是什么?"

"嗯,"我说,"请稍等一会儿。"

我站起来走到正对面的墙边,从架子上取下一个箱子,回到她身旁。

"就是之前也请你看过的'银河射线'。"

"噢,是那个啊。"

"嗯,我改成了投影式。"

说着,我把箱子放在枕边,打开了开关。

一瞬间,整个天花板上出现了恢宏的银河。

与真实的夜空完全不同,它如幻想般绚烂、妖艳,让人觉得有些悲凉。也许这恰恰能表达我此时的心境。繁星就像远古时代的海洋一般密集,整体仿佛是一个生命体,在缓缓地呼吸。黏稠得像液体一样的光线,在比夜晚还要黑暗的以太[①]中,静静地对流。

"好漂亮!"她赞叹道。

"躺下吧,"我建议,"这是为躺着看而设计的。"

"嗯。"

我俩并排躺在被子上,肩膀靠在一起,脚趾也碰在一起。

"可以拉着手吗?"

她默默地点点头。

我用那种绅士的握法轻轻牵住她的手。

小小的房间里,银河仿佛在天花板上跳跃着。一条条光束就像随风摇摆的纱巾般变化莫测,一颗颗星星反复聚集、重合,又四散开来。

"简直……"她说,"就像整个宇宙中只剩下我们两个人。"

"我一直做这样一个梦。"我告诉她,"从第一次制作万花筒时开始,我和你两个人,就这样手拉着手眺望银河。我总是在想这一天何时会到来。如果是那样,该有多棒啊!"

---

① 古希腊哲学家亚里士多德所设想的一种物质。

"这样的事,"她说,"我和你做了很多次了啊。为什么不早点对我说呢?"

"嗯,"我说,"可是,向你提出这种要求,我需要拿出很大的勇气。"

"啊……"她叹了一口气,"是啊,是这么回事。"

她陷入沉默。我也不知道说什么好。

外面传来风吹拂树梢的沙沙声。

正如她所说的那样,我俩真的就像漂浮在宇宙中一样,可以永远这样待在一起。整个银河仿佛是一个由光影组成的大摇篮,而其中的我们就像两个正在做美梦的小孩儿。

"想来想去……"我说,"还是不甘心就这么结束。"

她转过头望着我。我的脸颊能感受到她温暖的气息。

"什么时候我一定会去找你。"我斩钉截铁地对她说,"一定。"

"好。"她回答,"我会一直等你。"

她的声音微弱到我几乎听不清楚,她的身体因为悲痛在不断颤抖。

我非常愿意相信这个约定。因为我觉得我们两个人一定会重逢,不可能就这么结束。我想她一定也是这样想的。

但是,我们都知道仅仅这样在脑子里想是没有用的。人生是严肃的,在无情的命运面前,我们小小的愿望,就像飘在空中的肥皂泡,很容易就会消失不见。

不能在这里分手,我在心里默默告诫自己。如果这一刻分手,我们俩就会永远分开。

"请以自我为中心。"她对我说。

而我的愿望是永远和她在一起,仅此而已。

如果允许我一直在她身边的话,我短暂的人生——我这样一个无趣的、毫无可取之处的男人的平凡人生——如果能得到她的爱情之光照耀的话,我会毫不犹豫地付出所有。我愿意用一切美好的语言来赞美她,用所有目光来关注她,把所有的温暖和爱无怨无悔地献给她。在人生走到尽头的时候,我一定会握着她的手,这样对她说:"再见了,我的妻子。因为你我才会感到幸福……"

这就是我的愿望。对我来说,这才是以自我为中心的生活。

但是……

从她的指尖却传来了她的悲伤。

她真的会结婚吗?我现在仍然无法相信这一切。离我如此近的佳人,竟然要去一个我所不能企及的远方了。

突然,我的脑海中出现了一幅她白皙的肉体被一个看不见脸的男人恣意蹂躏的画面。那种难以想象的粗野让我无法忍受,我差一点发出痛苦的叫声。我绝不允许这种事情发生。我不希望她走。

她能够一边叫我"怪人",一边对我露出开心的微笑。当我遭遇挫折、伤痛的时候,还能枕在她那柔软的腿部小憩片刻。

我觉得自己再也遇不到她这么好的人了!

这难道只是我做的一个难以实现的梦吗?这就像伸手想摘遥远天际的星星一般徒劳。

我的眼里噙满泪水,眼前的银河模糊了。

"吉泽。"她叫我。

"嗯。"

"谢谢你为我所做的一切。我很快乐……"她微笑着,声音如在我耳际低语的梦呓一般,如泣如诉,"已经留下了足够多的回忆。

虽然时间短暂,不过我们已经尽全力了。"

"是啊。"

"能这样和你重逢真是太好了,这些回忆我会牢牢记在心里。你这个特别的男生就像星星王子一样让人感到不可思议。"

"嗯。"

"这个男生,只是拉拉手就会脸红。"

"是啊,是这样的。"

"你知道吗?"她问我。

"什么?"

"正因为这样,"她说,"我才能做回真正的自己。"

"是吗?"

"嗯,是的。因为你我才能做回我自己。内向、不善交际的我,一直都是活在别人眼中的演员而已,其实我的内心特别痛苦。"

"嗯,我明白。"

"我们俩很相似。"她说,"差不多是一样的。"

"也许是这样的。"

"有你我才快乐。我们一起在铁塔下看晚霞,一起跑去没什么人的公共浴室洗澡,一起在狭窄的工作室里跳舞,这一切的一切组成了我的青春。以后回忆人生的时候,我会知道自己也曾那样激动、快乐过,也曾拼尽全力生活过,而这一切都是你带给我的。"末了她又加了一句,"你可一定要幸福啊。"

"怎么说这些?"我扭头看她,发现她那双盯着我的大眼睛已经噙满泪水。

"你是个特别棒的男生,一定会幸福的,我相信这一点。以后可要好好吃饭,工作不要太拼。拜托了!"

"我知道了。"我笑着对她说,"好好吃饭,不硬拼。每当那个时候,我就会想起白河。那样下去肯定会没事。"

"是啊。"她笑了起来。我情不自禁地伸出手帮她擦去脸颊上的泪水。

"我……"她说,"也会想你的……"

她抓住我帮她擦泪的手,轻轻贴在自己滚烫的嘴唇上。

可能只是我的错觉,我仿佛听见她在默默低语:"再见了,我的初恋……"

★

第二天,她离开这里回家了。来运挂钟的画廊老板正好顺路,就把她送到了车站。打工的工钱也是画廊老板替我垫付的。

我把她送到公寓门口。父亲没能赶上和她告别(他和我之后还要去画家的住处给挂钟做最后的调试)。我认为这样更好,因为我想单独为她送行。

"再见了。"她打开车窗对我说。眼睛里瞬间又噙满了泪水,哭肿的眼睛看起来红红的。

听到我说:"笑一笑嘛。"她抬起头来用恍惚的眼神看着我。

"我想记住你的微笑,因为这是最棒的假期,所以最后一定要笑啊。"我对她说。

"是啊。"她说着用噙满泪水的眼睛望着我,脸颊用力,嘴角努力上扬想做出微笑的表情,可最终还是失败了。

我看到她右眼角有一大颗晶莹剔透的泪珠淌了下来。

她用力闭上眼睛对我说:"现在实在笑不出来。"说完,她又忍不住呜咽起来。

"我会写信给你。"最后她努力说出这么一句话。

画廊老板催促道:"该走了。"车子随即缓缓驶出路口。

我一边追赶,一边大声对她说:"我会去找你的!我一定会去见你!"

"我等着你!一直等着你……"她的手伸出车窗向我挥手。

车子不断朝前加速飞驰,转眼消失在街角,留下孤单的我在路边伫立。空气中还残留着刚才汽车排出的蓝白色尾气。

从那以后,我再也没见到过她。

★

一番回忆之后,我看了一眼瑞木。打鼾的他,呼呼地睡得正香,仿佛正在做一个美梦,脸上浮现出满足的笑容。

天马上就亮了,明天瑞木就能到达绘里子的故乡。已经努力了这么久,我默默祈祷他俩能有好的结果。

我钻进睡袋深处,闭上眼睛,头脑中浮现出她的面容。

依稀记得她临别时未能展露笑容和因哭泣而略显通红的脸颊。虽然已经过去四年了,可离别的悲伤我至今都难以忘怀。

"我等着你!"她告诉我,"一直等着你……"

因此我一定要去找她。即使生命走到尽头,心也绝不止步,我已经不再迷茫。

第三章　现在与将来

　　梦中,我在河岸边走着,周围是熟悉的风景。那条路父亲、母亲和我三个人曾经一起走了无数次。长得和我一样高的芦苇花穗在若有若无的和风吹拂下轻轻地摇动。

　　四周起了一层白茫茫的白雾,但还没有大到看不清路的地步。

　　我正赶着回家。我知道沿着这条路一直走,就能回到我朝思暮想的家。

　　不知道我跑出来多久了,曲折的河堤道路漫长得仿佛没有尽头。

　　地面上起了霜,有些地方甚至已经被冻住,我光着脚感觉非常冷。天空被厚厚的灰色云层所笼罩,感觉暴风雨随时可能到来。

　　我越来越感到不安。

　　我有些着急,脚步迈得越来越快。

　　那些霜柱如针尖一般锋利,我的脚被冰割伤了,疼得我叫苦连天,像条受伤的小狗一样呻吟着,脸都变了形。

　　正在这时,有个声音叫住了我。

"小优?"

我抬头一看,母亲站在薄雾之中。她身穿一件黑色连衣裙。母亲总是穿黑色的衣服,黑色的裙子,黑色的牛仔裤,黑色的T恤或针织衫。每次我问她,她总笑着回答:"因为我是魔女。"

"妈妈!"我冲她喊了一声。仅这一声"妈妈",我就几乎忍不住要哭出来了。

即使在梦中,母亲仿佛也已经不在人世。这让我无比悲伤、痛苦、难过。

"坚强一点儿!"母亲说,"你是男孩子,不管多么痛苦,一旦决定下来的事,就一定要完成。"

"什么事?"我问她。

"为了爱,拼尽全力也要活下去!"

"醒醒!"母亲对我说,"快点!"

我吓了一跳,从梦中醒了过来。

这时发现仓库里已经完全变蓝了。

"瑞木!"我大喊。

"怎么了?"瑞木也醒了过来。

"快逃,周围已经全变蓝了!"

"哇,"瑞木也叫了起来,"真的啊,不得了了!"

我们钻出睡袋,拿着背包就跑了出来。

"去哪儿好呢?我们已经被包围了!"

我们跑出仓库,停了下来环顾四周。

那是村头一户农家房子的大院子,周围长着高大的榉树和桦树。

树林深处有一个影子在随风飘动。那一瞬间,我仿佛看到了梦中母亲所穿的那件连衣裙。

难道是母亲?

仔细一看,原来是一只大个头的燕尾蝶。它仿佛在呼唤我们一般,缓缓穿过树林,朝有光照射的地方飞去。这个季节怎么会有蝴蝶呢?虽然曾经有一瞬间觉得很不可思议,不过我还是很快下定了决心。

"你看!"我用手指着那只蝴蝶说,"我们跟着那只蝴蝶走吧,它一定能把我们带到安全的地方。"

"嗯,有道理。"瑞木说。

我们追着蝴蝶跑了起来。

穿过屋后树林,来到一处开阔地,从这里能看到村子北面。眼前的一切已经变成了蓝色。沿着河水两侧的田野、农舍的墙壁、路旁的草地、十字路口的地藏菩萨,一切都仿佛披上了一层发着蓝光的面纱。

天已经亮了吧?我们抬起头,发现天空也和地面一样发着蓝色的光,太阳已消失得无影无踪。

简直就像在做梦,完全没有现实感,就连时间的感觉也变得异常起来。

一阵若有似无的窃窃私语,从远方随风传来。

"听到了吗?"我问瑞木。

"嗯。"他说,"感觉头很不舒服。"

瑞木好像很痛苦的样子。也许是因为一直没吃饭,他从昨天早晨开始就什么也没吃,再加上旅途的艰辛,他看起来非常憔悴。

不久,我们跟着蝴蝶跑到了村口。眼前是长满杉树的山峰。

抬眼望去,山腰还没有被蓝光侵蚀,绿色的树木轻轻地随风摇曳。

"快到了!"

"好。"

村子与长满杉树的山峰之间隔着一条小河,上面架着村里人修建的简陋木桥。蝴蝶从桥上翩翩飞过。

"快点!"

我先上了桥。小桥距离河面大概有2米高,河水缓缓流淌,发出哗哗的流水声。

过了桥沿着山路跑了几米远,我回头去看,却哪里都找不到瑞木的影子。

"瑞木!"

我连忙跑回桥头,却发现瑞木半个身子泡在河水里,手忙脚乱地挣扎着。

"没事吧?!"我冲他大声喊。

"快走!"他朝我大喊。

我没理会他的警告,沿着长满草的斜坡滑到他身旁。

"浑蛋!你在干什么?"

"别说废话。"我边说边冲他伸出手。就那么一瞬间,他迟疑了一下,立刻拉着我的手站了起来。

"脚受伤了。"瑞木痛苦地对我说。

"能上去吗?"我问他。

"我试试!"他回答。

我从下面托住瑞木,让他沿着斜坡往上爬。虽然只有两米远,但爬过去非常困难,瑞木要比表面上看起来虚弱得多。

"加把劲儿!"

"啊,我正在努力,拼命呢。"

没时间了,不知道还剩多长时间。我越来越着急,身体也好像使不上劲了。

"他妈的!"瑞木叫了起来,"怎么能倒在这种地方!"

趁着这个时机,我用力把他推了上去。肩膀上的压力一下子消失了,抬头一看,瑞木正趴在草地上拼命喘着气。

接下来轮到我了。抓住瑞木伸过来的手,我像爬钢索那样踩着斜坡朝上爬。这种时候,体重轻一点还是方便,我只用了瑞木一半的时间就成功地爬了上去。

"快赶路吧。"我扶着瑞木的肩膀对他说。

"啊……"

拼命喘气的他脸色格外苍白。也许我也跟他差不多吧。

我搀扶着腿脚不便的瑞木,开始朝山上爬。

走了一会儿,发现耳边那个声音忽然消失了。周围恢复了平静,耳根也终于彻底清静了。

又爬了一会儿山,整个世界恢复了原本应有的色彩。周围是绿色的树叶,脚下是黑棕色的泥土,头顶依旧是灰色的天空。

"终于逃出来了……"瑞木在自言自语。

为了保险起见,我们俩又朝山上走了五分钟。

我们找到一处视野开阔的地方,朝山下望去,却发现山脚下已经完全被蓝光覆盖。

"蓝色区域是以多快的速度扩大的呢?"我问瑞木。

"这就搞不懂了,"瑞木回答,"据说这个很难判断。扩张的方向和速度会根据地形而改变,差别很大。刚才咱俩睡觉的地方很接近光柱。不过反过来说,至少我们在千钧一发之际躲过了直接攻击。看来我们的好运气还没有用光。"

"是啊。"

就在刚开始这趟旅行的那天早上也曾经一度陷入类似的困境。两次遇到相同的情况，又都成功逃脱，看来我们俩确实是运气特别好。

我没有告诉瑞木自己做的梦。虽然说出来能够让他相信这一点，不过见到母亲一事，我还是想把它作为秘密埋藏在心底。环顾四周，之前那只燕尾蝶已经飞得无影无踪。

我们决定在山腰的一处平地上休息。坐在惨遭砍伐后的杉树桩上，瑞木小心地在草地上把腿伸开。

"你也太莽撞了。"他对我说，"为什么来救我？"

"为什么这样说？"我反问道，"那种情况，换成你是我也会那样做的吧？这种事情没有什么理由。"

"确实如此。"他说，"你这个解释很有意思。"

瑞木的腿好像骨折了。

他这里揉揉那里按按，仔细检查了一番，最后发现右脚脖子那里最疼。仔细一看，周围已全是瘀青并肿了起来，其他几个地方也有痛感。

因为不知道如何包扎，我就找了几根树枝做了个简易L形支架，并用撕下的布条帮他把腿固定好。

"疼吗？"我问他。

"有点。"瑞木回答我。实际上应该很疼。在我包扎时，他的脚踝肿得更大了，而且肿胀部位的皮肤也变成了吓人的青紫色。

因为逗留时间过长可能会有危险，所以我们决定继续走。瑞木双手拄着两根木棍，几乎只能用左腿爬山。我帮他背着背包，由于我俩的睡袋都扔在之前的小屋里了,所以行李都很轻。

这座山并不是很高,走了不一会儿就翻过了山峰。

瑞木靠着地图和指南针辨别着前进方向。

"我们运气不错。方向没怎么偏,多亏了那只燕尾蝶。"

于是我俩继续朝前走。对瑞木来说,下山要比上山困难得多,他踩到斜坡滑倒了好几次。他的头发湿漉漉的,身上也沾满泥土,跌跌撞撞走路的样子简直就像刚从潮湿墓穴中爬出来的僵尸。

我们互相仔细观察了一会儿,发现我俩的皮肤稍微有些发蓝。虽然只是感觉,不过这让我俩很在意。

"我们在光中的时候,"我对他说,"感觉特别奇怪。"

"我也是。"瑞木说道,"感到特别疲倦,一点力气都没有,而且困得不得了,就像躺在走廊上睡午觉一样。"

"对,就是这种感觉。"

"真可怕!"瑞木说,"这就是诡异的地方。一旦被控制,就只能束手就擒,连逃跑的意识都会丧失。"

"咱们刚才拼了命啊。"

"是啊,"他说,"是爱的力量在支撑着我们。"

第一次遇险的时候没有这种感觉,也许这种现象是根据身处蓝光中的时间不同而变化的。第二次比第一次严重,第三次比第二次严重,随着次数的增加和时间的积累,我们会逐渐被蓝色的世界同化,早晚会成为其中的一部分。

终于下了山,我们来到一处村落。从地图上看,这之后相当长的一段路都比较平坦。

我们在空无一人的农家仓库找到一辆平板车。如果之后都是平坦的柏油马路的话,用这个推着瑞木能走得快一点。

"还有这个!"瑞木看到之后惊讶地告诉我,"这叫板车,是用来运米的。我家是农民,之前见到过,不过没想到这儿还有这东西啊!"

"那就请你坐上去吧。"我说。

"好嘞!"他说。

走了几步我就掌握了推板车的要领。只不过车轮有些偏,而且地面坑坑洼洼的,摇晃得有些厉害。

"哎哟!"瑞木疼得叫了起来,"震得我的腿好疼啊。"

"忍一忍,这也是为了爱嘛。"我说。

"好吧。"瑞木回答得有气无力,"你这么说,我再疼也不敢叫了。"

路上还算顺利。山沟里的乡村公路基本没什么起伏,也没有被蓝色冻结地带拦住去路的情况。

天空依然被铅灰色的云所笼罩。昏黄的阳光透过云层中间的裂缝照射在荒芜的土地上,一点热度都感觉不到。远处传来几声乌鸦的叫声,却看不到其踪影。估计这些乌鸦也因为没东西吃,数量骤减吧。

日上中天的时候,我们终于到达了距离瑞木家乡只有几公里的地方。

我俩在已成废墟的一家路边餐馆的停车场休息。

"这个地方我知道。"瑞木说,"以前,应该是很久以前,我和她常来这边。"

"约会?"

"嗯。"

我用小炉子煮了饭,背包里的食物已经所剩无几。

"这里有台我爱玩的弹珠机,曾经一度让我很着迷。"

"你玩的时候绘里子干什么呢?"

"喝着可乐坐在长椅上看我玩呗。现在想想那可真是糟糕的约会,真不知她有什么乐趣。我一喊她就陪我来了,不过我都是只顾自己一个人玩。约会的时候,我经常放她鸽子,迟到也是家常便饭。我这个人实在很差劲。虽然我也觉得自己很过分,但就是记不住。"

"是吗?"

"嗯。有一次,外面下着雪,就让她那么等着,我忘得一干二净,害她整整等了两三个小时。我当时猜想她肯定已经回去了,结果开车过去一看,发现她还撑着伞在等。这让我大吃一惊。她不仅性格执拗,不懂得变通,而且理解力也差。我觉得这种情况应该自己判断一下,真是个……"

瑞木仰面躺在板车上,疲惫地望着天空。浑身是泥的他看起来就像是板车上的一堆破烂杂物。

饭煮好了,我盛给他,他却毫无食欲。

"不需要,我已经不用吃饭了。"

他的话听起来就像可怕的预言一样,让人心情很沉重。我不愿失去瑞木,未来的路还想和他结伴同行呢。

"哈哈!"瑞木好像想起了什么,突然笑出声来。

"怎么了?"

"没什么。"他说,"以前曾经在这里被三个小混混团团围住。"

"当时绘里子也在吗?"

"嗯,是的。他们看我一副穷酸相,以为我很好对付,打算劫财劫色。真是一群山贼!"

"这帮人太坏了!"

"也没什么大不了的,"瑞木说道,"结果,这帮孙子被穷酸样的我揍得很惨。"

"三个人都被揍了?"

"是的。"瑞木说,"当时我还年轻,下手没轻没重,总是想找碴发泄,青春的冲动无法遏止。"

"是吗?"

"是啊,这些家伙很危险,千万不要多管闲事。毫无节制的人穷凶极恶。"

"之后呢?"

"嗯,我打得有些过头了,本来只想稍微教训一下他们,可是她在近旁看着。那场面有点吓到她了。"

"真可怜。"

"是够过分的吧?之后我就开车直接带她去了宾馆,因为实在忍不住了。我这人就是没耐性。"

说到这里,瑞木望了我一眼,说道:"不喜欢听这些?"

我耸耸肩,微微摇摇头,说道:"听听呗,反正已经讲到这儿了。"

"噢,对了。"瑞木继续说道,"她并不喜欢干这种事,特别能控制自己,而且还有洁癖,认为这种快乐是一种堕落。"

"这和你恰好相反啊。"

"确实是这样。"他说,"我属于急躁的快乐至上主义者。她是那种……叫什么来着?对了,她对自己陷入那种失控的状态感到特别害羞,所以她很讨厌干那种事。估计在她眼里,喘着粗气逼迫她的我就像一只流着口水的大灰狼。"

"那么……莫非?"

"什么?"瑞木摇摇头说,"不是你想象的那样。"

"我不是那种霸王硬上弓的人,我还不至于那么冷酷无情。我只是拼命地讨好她。这是我的绝招。这样一来,她早晚会顺从我的。"

"怎么说好呢,"我苦笑着对他说,"多谢指教。"

"啊?为什么这么说?"

"难道不是因为绘里子非常喜欢你的缘故吗?"

"是吗?"瑞木问,"是那么一回事吗?"

"那你说是怎么一回事呢?"

听到我的反问,瑞木思考了片刻,就放弃了。他嘟哝着说:"不知道。不过你什么时候偷换了话题呢?刚才明明是在说打架的事。"

"没有偷换话题啊。"我说,"你不也是这样吗?说打得比较凶是因为绘里子在场,为了保护心爱的人,所以出手重了,这不也证明你喜欢绘里子吗?"

"哦,"瑞木佩服地说,"这个解释很棒。"

"是吗?我错了吗?"

"没有,也许确实如此。"

"那就说得过去了。"

"哼,"瑞木不好意思地哼了一声,"我自己也知道这一点。不过,她确实害怕了,问我有没有把自己弄伤。对她来说,我普普通通地好好活着就是最重要的事,而她也可免遭他人伤害等,啰里啰唆地说个不停。这真是难得……"

"可是呢……"瑞木深深叹了口气,"搞不懂我到底在躲避什么,明明时间很有限……"

★

到达镇上已是下午三点多了,天色已明显暗了下来。

空无一人的街道上,我推着板车,上面载着瑞木,一路吱吱呀呀地往前走。

沿途有好多家拉面店和组装式仓库,给人一种距离大城市越来越近的感觉。看到路边随意丢弃的方便面盒子,我的心里莫名升腾起一股怀念的感觉。

虽然嘴上一直没说,但我之前就注意到一件事。

前方的天空模模糊糊,已被染成一片蓝色,虽然分辨不出是哪边的天空,不过我感觉这不是好兆头。

越过城镇之间的边界,前方稀稀落落出现一些农舍,我俩决定在这个地方休息一会儿。

"哎,"瑞木发出一声叹息,"能看见那片天空吗?"

"嗯,能看到。"

"不好了,"他说话的声音异常平静,"我和她就住在这里面。就是那一带,城镇就在那正中间。"

"不去亲眼看看的话……"我对他说。

"当然要去,我就是为了这个才回来的。不过要做好心理准备……"

我什么也没说,抬起车把继续往前走。

县道两边不时能看到农舍、酒店,还有杂货铺。房子后面是田地和杂木林,对面也有一条与这条路平行的相似的街道。

我们沿着蜿蜒曲折的道路慢慢地向前走着。

"啊,这里是我死党的家,他父亲是个老酒鬼。住在这里的老太太特别贪财,去世后人们在她家地板下发现了成捆的钞票。"坐在板车上的瑞木一点也没闲着,给我讲了好多奇闻轶事。

"很怀念这里吧?"

"差不多吧。"瑞木说,"故乡对我来说,感觉很微妙,让我既爱又恨。"

我俩又往前走了一段路,向右转过一个弯,眼前出现一条大河。

"过了这座桥,前面就是真正的大街了。可是,总感觉……"瑞木边说边眯着眼远远地盯着被淡淡的蓝色雾气笼罩的大街。

"你家在哪里?"

"沿着堤道走就可以了,我家还在东边。"

"明白了。"我回答。

那是一座既有路灯又有人行道的非常气派的混凝土大桥。穿过大桥,我们来到堤道上。虽然没有铺柏油,路面却夯得很结实,并不是很难走。

"啊,马上就要到了,终于要到家了……"瑞木在自言自语。

从堤道往下看,整个街道被蓝色的雾气所笼罩。

这是个比较旧的城镇。农舍的瓦房顶比较醒目,还能零星看到几所学校、镇公所之类的钢筋混凝土建筑。城镇周边分布有很多田地和杂木林,其间灌溉用的水路四通八达。

雾气已经升到河堤下面的位置了。

"就是这里。"瑞木提醒我停下来,"就在那里,你能看到吗?"

顺着瑞木手指的方向,我看到了一家农舍。农舍占地面积很大,里面还种着不少树。

"那就是我家,她家开的照相馆就在对面。"

"终于回来了。"我对他说。

"嗯,是啊……"

瑞木忍着痛,慢慢从板车上下来。右脚腕肿得很大,看起来就像腿上长了个紫色的甜瓜。

"好了,"瑞木对我说,"咱们该说再见了。"

"不,"我摇摇头,"还没到时候。"

"嗯?"瑞木看着我说,"为什么?"

"我和你一起去,你的脚这个样子是走不了路的。"

"怎么能这样……"

我打断他说:"虽然不清楚能不能见到绘里子,不管怎样,了却了心愿以后,咱们还可以一起继续旅行呢。和我一起走吧!"

瑞木把视线从我身上移开,呆呆地望着天空出神,仿佛在思考什么。

"好,明白了。"瑞木用沾满泥的手指揉了揉眼角,用舌头润了一下胡子拉碴的嘴唇对我说,"就这么干!"

"真的?"他这么快就做出决定了,让我有点意外。

"嗯,真的。"

"那么,请吧。"我点点头,指着平板车对瑞木说,"你坐上去,我一鼓作气冲过去。"

"明白!"瑞木说,"你可要稳一点啊。"

"交给我吧!"

我们沿着堤岸边的石子路往前走。虽然我很小心,但每次车轮轧到大石头,瑞木总是被颠得直叫唤。

走到下边之后,眼前全是蓝色的雾。我战战兢兢地往前挪着步子。

就在此时,耳边想起了那个奇怪的声音。仿佛是有人在祈祷、唱歌,又仿佛是从遥远海面上飘过来的潮水声。

听到这个声音,我感觉力气在一点一点消失。

"快点!"背后的瑞木大声提醒,"不要停下来!"

"好!"

我跑了起来,瑞木负责给我指路。应该总共不到200米的距离。

"从这里向右拐!"

"好!"

"路尽头左转!"

"好!"

前面是田地与两边盖着农舍的乡村小道。由于这里没有进行规划,道路像蛇一样弯弯曲曲。路两边种着好多柿子树,几乎每棵树上都挂满了果子。我心里想,要是能吃就好了(实际上柿子都还是青的呢)。

由于体力不支,没跑出多远我就累得上气不接下气,但是我不能停下来。我就像一个蒸汽式的木偶一般,一边大口大口地向外呼着白气,一边拼命地朝前跑。

不久我就跑到了瑞木所说的那个院子。

"先进屋子,从那儿穿过去更快!"瑞木提醒我。

"好!"

我穿过田间小道,推着车冲进了树篱围起来的院子里。

"啊,"背后的瑞木喊了起来,"是爸爸和妈妈!"

大敞着门的农舍外廊下坐着一对看起来很亲密的老年夫妇。

两个人端着茶杯,抬头望着天空。

"老爸,老妈……"瑞木呜咽着,"都没有逃走。看起来悠闲得很,也许直到世界末日他们都会是这个样子吧。真是一对恩爱的夫妻啊!"

"你和你父亲好像啊,就连额头的形状也一模一样。"我说。

"是啊,估计我早晚也会变成那样的秃头。不过,这已经不需要担心了。"

"走吧,多留无益。"瑞木对我说,"前面树篱处有一块缺口,我从小就从那里出入。"

我按照他说的往前走,果真发现一处缺口,板车刚好能通过。费力穿过缺口,我俩就进到了隔壁的院子。

绘里子家经营着照相馆,建筑风格是农村少有的西式建筑。院子里铺满草坪,南边有一座青瓦砌成的花坛,可惜所有的花都已经枯萎了。

"从哪里找起?"我问。

"请转到房子正面去。"瑞木提醒我。

从房子侧面绕到正面,终于到了照相馆入口处。

由于店门关着,我们没办法从这里进去。我透过玻璃窗看了下,店里好像没有人。

昏暗的店里,墙壁上挂着许多样品照片。由于光线不足,照片上人们的脸看起来很突出,如一团团鬼火。耳边传来的呢喃声就像从他们嘴里发出的呓语,令人毛骨悚然。

"逃难走了吧?"我问瑞木。

"不知道。"他对我说,"不好意思,我们再去找一个地方。就在这旁边,要是再没有就算了。"

"明白。"我说。

沿着马路走了50米,前面是一小片守护着当地的树林,里面盖有木制牌坊和一座供奉五谷神的祠堂。建筑物后面有滑梯和秋千。

忽然,我们看到有个女人孤零零地坐在秋千上。她穿着一件羊毛粗呢短大衣,身材偏瘦,脸上干干净净的没有化妆,右边耳际别着一枚闪闪发光的小发卡,整体给人一种孩子般的可爱印象。

"是绘里子吗?"我问瑞木。

"啊!"后边传来瑞木的小声回答,"就是绘里子。"

我走到秋千旁边,轻轻停好平板车。瑞木从车上下来,跟跟跄跄走到她面前,双手抓住秋千上的铁链子,而秋千却一动也不动。

"真是个蠢女人,你啊……"

瑞木伸手摸了摸她鬓角的发卡。闪闪的发卡就像昂贵的宝石一般折射着蓝色的光。

"我都跟你说了多少次不要戴了,你还是这么戴着。真是个蠢女人。你觉得我会喜欢?啊?不喜欢的颜色你却说喜欢,没叫你等你却要等着,你真是个难以沟通的傻瓜……"

瑞木的声音颤抖着,而后终于放声抽泣起来。

"要好好活着啊!请饶了我这个浑蛋吧!你本来有很多条幸福的路可以选……"

说着说着,瑞木突然顿了一下,大声说:"对不起,请原谅我!"

这是我第一次听到瑞木这么悲伤的声音。平时的他总是充满自信,坚强有力地冲我发号施令。

"我拼尽了全力。"瑞木说,"真的,一刻也没忘掉你。不过还是失败了。"

瑞木说着说着，已泪流满面并浑身颤抖，最后直接哽咽起来。

"对不起，实在对不起！你这么一个小小的愿望，我都没能帮你实现。请原谅我……"

她把一张照片放在腿上，两只手牢牢抓住。仔细一看，原来是一张穿西装的男子和女子一起坐着的合影。我想这肯定是瑞木他们俩以前在这个照相馆拍的。照片上的瑞木一副对这世上的一切都义愤填膺的表情，不过也有可能是不好意思而已。

我想也许绘里子每天都拿着这张照片来这里小坐片刻。

即便已经知道世界末日即将到来，她也要坚持来这个充满回忆的地方。就好像当年她在雪地里一直等瑞木那样，一天、两天，执拗的她凭着自己特有的坚持，一直在等他回来……

瑞木把手从秋千的铁链上移开，跪在绘里子面前。他两手颤抖地从胸前口袋里取出一条项链，打算把它挂在绘里子胸前。

"这是土耳其松石。我知道你喜欢红色，可蓝色对咱俩来说有着特殊的含义，所以我选了这个。"

可惜瑞木的手有些不听使唤，很难把项链戴到绘里子已变僵硬且发蓝的脖子上。他反复试了好几次都失败了，最后只好把项链放在绘里子手里拿着的相片上。

"我什么都做不好，请海涵啊！这是我给你买的生日礼物，可惜又晚了一步。现在，就连把项链给你戴上这点小事都做不到了。"

"你快走吧。"瑞木回过头对我说，"谢谢了，多亏了你，实在很感谢！我祈祷你能赶得上，一定要平安到达啊！"

瑞木脸上满是泪水和鼻涕。

"可是……"

"我要留在这里。以后我要一直陪着绘里子，不让她再受委屈。

经历了这么多,我也想安顿下来了。今后我只干自己应该干的事。难得她能相信我这么一个一无是处的家伙,还一直等着我。我要一直陪在这个笨女人身边。思来想去,这才是我的愿望。很早以前,当我还是个孩子时,我就已经开始迷恋这个女人了……"

"不过,"我说,"真的要这样?"

"嗯,真的。一开始我就这么决定了。所以,你快点走吧!"

虽然他这么说,可我还是在原地犹豫了很久。

忽然,他大声骂了起来:"浑蛋!难道你要跟我一样吗?快走!滚!"

我不知是被他的骂声吓到还是怎么回事,不知不觉拔腿就跑了出来。刚走到大路上,我回头一看,瑞木双手握着绘里子的手,似乎在悄悄说着什么。

两人被笼罩在蓝光里的画面真是太美了。

瑞木看起来很幸福。形式什么的无所谓,至少他终于和深爱的女子在一起了。

瑞木满是泪水的脸上挂着微笑,就像初次表白爱意的纯真少年一样,显得有些腼腆。

★

旅途仍在继续。为了一个承诺,我又踏上了征途。

和瑞木告别后,我加快了朝北方行进的速度。

虽然暂时情绪低落了一段时间(我很喜欢瑞木,为此我不得不无数次告诉自己,他留下是最好的归宿,他很幸福),但在两条腿不断交替的过程中,我的心情也逐渐平静下来了。

走在荒无人烟的旷野里,我认真地回忆之前的一些事。

瑞木曾经好几次提起过那片守护之林。

那片森林对他俩来说是一个特殊的地方。

瑞木的性格可能比较随他父亲,父子俩之间经常爆发冲突。瑞木上小学的时候完全不是父亲的对手,每次发生争执,他都会跑出家门,钻进那片森林。

"当时是冬天,"瑞木说,"那天外面特别冷。我和父亲像平时那样吵了一架,记不清我惹了什么祸了,不过我确实把父亲惹恼了,所以就从走廊逃到了院子里。当时父亲手里拿着用来装饰壁龛的木刀。对我来说,这时肯定是三十六计走为上。不过因为逃出来的时候太过着急,根本没工夫穿鞋,光脚踩在地面上冷得要命,加之又是晚饭前跑出来的,还饿着肚子,所以那个时候我难过得特别想大哭一场。"

在这种情况下,不等到父亲喝醉睡着,瑞木是没法回家的。瑞木坐在那个秋千上,拼命摩擦着冻僵的双脚,忍受着寒冷。

"这个时候绘里子总会悄悄跑过来。因为我们父子俩的吵闹声,她在家听得一清二楚。"

"她给我带了饭团。"瑞木说,"而且还带了满满一壶茶水。这可真是救了我的命,真可谓是雪中送炭。我狼吞虎咽地吃着饭团,她就在旁边默默地看着我。"

饭后,肚子是不饿了,可是在外面待的时间越长,就越觉得寒冷。太阳早已经落山,周围一片漆黑。

"好冷啊,谁来帮帮我!"瑞木说。

实际上,因为长时间待在外面,瑞木已经冷得受不了了,冻得直打哆嗦。

"当时的我非常瘦弱,别人都说我的身子骨风一刮就能倒。真可谓是寒冷刺骨。"

绘里子静静地站到坐在秋千上的瑞木面前,解开自己红色短大衣的扣子,露出里面豆红色的毛衣。少年瑞木注意到她的胸部已经开始发育。她把手伸到瑞木的后背,把他紧紧地抱在怀里。

"这样行吗?"绘里子问。

"嗯,这样不错。"瑞木回答。

"我当时也就十一二岁吧。她那样做的时候,没有丝毫犹豫,既没有害羞,也没有挖苦,坦率得让人心疼。"

等到瑞木能和父亲分庭抗礼的时候,父子间若再发生争执,他已经不跑了。因此,守护之林变得遥远起来,自然而然,他们两人之间的关系也就逐渐疏远了。

两人重新开始交往是在她高中毕业刚开始参加工作的时候。

"不知道为什么,我不喜欢找的对象离家太近。我俩和了又分,分了又和,如此反反复复。最后在守护之林见了最后一面。"

难得的是当时两人关系还不错。虽说是打零工,但瑞木也算是找了一份稳定的工作。

"我当时在电器店当送货员,工作也很烦。有个比我年轻的同事总爱摆架子,平时我总是让着他。"

快到绘里子的生日了,我俩计划一起出去旅行。因为她想去南方,于是我们决定去岛上住三天。行程和住宿都是她一手安排的。她对这次的旅行充满期待。

"我还是第一次见她如此兴奋。她买了件艳丽的泳装,还计划向她的父亲借一部昂贵的相机。总之,她兴致好得很。"

然而这一切都被瑞木破坏了。

"起因是我和那个年轻同事打架。那个烦人的小浑蛋,我让他知道了我的忍耐是有限度的。为此,店里找个理由把我开除了。正当我迷迷糊糊不知所措的时候,有个赚钱的生意找上门来了……"

瑞木把绘里子叫到那片守护之林,把这件事和盘托出。

"不好意思啊,"瑞木说,"我不能陪你去旅行了。"

听到这话,坐在秋千上的绘里子吃惊地望着他,不过她什么也没说。瑞木避开她的眼神,咽了口唾沫。

"明天我要离开城镇。不管怎么说,现在是个机会,我要搏一把。"

尽管如此,绘里子还是没有任何反应。

"你先别生气,这是好事。这和在那种破店上班完全不同。等我赚了钱,在你下次过生日时就送给你一百万支玫瑰,带你来一趟超级豪华游,不住什么小旅馆,要住就住带泳池的大饭店,周围都是有钱人,在那种场合你穿上泳装才够靓!"

听我这么一说,她鼻子一酸,一滴眼泪从她眼里流了出来。

"是这样吗?"她摇了摇头自言自语地说,"是这样吗?"

"你什么都不懂……"

"喂!"瑞木伸手想抓住绘里子的肩膀,她却扭身挣脱了。

"你生什么气啊?"

被瑞木这么一说,绘里子干脆哭了出来。这个时候的她完全像个小孩子一样。

"我知道你还在和那个人见面。"

"哦,"瑞木回答,"因为这个啊,怪不得你会这样。"

"那个人"指的是瑞木以前交往过的一个女人。

"你说的没错。"瑞木说,"不过,这次她可是我的摇钱树,是优秀的赞助商。你知道吗,最近她的生意可火了。实际上这事跟色情完全不沾边,是纯粹的商业活动。谁会对她那种瘦得跟麻秆似的女人感兴趣呢?"

"我不想听!"她摇摇头。

"哎,你是怎么回事?"瑞木问她。

"我累了。"她说,"你可以去干你想干的事。"

"是吗?"

她点点头说:"不过,你下次回来的时候,也许我不会在这里等你了。"

"你说这话是什么意思?"

"等累了!我已经二十七岁了,我想结婚,想要孩子……"

"好了,好了!"瑞木不耐烦地叫了起来。越着急态度越不好是瑞木的坏毛病。

"原来如此。那又怎么样?你有对象吗?那个想让你怀孕的家伙,他人在哪儿呢?"

"我现在开始找!"她哽咽着告诉他。

"随便你吧!"瑞木回了一句。他被彻底气昏了头,第一次听她说这样的话,这让他感到很不舒服。

"你不用等我,"瑞木嚷道,"以前我也从没求你等我!你的人生是你自己的,你想怎么样就怎么样,和一个穷鬼结婚过苦日子也行。你可以去生一堆小孩,若能办到我会送你一身金线织的孕妇装,我还能往里面缝上钱呢。我要像阿拉伯的王子那样生活。你在使劲给哪个无聊蠢货洗袜子的时候,我可能正在南方的小岛上快活呢……"

"瑞木!"绘里子打断了他的话。

"怎么了?"

"别说了。我是个无聊的女人!我就喜欢过普普通通的日子,我跟你本来就不是一路人……"

"啊?"

"不过你也要明白……"

"明白什么?"

"我也一直在努力。"

"哼!"瑞木不屑地说,"你到底想说什么?"

"我比谁都清楚你的才能。你的才华没有人赏识,我也很难过,周围的人什么都不懂。即使我想为你做点什么,也没有这个能力。一想到这个我就很痛苦。"

"你说这些干什么?"瑞木的话里完全没有了刚才的气势。

"你走吧!"她说,"就像你说的那样,等你是我太任性了,你又没求我。"

她像孩子一样用手使劲擦着眼泪,声音很小地说了一句:"我就像个傻瓜!"

"不过,随你便吧。你不用在意我,只要你能照顾好自己。生气时别动不动就动手,受伤了可不得了……"

"我会为你祈祷,希望你过得更好!"绘里子说到这里,双手捂着脸,蜷缩着身体哭了起来。

"那是我们最后一次见面。"瑞木告诉我,"我把她一个人留在那里哭,自己却逃走了。你明白这种感受吗?连让一个女人感到幸福都做不到,我这种人从骨子里就靠不住。"

远方云层上,蓝紫色闪电如一条条巨龙在天空飞舞。闪电过后,轰隆隆的雷声传来。一阵阵寒风吹了过来,冻得我直打哆嗦。我把外套的防风帽紧紧裹住头,把胸前的拉锁拉到最上面。

我觉得瑞木说得很对,也许真是这样。

他就是个流氓地痞,而且还靠不住。

我在心里默默地说:"不过,瑞木,我理解你!你已经拼尽全力去努力了。你是那样后悔曾经伤害过她。"

你拼命想要补偿她。我想绘里子是因为明白你的心意,所以才选择一直等你的。

我会永远记得你们俩的样子。虽然看起来反差很大(绘里子就像纯洁的野花,你就像刚刚从泥地里钻出来的大鲵鱼),但是很潇洒。做一对恋人是多么美好的事情!我由衷地那么认为。

你们是我的偶像。

★

虽然情况越来越糟糕,但我并没有认输。

也许是因为眼前的苦难磨炼了我,让我的身心得到了成长。我感到自己变得前所未有地强大,这真令人难以置信。

我的脚上已经满是水泡,两条腿上肌肉的痉挛一波又一波地传来,肌肉疼得仿佛要裂开了一样,但我毫不气馁。为了见到她,即使面前是汪洋大海我也要渡过!这股豪情壮志在我心中沸腾不已。

变成蓝色的土地越来越多,范围也越来越广,能走的路在不断减少。虽然谈不上悖论,不过我真真切切地感受到了一种越往前走反而离目的地越远的奇怪感觉。

越往北走,气温就越低。头顶的天空一直都被厚厚的云层覆盖着,周围的风景也是一片肃杀。

光秃秃的树仿佛一个个精致的工艺品一样,看起来就像美丽的剪影画。特别是到了傍晚,在色彩斑斓的云海衬托下,干枯的黑色树枝总让我有种想哭的感觉。

眼下西方的天际,虽然和跟她一起看的晚霞完全不同,但依然会让我回忆起和她相处的日日夜夜。

她举起相机对着晚霞,屏住呼吸等待拍摄时机的样子,她那被霞光映成橙色的侧脸,美得令人大气都不敢出,可爱得让人好生心疼。

我在心里默默地祈祷,希望能触摸一下她的脸颊。

这是我的初恋,因为是第一次,所以一切都显得很特别,而恋情本身也因此而变得无与伦比。虽然以前没有什么恋爱经验,不过这点道理我还是懂的。

我在睡前,再一次映着篝火的亮光,读着她写给我的信。

因为睡袋已被丢在路上,我全靠着几个黑色垃圾袋和一些旧报纸包裹着身体,抵御深夜的寒冷。可即便如此,还是冻得受不了。拿着信的手在不住地颤抖,这让我读得很艰难。每读一个字,呼出的白气瞬间被冻成了冰末,像凌乱的碎纸条般随风起舞。

吉泽君——她的信总是这样开头。

梦幻般的假期已经过去三个月。你和你父亲的身体是否依然康健?托你的福,我的身体还不错。

母亲的病情基本稳定下来了,现在都已经能够干点什么了。她在附近的建筑材料厂当会计,工作时间是每周三天,每天三小时,原本就很能干的母亲说这样的工作安排对身体好。

朋友便宜转给我一辆二手踏板摩托,我每天骑着它到隔壁镇上的超市当收银员。我暂时会一直做这份工作,这里的店长和同事都对我很和善。

那件事(她称自己和小野的事情)我也在认真考虑。虽然还没想出答案,不过和你共度的那段时光,让我感觉现在的自己较之以前的自己有了一些变化。

母亲对我说:"遵循自己内心的想法,你获得幸福我才会感到幸福。"

因此,我每天都在思考该怎么办。

我觉得自己要是能分成两半就好了,不过这是不切实际的瞎想。

母亲的身体逐渐恢复健康,我的心情也好了起来,变得更为乐观。也许母亲身体完全好了之后我就能更加自由自在地过自己想过的人生。

每当我在想这些的时候,我的心都会飘回到你住的那个城镇。

回忆太美好,不知为何我只记得那些快乐的回忆。

我们一起在铁塔下看晚霞,为了制作挂钟而在工作室干到深夜,咱俩一起跳舞。对了,咱俩还一起去公共浴室洗澡了呢。当时的我特别兴奋,现在想想自己都有些脸红。当时是那样自由自在,就是现在我也感觉特别不可思议。也许是因为这里的生活总是需要压抑自己的缘故吧。

什么时候能再和你像上次一样一起去公共浴室洗澡就好了!

你是个优秀的男生,和你在一起我很开心,比和其他任何人在一起都要开心。

我现在一闭上眼睛,脑海中就会浮现出你坐在工作台前,弓着腰专心致志工作的背影。你是一位有前途的艺术家。你可一定要有自信哟!

我永远都支持你。

就写到这里吧,晚安。

雪乃

★

米最先被吃完,接着是山芋和豆子。

但即便如此,我还是继续朝前走。不过,因为饿着肚子,行进的速度逐渐慢了下来。另外,头也越来越晕,站住的时候甚至会感到昏眩。我觉得照这个样子,不定什么时候就会突然倒毙在路边。

出于这个原因,我决定沿海边前进,因为这里相对来说容易找到食物。不过沿海大一点的城镇几乎都被蓝光笼罩,和山上相比要危险得多。但是,无论选哪条路,如果没东西可吃的话,旅行就不能继续了,因此只能这样往前走。

离开山区来到平原,周围的风景为之一变。视野变得开阔,连天空都显得空旷。铁路沿线、公路沿线的城镇从一开始就被荒弃了,看样子应该早就被蓝光冻住了。

我从地图上选择相对荒僻的地方前进。前方土地已经变蓝，路途遇阻的时候，就小心地选择迂回路线，冒险从中间穿过的事是再也不干了。

就这样，我沿着距离海岸10公里的地方缓缓北上，不久便找到了一间便利店。

周围是广阔的田园地带，零星地散落着几间农舍，离这儿很远。估计光顾这家店的主要是货车司机和上班族。

走近一看，发现这家店还未遭到什么破坏。停车场上没有一辆车，地上干净得连一个烟头也没有。

我打开门进入店内。由于缺乏照明设备，即使是中午，店里也相当暗。

正如我所料，原本用来摆放盒饭、面包、食材和饮料的货架空空如也，日用品类也所剩无几。杂志虽然留了几本，但是没有报纸。简单地说，货品的七成已经被人拿走了。

万幸的是还剩下几袋零食，另外还有一些坚果、糖果。也许是前一个"客人"为了后面来的人而专门留下的吧。我也遵从这个传统，留下了几袋糖果（虽然照目前的情况看，今后可能再也不会有人来这里了，不过还是留个机会给别人。另外，我本来也不太喜欢牛奶糖）。

收银台上堆放着很多硬币和钞票，甚至还有手表和戒指。虽然眼下钱已经失去了本来的意义，不过我们这些人还是必须这么做。说这是习惯也好，礼节也罢，在此无须去深究。或许这就是所谓"文明"本身。

按照取走商品的价格，我把应付的钱规规整整地放在柜台上后，这才走出店门。

坐在停车场台阶上,我打开了一袋薯片。一股好闻的蒜香味瞬间钻进我的鼻孔,让我陶醉得眼泪都要流下来了。

我一片一片地品尝着土豆的味道。这样就能继续朝前走了。

无意中抬起头发现海那边很远的地方有蓝光静静地照射下来。最近经常见到这种小规模的光柱。

也许整个工程已经到了收尾阶段。操作方式已经从大范围的围剿逐渐转换为细部收官。

和瑞木一起走的时候,曾经见过几次那样的光。走过去一看,只有很小的一块区域被蓝光覆盖(大概有一个广场大小),里面的人都被冻结成了蓝色的冰雕。

我们还在一个城镇的空旷的公园里看到一个被蓝光冻住的正在玩秋千的小女孩。

她就那样停在秋千荡起的最高点。她可爱的齐刘海飘了起来,伸出去的一只脚上的塑料凉鞋看起来仿佛随时都要掉落下来似的。

前面似乎有个小孔,小女孩把脸凑过去,仿佛要从中窥视什么似的。小孔的另一侧仿佛有一个美妙的世界,她的脸上满是笑意,咧开的嘴里露出雪白的牙齿,鼻头微微皱着。

她那幸福的笑容就连我们这些旁观者看到都会情不自禁地会心一笑。

在别的地方,我们还见到过一对年轻男女被冻结在一起的。

他们两人正在接吻。

"这样挺不错的嘛!"瑞木说,"这就是相爱的人们应有的模样,两个人永远结合在一起。"

这是一对只有十几岁的年轻情侣,容貌看起来还非常稚嫩。两人都背着大背包,从装束看仿佛正要去爬山。

两人并肩走路时,忽然停下来接吻,看起来是非常轻松愉快的一个吻。

"咱们运气还算不错。"瑞木望着这两人说道,"也不知他们这是要去哪儿,就这样被冻结在半道上了,而我们还在继续前进。也许老天偏爱咱俩中的某一个吧。"

"是这样吗?"

"这个嘛,"瑞木说,"或者觉得咱俩就是一对儿无聊透顶的酱渣,都不屑于理我们。"

确实有这种感觉,咱俩运气真的不错。要知道整个世界许多地方都已被蓝光覆盖,而我们却能够逃离险境,保持一息尚存,这本身就是一个奇迹。这就像连续三次中头彩一样神奇。

仔细想来,反正最终总会有个人活得比较久,这根本不需要选择,只是自然而然的结果。如果真是这样的话,那就完全没什么特别之处了。

所有的一切都是随机发生的,这也许就是真相。

★

吉泽君:

别来无恙?

前天妈妈身体又不舒服了,而且还发生了很多事情。

长濑(和纸厂社长)来医院看望母亲,极力想要撮合我和小野的婚事。他对母亲说:"两个孩子要是结了婚,你就是我的亲属,这样我就能更方便地向你提供帮助了。"

母亲拒绝了长濑的要求,理由是现在还不到谈婚论嫁的时候,暂时算是敷衍过去了。如果得罪长濑的话,我们在这个镇上的生活就会有诸多不便。

母亲检查的结果并不理想,我们的生活还是非常窘迫。母亲有可能得做手术,我需要筹钱,另外还有很多必须要考虑的事情,总之就是心里很乱。

母亲对我说道:"没事,总会有办法的。"她说得轻描淡写,不过我实在不知道该如何理解她的话。

我特别担心。

吉泽,请支持我。

母亲不在时,我一个人在家,总是孤独得想哭。于是我就看你送给我的万花筒,回忆那些快乐的事,告诉自己什么都不用怕。

我想见你。真希望能在一切都像魔术一般变好以后,两人能够相对而坐,轻轻松松地笑着说:"以前还发生了这样的事情啊。"

一个人睡觉的时候,我都会想起那天晚上和你手拉手观赏天花板上的银河的情景。甚至觉得要是这样沉沉睡去,在梦中能回到那天晚上的话,我宁愿永远不再醒来。

对不起,我告诉你这些话,估计你也会很为难吧。

不过请一定要原谅我。一秒钟也罢,请容忍我的软弱。对你讲完这些以后,我又要继续做回那个坚强的女儿。

我要永不气馁、积极向上地支持母亲。

我光顾着讲自己的事情了,忘了问你那边怎么样。又完成了许多很棒的作品吧?有机会一定要让我看看哟。

信就写到这里。再见!晚安!

雪乃

★

我听到了小孩儿的声音。夹杂着雨声,不知从哪里传来小孩儿撕心裂肺般的哭喊声。

我头上裹着垃圾袋做的头巾,走在潮湿的沥青路上,感到特别寒冷。不可思议的是,气温如此之低,竟然一点也没有要下雪的意思。

我已找到好几家商店了,可是仍然没有得到足够的食物。由于饥饿,我感觉特别寒冷。

我继续朝前走了一段路,忽然发现路中间有一个小男孩正在哭。小男孩大概有四岁,上身穿着蓝色雨衣,脚着黄色长靴,肩上还背有一个小背包,胸前抱着一个脏兮兮的小狗毛绒玩具(也许是熊)。

小男孩有气无力地嘤嘤抽泣。

他看到我,一点反应也没有。"你怎么了?"我问他。可孩子什么也不说,只是用因为缺乏睡眠而深深凹陷下去的眼睛望着路旁的杂木林,轻轻地抽泣。

我沿着他的视线望去,杂木林深处隐隐约约能看到蓝色的光。

我走过去一看,蓝色的雾已经蔓延到距离道路10米的地方。

对面有一位年轻女子被冻结住了。她坐在倒伏的木头上,一脸疲惫地看向这边。

她面带微笑地看着我。当然,她最后一刻看到的肯定是自己的孩子。她的笑容非常美丽,和我记忆中母亲的笑容有一些相似之处。母亲也经常静静地露出这种略带疲劳的笑容。无论多苦、多痛,她都不会让我看到难受的那一面,这就是母爱的伟大之处。

这个小男孩也许就是以前的我。他失去了母亲,手足无措,而且父亲也不在(怎么找也没找到他父亲在哪里,似乎这只是母子二人的旅行)。

就这一点点距离,将母子二人的命运截然分开。这位母亲一定严厉地教育过孩子绝不能靠近那些蓝光。可怜的孩子走投无路,只好一直站在路上伤心痛哭。

我回到路上,小男孩还在哭泣。

"肚子饿吗?"听到我问他,他这才稍微有些反应,哽咽着止住泪,呆呆地望着我。

我从背包里取出装在瓶子里的饮料和零食(饮料和零食都只剩下一半)递给他说:"吃吧,没事的。"

"谢谢。"他用异常沙哑的声音说道。真不知道他已经在这里哭了多久。

他从我手里取过饮料一饮而尽,这才吐了口气,对我说:"真好喝!"

零食他只吃了一点点,因为一吃就噎住了。剩下的打算之后再吃。

等他缓和片刻后,我拉着他的手离开了那个地方。还是远离蓝色的雾气为好。我本以为他会不愿意,可他没有反对,一声不吭地跟着我走了。

继续朝前走了十分钟,路旁有一处公交站亭,我们决定在那儿躲雨。

我用旧报纸和干树枝点起篝火,并用长椅上拆下的木料当柴火。很快小亭子里就暖和起来了。

于是我再次询问孩子的情况。只获得了"走了十来天路""从小就没有爸爸""和妈妈两个人""不知道应该去哪儿""一直在山里走"等等一些零星的信息。

这是个不怎么健谈的孩子。我花了很长时间才问到这些。

带着这么小的孩子一直在山里走,母子俩的旅行想必非常辛苦。

他的母亲已经尽力了。我像他这么小时也是什么都不懂。估计这位母亲一心想着保护孩子,已经竭尽全力了吧。世上的母亲都是这样。

孩子的小背包里放着换洗衣服、内裤、鞋子等,内侧的袋子里放着一张照片,背面写有"和小诚在自家院子里"的字样,下面草草地写着一行小字:"宝贝,我爱你,妈妈永远和你在一起。"也许这是她在预感到什么时而匆匆写下的。

照片上的他被妈妈抱着,一副疲倦的表情,歪着头望着镜头。他看起来比现在要小一点,也比现在幸福得多。

"你的名字叫小诚?"

听到我问他,孩子微微点点头。

帽子下面露出卷卷的头发,支撑小脑袋的脖子细得惊人,额头饱满的小脑袋架在上面摇摇欲坠。

"小诚啊,"我对孩子说,"明天开始你就跟着哥哥走吧。眼下会有些孤单、艰苦,咱们一起坚持。可以吗?"

他默默地点了点头。

我替他把脸擦干净。之后孩子说:"我要尿尿。"于是我带他到站台亭外面,他灵活地把裤子脱到膝盖,露出圆鼓鼓的小白肚子,对着下雨的路面摆好姿势。

"说嘘嘘!"孩子提醒我。

"嘘嘘!嘘嘘!"我赶忙照做。

孩子这才开心地撒起尿来。

等他尿完,我把裤子给他提上去,带他回到篝火旁。他的身体已经被冻得冰凉。

他一边搓着手和后背,一边唱起"大象先生""蝴蝶飞飞"等儿歌。可他还是不太高兴,唱着唱着又抽抽搭搭地哭了起来。

"小诚,"我提议,"咱们聊聊天吧,说些快乐的事情。"

小诚默默地摇了摇头。

"这条小狗叫什么名字?"我指着他抱在怀里的玩具狗问道。

"考拉……"

"噢,叫考拉啊(还真是狗)。好名字!"

"嗯。"

"你还记得考拉第一次到你家时的情景吗?"

"嗯,"他点点头,"过生日时,妈妈买给我的。"

"开心吗?"

"特别开心。"

"你当时什么表情?能让哥哥看看吗?"

小诚双眼满是泪水,他望着我,露出浅浅的笑容。

"很可爱啊!"我说,"今后当你孤独的时候,也做做这个表情,你妈妈一定也看得见。"

"真的？"

"嗯,大概是这样吧。"

"我要和妈妈结婚。"孩子说,"我和她约好了,妈妈要做我的新娘。"

"是吗？你和妈妈关系真好啊！"

"嗯。"他紧紧抱着怀里的玩具狗。毛绒小狗掉了很多毛,背后的拉锁也松了,露出里面揉成一团的旧报纸。真是个幸福的毛绒玩具！主人向它倾注了那么多的爱,它身上已经有了灵魂。

等他的身体暖和过来后,我让他把剩下的零食吃了。

他转眼间就把袋子里的零食"扫"光了。虽说他肚子饿,可是这吃法也太急了点。我正这么想着,他就把刚吃到胃里的东西全都吐了出来,吐得像喷泉一样。

我轻轻地拍了拍他的后背。

"对不起！"他难过地对我说。

"没关系,不用道歉,你并没有错。"

"可是,点心都……"

"没事,我再给你找点吃的。没关系的。"

"嗯。"

多年以前,我也曾被我喜欢的人如此温柔以待过,当时也下着雨。从那时到现在,世界已经完全变了样,这一切感觉就像做了一场梦。

我们在拆了座板的长椅下面垫上瓦楞纸,把身体塞了进去。地方虽然小,不过却很暖和。小诚抱着玩具狗考拉,一刻也不松手,也许他把对母亲的思念都寄托在它身上了。

午夜刚过,伴随着雨水打在镀锌钢屋顶上发出的噼啪声,耳边传来小诚在黑暗中抽泣的声音。

"妈妈!"孩子冲着漆黑的空中呼唤,"妈妈……妈妈……"

"小诚怎么了?"我问他。

"我想妈妈!"说完他就大声哭了起来。

"没事没事。"我轻轻抱起他小声安慰。

小诚的身体在不住地颤抖,细瘦的身体让我都不敢用力,生怕稍一使劲儿就会让他受伤。

"没事,早晚会再见到你妈妈的。"

"我现在就要……我现在就想见到妈妈……"

"好,咱再忍一下。来,给妈妈一个笑脸吧。"

可是小诚却喊着:"不干!不干!"继而哭得更凶了。

他哭了半个多小时。最后他哭累了,就这么睡着了。

我用手帕擦干他脸上的眼泪,发现他的脸颊和鼻子都哭红了,睡着的时候呼吸声很重,还吮吸着自己的大拇指。

"你一定很孤独。"我对着熟睡的他小声说道。

"你太孤单了,你的小心脏难受得快要裂开了吧?"

我能理解你,我也失去了母亲。

不只是我,所有男孩儿不管多大都会追寻母亲的影子。

在这个即将走向尽头的世界,一定有很多男孩儿(有大的,也有小的,甚至还有白发苍苍的老人),用不同的语言,正在发出这样的呼唤:

妈妈,我想你!

明白吗?感到孤独的不只你一人。所以你要忍耐,因为你是男子汉!

让我看到你坚强的那一面,让妈妈安心。

★

一觉醒来,我发现小诚不见了,就连他的背包和玩具狗也都一并消失了。

我慌忙起身(头撞在椅子腿上),心中懊恼不已。这种情况我应该考虑到的。

那么小的孩子,哪能受得了。估计是一心想找妈妈,别的什么都没考虑就走了吧。

我把行李丢在站台亭里,沿着来时的路边跑边找。

雨已经停了,早上微弱的阳光静静地照射着雾霭笼罩下的无人世界。

我回到昨天遇见他的地方,在道路中间找到了孩子的背包。估计他急不可耐地直接把包扔在地上了。我感觉自己仿佛看到了他跑得上气不接下气的样子。

我谨慎地走进树林。

蓝色雾气覆盖的范围比昨天变大了,距离路边已不足5米。小诚就在那片蓝光之中。

他坐在母亲的膝盖上,怀里抱着玩具狗考拉。他泪流满面地望着母亲,脸上露出甜蜜的微笑,看起来幸福极了。

"小诚!"我难受地跪在草地上,眼里不由自主地流下泪来。

虽然和他只有短短半天的缘分,我却感觉自己已经开始喜欢他了。

这是个热爱生命的孩子。他为了生存而拼命吃零食的样子是那么惹人怜爱,躲在我怀里的瘦小的身体散发着暖暖的微微汗湿的甜香味,还有他那充满活力的怦怦心跳——一切都让我无比怜爱。

"我要妈妈当我的新娘。"

他这句话从我耳边掠过。

我明白了,我想这是小诚和妈妈的约定,是他拼了命也要实现的约定。

两个人已经绝对不会分离,永远在一起了。

我站起来,擦干脸上的泪。蓝色的雾已经悄悄侵蚀到我的脚下,再不离开这里就危险了。

"再见了,小诚……"

我轻轻地说着,慢慢转过身往回走去。

走出树林,我再次回头望向那对母子。

昏暗的丛林深处,两个人成了一尊母子雕像。

冻结成蓝色的母子雕像仿佛很久以前就被安放在那里似的。

我忽然想到,在永恒的时间里,母子俩一定在快乐地聊天。

"妈妈你真漂亮。我最喜欢妈妈了!"

"孩子,妈妈也喜欢你。妈妈有你就好了,别的什么都不需要。"

"妈妈!妈妈!"

"来,睡一会儿吧,已经累坏了吧?"

"嗯,妈妈,我睡着的时候你可不许走!"

"没事,妈妈不走,妈妈永远陪着我的宝贝。"

"嗯,那我就睡一小会儿。"

"好,乖孩子,快睡吧。"

"晚安,妈妈。"

"晚安,我的宝贝。做个好梦哦。"

★

她曾经给我住的公寓打过一次电话。

虽然常收到她的信,不过接到她的电话还是第一次,这让我稍微有些惊讶。

"是吉泽吗?"她说道。

声音仿佛是从很遥远的地方传来,听起来很无助。

"嗯,这么晚,出什么事了?"

"嗯……"

她似乎说了什么,可我急切之间没有听清。

"喂,什么?"

"是万花筒。"她说,"万花筒坏了,从桌子上掉下来,镜片被摔破了。"

"哦,"我说,"原来如此。"

她的声音有些颤抖,也许在哭。

"没关系的,"我连忙安慰她,"我来给你修,还在保修期呢,放心吧。"

"你还记得?"听她的语气似乎非常惊讶,"以前我们说过的话。"

"嗯,记得。我从不说谎。"

"是啊,"她说,"你是不会说谎的……"

后来从信里得知,第二天她母亲就要动手术。这是由于病情恶化而突然做的决定。

不过在电话里,她什么都没告诉我。

我俩就东拉西扯地谈了些家常话。如某天看到了晚霞、闻到了瑞香花的香味、在图书馆借了鸟类图鉴等等。

我俩聊了很长时间。她心情稳定后对我说:"今天谢谢你,我会再给你写信的。"

说完她就挂了电话。

我在一个月后收到了她的来信。

在信中,我第一次知道了手术的事情,并了解到相关费用是她母亲不知从哪里筹措到的。所幸手术获得圆满成功,她母亲的身体也比以前好多了。

关于小野她什么也没写,当然结婚的事情也并不是就此打住。她和母亲的生活依然很拮据,或者说以母亲手术为契机,结婚的事情被提上日程也大有可能。

我苦恼了一阵,最后决定跟先生联系。这之前已经很长时间没和先生联系了,不过,也许现在是时候了。

通过信件的邮戳,即使不知道具体地址,大概也能了解她们母女俩生活的城镇。我决定把这些信息告诉先生。

这对她是不是一种背叛呢?我为此犹豫了很久,但最终为了包括先生在内的所有人的幸福,我还是说服了自己。而且,既然她写信给我,估计也明白我能通过邮戳推测到她现在住的地方。既然如此,那么她应该已经默许我这样做了。

虽然我这种推理有些强词夺理,不过对于已经无计可施的我来说,这就是唯一的救命稻草。

此时的我依然处于勉强维持温饱的状态。父亲虽说还是和往常一样,但是眼看着一天天衰老,记性也越来越差。他的视力下降得很厉害,工作也无法像以前那样专注了。我们家的生计实际上是由我来承担了。

自顾不暇的我只有向先生求助。

我给先生的工作单位去了个电话,医院告诉我他已经辞职了。我向其询问先生新的就职地点,对方告诉我他已回自家的家族医院任职了。

这对我来说可不是什么好消息。我有一种不祥的预感(这个时候的预感一般都很准)。

我给先生的家族医院打了个电话,先自报家门,然后告诉对方自己想和先生通话。过了一会儿,对方说过半个小时会给我打电话。

整整三十分钟,我一直在走廊等着。我的心里非常不安,各种念头在脑海中此起彼伏,可无论哪一种设想都令人沮丧。

电话铃声准时响起。我拿起话筒,电话那头传来先生的声音。

"你好,好久不见!"感觉他的声音比以前苍老了许多,或者只是疲惫了而已。

"您怎么了?为什么又回去工作了?"我问他。

"发生了很多事,"先生告诉我,"母亲快不行了,是那种渐进性的疾病,病情会逐渐恶化。况且母亲年事已高,已经做了最坏的打算。"

"这样啊,太遗憾了。"

"再怎么说,她老人家目前还是一家之长,而且比以前更加爱管闲事,动不动就喜欢对我们这些儿孙辈的指手画脚。也许她是为了不留遗憾,拼命打算把一切都处理好吧。"

"那么,您回去工作也是老太太的主意?"

"嗯,是母亲的命令。别人告诉我要是我不回去,她的病情会进一步恶化。以命要挟,我也无法违抗。"

"我有她们的消息了。"虽然不好的预感越来越强,但我还是把通过邮戳能够知道她们母女俩下落一事告诉了先生。

"这个我知道。"先生回答。

"您已经知道了?!真的吗?"

"她的朋友告诉我的,就在前一段时间。"

"那,已经联系上了吗?"

"没有,"先生说,"还没有联系。"

"为什么呢?"

我这么一问,先生沉默了一会儿告诉我:"我订婚了。"

"订婚?!"

"嗯,对方是个二十多岁的大小姐。书上常说的所谓的政治联姻。"

"可是,为什么又……"

"母亲极力撮合的,说是想在有生之年看到我的孩子。对方是医疗器械公司董事的女儿。对于两家来说,这桩婚事对谁都有好处。"

听到这里,我无话可说了。先生还在继续讲他的故事,声音听起来很难过。

"你吃了一惊吧？我认输了，我辜负了她。我等不到她回心转意的那一天了。我投降了，背叛了爱情，连我自己都讨厌自己了，我哪还有脸去见她呢？"

"她们知道这件事了吗？"我问他。

"大概吧，朋友会告诉她的。"

"原来是这样……"

"对不起。"先生说，"你帮了我很多，我却搞成这个样子。其实我曾打算把她们住的地方告诉你，可一直拿不出勇气，于是一直拖到现在。不过，似乎也没这个必要了。你怎么样？和对方发展得还好吧？"

"说不上来，"我回答，"她也有各种各样的难题要解决……"

"这样啊。"先生说，"希望你们能坚持下去。我没能撑下来，至少希望年轻的你们能成……"

大概也是这个时候，父亲向我问起她的情况。他说："那个女孩子近来怎么样了？还联系吗？"

"嗯，偶尔吧。"我回答道。因为不想让父亲担心，所以我一直没有把她的情况告诉父亲。

即使如此，父亲仿佛也感觉到了什么。

"不用考虑我。"父亲说，"如果喜欢那个女孩子，你们就应该在一起。她是个好女孩。"

"嗯，是的。"

"父母可以为了孩子牺牲自己，但不能让孩子为了父母牺牲。我是这样想的，就连你的爷爷，在意识到这个问题后，竟主动住进了养老院。我们这些为人父母的,随时都有这个准备。"

"嗯,"我回答,"不过不是那么一回事。我们没事的。"

"真的?"

"是的,谢谢父亲!"

★

这几天一直在下雨。由于食物匮乏,我肚子饿得厉害。另外,天气也越来越冷,太阳落山后,感觉寒冷随时可能会要了我的命。

发现有空房子,我可以躲进去睡一晚,可是北边的平原地带,还没有被蓝光覆盖的村子几乎找不到了。

路上遇不到一个人,就连鸟兽的影子都没有。周围只能听到雨落地面发出的噼里啪啦声。

一点吃的东西都没有时,我就吃路边的草。有时花好几个小时在河里捕到的一条小鱼就是一整天的口粮。脚上的水泡因为下雨一直泡水,现在已经化脓。尽管没什么吃的,我却好几天了一直在拉肚子。

令人不可思议的是我的力气反而越来越大,膝盖再也没有扭伤过。

我为自己的坚强感到惊讶。我第一次发现自己竟然如此强大,感觉每天都在发现新的自己。

不知是环境的力量改变了我,还是因为爱使然,我遇到的所有人都让人感到难以置信地坚强。也许真爱觉醒的那一天,人会迸发出难以置信的力量。

但是,没有爱一切皆无从谈起。所以,即使在别人看来判若两人,可他还是他自己。只要我们有爱,无论是谁都能成为超人。

我就是超人,我已经超越了以前的自己。这才是我的全部,虽然迄今为止都没有表现出来,但真实的自己就是这样强大。

是爱让我变得如此强大。

夜晚,我在桥下点起篝火,借着火光看她的照片。

我拿出来的一张张照片似乎是她的灵魂。这些照片有些曝光不足(实事求是地说,我的照相技术实在不敢恭维。她无论什么时候都很上相,为了不错过每一时刻,我每次都不由自主地过早按下快门。照片也许就是这么被照坏的)。但是,只要看着她的笑脸,我的疲劳就会随风而逝,心中就会燃起继续加油的勇气。

我从背包里取出她写给我的信,一封封排列在地面上。这些信我已经反复读过好多遍,很多地方都已损坏,有些信的折痕处都已经残破不堪。

她在信中给我讲了好多。

当面不好说的,在信中她能写得很详细。她告诉我:"不需要回信(实际上也并没告诉我往哪里寄),只是希望我能读一读,理解一下她的心情。"

比如中学时,能够和我坐同桌,她感到很开心。在房顶上让我枕着腿,虽然她当时很害羞,但是后来那一场景回忆了上千次感觉都很甜蜜。

再比如拍集体毕业照时她帮我整理仪表的事,也是她早就做好的决定(她在信中写道:那是我竭尽全力对你的表白)。

她在信里写了许多诸如此类的事情,有一些我已经完全不记得的事情,她也用充满爱的笔触写得很清楚。

其中一封信里,她讲了这样一个故事。

　　有时候我会张口叫你的名字。
　　因孤独、不安而难以入眠的夜晚,望着窗外树影婆娑的夜空,我就这样轻轻地呼唤你。只有那样,我才会感到心里变得很温暖。

因此,我也打算模仿她的样子试试看。在这荒无人烟的旷野,面对没有一颗星星的黑暗天空,我轻声地呼唤着她的名字。

这个名字不是别人,而是那个让我朝思暮想、爱得死去活来的人的名字。只是开口喊她的名字,我的心里就像有团火在燃烧。真是不可思议,只是一个词,两个字,竟然能赋予我莫大的勇气。所爱之人的名字,要比我们想象中的更为神圣,这其中一定蕴含着某些不为人所知的神秘的、巨大的能量。

雪乃!

我想早日见到你!

★

时隔十年第一次和洋幸通话,是世界上第一次出现蓝光的那天晚上。

那天,我早早完成了工作,在客厅和父亲一起看电视新闻(父亲不久前把工作室从公寓搬到了家里,而我的工作室没有电视)。

电视的所有频道都在报道蓝光的事情(我家的电视是黑白的,实际上当时并不知道是什么颜色的光)。

最早受到蓝光洗礼的是遥远北方某国边境附近一个人口为五千左右的偏僻城镇。

早在整个世界被铅灰色的云层笼罩之前,这里就已经很久见不到太阳了。这一情况还被媒体多次报道过(就是以前我曾经看到,但没怎么留意的那条新闻)。谁都看得出来,这是一种异常现象。无论周围的天空多么晴朗,城镇上空厚厚的云层完全不流动,就像一把巨大的伞覆盖着它。

最近,云层出现了奇怪的现象。乌云中开始出现蓝色的闪电,能够听到不知是雷鸣还是什么的低沉的呜呜声(当地居民有很多人说听到了歌声或奇怪的乐曲声,但是并没有人真的相信这一说法)。

为此,这时已经有很多国家的电视台派人来这里采访了。这是因为这个里发生的事情,世界上其他城镇也有可能会发生。

因此,蓝色光柱出现的时候,很多镜头都成功捕捉到了这一瞬间,甚至有些电视台还在现场直播时见到了这一情景。

那是让全世界毛骨悚然的瞬间。

电视台使用长焦镜头拍摄下了整个城镇被冻结成蓝色的情景。

镇上的居民保持着之前生活的状态,狗、羊,甚至连落在电线上的乌鸦,汽车、自行车等等所有的一切都被冻结住了。一切就是现在习以为常的那种景象。

当局立刻在城镇周围设立了警戒线,严禁人们擅自入内。

警戒线附近的开阔地上,被聚集在此的新闻记者、研究人员、警察、军队搭起了无数的帐篷。这一热闹场面仿佛这里要举行什么庆祝仪式似的,聚集在此的人们也跟参加节日庆典的孩子一样兴奋。现场报道人员一个个亢奋得不得了,还有位女解说员甚至因为贫血当场晕倒了。

"到底会怎么样呢?"我在自言自语。

"谁知道呢?"父亲说,"这也太乱了。无所谓了,反正我们也无能为力。"

"话是这么说……"

正在此时,走廊上的电话铃响了。

"会是谁打来的呢?"我站起来走出房间,穿过走廊,从鞋架上拿起话筒。

"是我,我是洋幸!"突然电话那头传来一个兴奋的声音。

"洋幸?"

"嗯,是小优吗?"

"嗯,是我,你怎么样了?好久没联络了。"

"嗯,是吗?最近我都没有时间观念了,感觉我们上周才刚刚见过。"

"说什么话!这都已经过去十年了好不好。你过得怎么样?"我问他。

"嗯,经历了很多。"

"经历了很多?"

"记不太清了,感觉一直在做梦。对了,白河现在怎么样?"

"嗯,还不错。不过现在已经不住在这个镇上了。"

"是吗?"

"嗯,你走了以后,她也很快就离开了。"

"哎,这个完全没听说啊。"

"是啊,你一直也没跟我联系过。"

"嗯,是啊……"

"怎么了?感觉怪怪的。"

"噢?是吗?"

"是的。"

"吃了药的缘故。"洋幸说,"有些影响……"

"吃药?"

"嗯,我一直在住院,是被硬逼着住院的。"

"医院?你哪里不舒服?"

"哦,没有,不是那么回事,有问题的是周围的那帮家伙。我告诉他们那件事,他们反而都觉得我有问题,于是就逼着我接受治疗。"

"哪件事?"

"对了,小优啊。"

"嗯,我听着。"

"我又做那个梦了。"

"梦?"

"嗯,以前不是告诉过你吗?有人告诉我世界末日即将来临的热线电话的事情。"

"哦,那个啊。"

"嗯,就是那个梦,我又做了一次。这次我还梦到白河了呢。那个梦太扣人心弦了,我忍不住又尿床了,已经好久没尿过床了。"

"我说,洋幸……"

"先听我说,有件事无论如何我都要告诉你。"

"什么事?"

"这个世界就要毁灭了,那个梦就是预言。关于蓝光的新闻你也看了吧？"

"看了，刚才还在看呢。"

"不仅是这样。"洋幸继续说道，"以后还有很多地方会出现那种蓝光，整个世界都会变成蓝色。"

"你在梦里看到了？"

"是的，所以我要提醒你一定要和白河在一起。她怎么离开了呢？"

"嗯，她也经历了很多事。"

"无所谓了，你们俩一定要在一起啊。还要渡过大海，那样的话，一定……"

"嗯！"

"实际上我也想一起去，不过估计不太可能。"

"怎么回事？"

"我从医院逃出来的，不过很快就会被抓回去。翻墙的时候扭到了脚，以前我可不会这样，体质大不如以前了。"

"你没事吧？疼吗？"

"嗯，不过好像已经不能走了。所以，拜托你了，小优！也请你替我照顾好白河……"

"洋幸？"

"嗯，我很开心。以前的事，我全想起来了，要是能再回到以前就好了……"

"是啊。"

"对了，小优。"

"什么事？"

"一定……这一定是好事！"

"你是说世界末日?"

"嗯,我总有这种感觉。我不是画画的吗?小优你不是也会画画吗?白河会摄影。我觉得世界终结和这些都类似。"

"什么意思?我听不懂。"

"我们要把所爱的东西永远留住。白河拍摄夕阳,就是因为她想把光明从世界上即将消失而黑暗就要来临之前那璀璨的光芒留住。"

"那,这一切也是……"

"嗯,我觉得就是这样。乌云上面有人也是这样想的:在人类为了自己的私欲把这个世界毁掉之前,打算尽力留下点什么。让美丽的瞬间成为永恒,就像绘画和摄影一样,或者就像某人的私立博物馆,总之世界正朝这个方向变化!"

"真的?"我问他,"你真的这么想?"

"我也不知道。"洋幸回答,"如果那样,你不觉得世界就这样平静地结束不也不错吗?"

"是啊。"

"啊!"他小声叫道。

"怎么了?"

"那帮家伙来了。"

"是吗?你在哪儿?"

"海边的一个停车场。感觉可好了,好久没有呼吸到这么新鲜的空气了。"

"嗯。"

"对了,小优。我按照自己的理想努力生活。我不后悔,也无从后悔,因为我天生就是这样,只能接受命运的安排。不过我也曾开心过,因为我如此切身地感受过这个世界的美。那些光喜欢挑毛病、感觉迟钝的大人们是永远不会明白的,不过我都明白。小优,这个世界真的很美很美。我现在看到的风景——汹涌澎湃的波涛,在街灯的映照下闪闪发光的沥青路面,天花板上结的蜘蛛网,都美得让人要流下眼泪,而且还有那温柔的心。我永远忘不了白河对我的温柔,那也许是世界上最美的东西。我要和那美丽的世界融为一体。因此,我一点也不害怕……"

洋幸突然停了一下。过了一会儿,又传来他急切的声音。

"小优,我为了自由而战斗过。谁也没能改变过我,我的灵魂丝毫未受伤害。请记住这一点:我的朋友,这辈子遇到你真开心。你能同我这样的怪人交朋友,真的非常感谢!再见了老朋友,拜拜!"

电话还通着,没有被挂掉。从中我能听到有人渐行渐远的脚步声,大人们的叫喊声,还有汽车发动机的声音。不一会儿,一切都归于寂静,只能依稀听到远处波浪的声音。

洋幸走了。

也许就像他一直以来所希望的那样,他化身为一只鸟,在夜空中展翅翱翔。不知为什么,我禁不住会这样想。

"拜拜!"

我自言自语地说了一句,轻轻地放下了电话。

那天半夜,睡不着觉的我默默地望着窗外摇曳的树影出神,忽然听到了有人敲门的声音。

"是我,已经睡下了吗?"

"没有,醒着呢。"

"好,那我进来了。"

"嗯。"

父亲打开房门走了进来。我从床上坐起来,打开台灯。

父亲走到桌边,坐在椅子上,深深地叹了口气。

"怎么了?"我问他。

"啊,"父亲说道,"还是刚才的事。"

"刚才的事?"

"嗯。"

"洋幸在电话里说的,世界末日的事……"

"哦,那件事啊。"

"真的,也许真的是这样。"

"是吗?"

"那个表,"父亲告诉我,"停了……"

"表?是您屋里那部犀牛座钟吗?"

"是的,那是你的外祖父送给你母亲的结婚礼物。"

"嗯,我听说过。那是个很有名的师傅的作品。外祖父不知道从谁那儿得来的。"

"还有人说是打牌时赢的。他有个绝活,能记住所有的牌,计算能力也非常出色。只要他愿意,靠这个发财肯定没问题。不过据我所知,这种能力他只用过一次。没人知道他是和疗养院的哪个人赌的。我俩去向他谈结婚的事时,他说那就送你们一个礼物吧,然后就不知从哪儿拿出了这部座钟。"

"简直就像变魔术一样。"

"是啊,有那种感觉。"

"座钟怎么了?"

"嗯,保养上我从来没有偷懒,现在竟然莫名其妙地停了。具体原因明天我会再检查,不过我总觉得这是一种预兆。"

"世界末日?"

"是的。世界的时间停止,也就意味着世界上所有的钟表都会停止。"

"嗯……"

"不过,小优啊。"父亲说道,"没关系的,你想怎么做就怎么做吧。剩下的时间不多了,那就更要……"

"可是,你怎么办?"

"我有你母亲啊,你怎么忘了?"

"我没忘。"我摇摇头问父亲,"母亲现在还在呢?"

"是啊。"父亲点点头,"就在那里,和以前一样漂亮。"

父亲指着空无一物的窗边。遗憾的是我什么也看不到。

"刚才我看了电视新闻,说又有两个城镇被冻结成蓝色的了,还播放了有些人已经开始逃难的镜头。这样做也没错,不过我不想走了。"

"嗯……"

"就在这儿。"父亲说,"我在这个家里出生,在此度过青春年华,又和你母亲结婚,还养育了你。对我来说,这里就是我的整个世界。我不了解外面,也不打算了解。就像在一棵树上终老的生命,我打算在这里过完我的人生。"

"不过你不一样。"父亲话锋一转,"你的人生才刚刚开始。请认真考虑这个问题。我希望你能获得幸福。即使这个世界走到尽头,爱也不会消失。可以这么断言,爱的记忆必将永存。因此,千万不要留下悔恨的回忆啊。"

★

因为一直下雨的缘故,河流水位上涨得非常严重。河流下游5公里处有座桥,不过蓝光已经逼近河岸附近。再往下游迂回过去,也许还有别的办法,但如果连那里也变成蓝色的话,时间损耗就太大了。

结果只能选择直接渡河。

我要乘坐系在岸边的小船,渡过这条湍急的河流。

现在看起来,这个决定就像一个赌局,具有相当的危险性。铺天盖地的河水滚滚地流向大海,像千万条张牙舞爪的黄鳞巨龙在其中翻滚,小船仿佛一枚树叶在湍急的河水中随波逐流,随时都有倾覆的可能。而船上的我却完全不识水性,如果这时候小船翻了,我铁定会被淹死。河宽五十来米,水深浪急,光看着就很吓人。

不过,从这里能够清清楚楚地看到对面,河对岸还没有发生什么异常现象,比较安全。只要我能够顺利渡过去就能大幅节省时间。

一开始我就是这么想的。已经没有时间了,因为准备得特别充分已经耽误了太长时间。

我准备出发了。过河!

我把两个大个的空饮料瓶塞在防风衣里,再用布条扎紧。为了以防万一,我又找来几个塑料袋,吹胀后塞进怀里。我估计这下浮力足够了,即使我再不会游泳也能浮在水上。

我小心地上了小船,紧紧握住划船用的桨,松开了系在岸上的绳子。

小船一下子就被河水冲了出去。我坐在船上近距离观察水面,浑浊湍急的河水张开大口,仿佛随时都会把我吞下。我感觉全身都被那种本能的恐怖所支配。也许世界上流传的关于洪水的传说恰恰就是全人类心灵创伤的反映吧。

和小艇上固定的船桨不同,未固定的长桨的使用要领我很难掌握。原本这东西需要站起来用,可我这个样子哪里站得起来。我几乎是趴在船底,仅用伸到船舷上面的手臂来划桨。

水花溅得很高,转眼间全身就被打湿了。更可怕的是,船底好像渗水了。可能是我的重量使船身下沉,水不知道从哪个缝隙钻了进来。这下子,简直和《噼啪噼啪山》①里的泥船一模一样了,要是不尽快划,还没到对岸这船就要沉没了。我脑中掠过一丝不祥的预感,可我哪里有时间去理会这个,只能拼命划桨。

也许我这样是完全错误的,陷入恐慌状态的我已经失去了冷静思考的能力。我本来就不善于处理这种危险情况(一个看惯世界末日场景的人,原本应该更加理智才对)。不知道当时我在想什么,只记得当时自己打算做什么。当时的我急坏了,为了更用力地划桨,我整个身子都站了起来。对了,就在我站起来的那一瞬间,船翻了个底朝天。由于翻船的地点恰好在河中央,所以河水冷得要命。

掉进河里的我为了不被浑浊的河水吞噬,开始拼命挣扎。幸亏有饮料瓶的浮力,我没有沉入水里,但头好几次浸入水里,嘴里全都是河泥的味道。

冰冷的河水使我的意识逐渐模糊,也许在被淹死以前,我就已经被冻死了。肌肉被冻得缩成一团,胳膊根本动不了。我在汹涌

---

①《噼啪噼啪山》是一则日本传说故事。

的河水中往下游飘去。我心里明白,要是漂太远了,对岸可能都已经变蓝,这就是一场时间与生命的赛跑。

我冻得牙齿直打战,拼命朝对岸游去。

虽然当时感觉非常漫长,但实际上也就是几分钟的光景。总之,等我清醒过来的时候,我已经游到对岸了。

爬上长满野草的河堤,在确认了自己安全之后,我就渐渐失去意识,昏了过去。

等我再次清醒过来时,天已快黑了。我静静地站起来,望着面前的平原。薄暮中隐隐约约的风景,仿佛仙境一般。广阔的芒草旷野上,笼罩着一层薄薄的白色雾气。满眼的穗子迎风摇摆,仿佛黄泉之国的人群聚集在一起迎接我似的,让我不禁感到背后一股凉气袭来。

我还活着!我摸摸自己的脸,冰凉冰凉的,用力捏一下,生硬的痛感仿佛是从1公里远的地方传来的。

全身湿透,失去意识,我竟然还没被冻死。我不禁惊讶于自己体格的强壮。我简直就像拥有不死之身一样啊!也许在世界末日,奇迹也会大甩卖。

我在河堤上环顾四周,发现50米远的芒草地里有一辆被遗弃的旧巴士,于是我决定今晚在那里过夜。

芒草荒野之中有条细细的小路,我拖着不停颤抖的双腿,沿着这条路往前走。到一定距离后就进入芒草之中,朝着巴士停放的位置走去,一会儿就到了。这辆车的车窗玻璃都已经碎了,座椅也破烂不堪,不过还有车顶,已经够可以的了。

这里以前也住过人,地上放着一个金属四方罐,里面还有篝火的痕迹。周围散落着一些枯枝,正好方便我点火取暖。

我放下背包,取出里面的垃圾袋。所有的行李都在里面。所幸口扎得很严实,没有进水。我从里面取出报纸和打火机,先在四方罐里点燃火种,然后加上柴火让它燃烧得更旺一些。

等火焰稳定些后,我脱下防风服和外套,以及湿乎乎的T恤、裤子、内衣,用干毛巾擦拭身体。

夜里虽然有些凉,不过跟河水的冰冷比起来要好得多。换上干衣服,心里多少平静下来了。

坐在满是孔洞的座位上,我取出作为应急食物的巧克力补充热量。可惜,巧克力并没有想象中那么好吃。这让我很紧张,总担心身体出了什么问题。

我把所有的枯枝都收起来放进四方罐,又在地上铺上报纸。这就是我今晚睡觉的床铺。接着我又拿出备用的垃圾袋,撕破底部,像个雨披一样套在身上,把头露出来,头枕着背包躺在报纸上休息。

我感觉头好晕。也许是睡在巴士地板上的缘故,感觉巴士还在运行,好像慢悠悠地要把我送到一个什么地方去。我有点想呕吐,还觉得身上有些发烫。

不管怎样,现在最重要的就是睡觉,一觉醒来肯定要比现在好得多。奇迹大甩卖应该还没有结束,那可是清仓大处理。

我闭上眼睛,嘴里轻轻呼唤着她的名字,不一会儿就睡熟了。

★

一觉醒来,我发现自己的身体状况更糟糕了,老天爷的奇迹大甩卖似乎已经结束。

我好像在发高烧。身体感到阵阵恶寒,特别想吐,头也疼得要命,估计是喝了太多的河水所致。

整整一上午,我都在巴士里躺着。

我尝试着喝了些从家里带出来的退烧药。结果,可能是空腹的缘故,胃又剧烈疼痛起来,那种疼痛简直就像是在没有麻醉的情况下进行胃部手术(当然,我还没有碰到过这样的事情),总之疼痛超乎想象。疼痛让我忍不住呻吟起来,在巴士地板上直打滚。我感觉自己要是停下来就会疯掉。

忽然,胃里一阵痉挛,我趴在地上呕吐起来,嗓子眼就像火烧着了一般疼痛。

我泪流满面。当我看到自己呕吐物的那一瞬间,我预感到自己要一命呜呼了,因为吐出来的都是深红色的黏液。我吐血了!

我就那样躺在地上直打哆嗦,静静地等待着那一瞬间的到来。接下来会怎么样?是继续吐血,或者失去知觉,还是像走马灯一样回忆过去?

结果什么事也没发生。我仔细观察了下自己的呕吐物,那实际上是昨晚吃的巧克力。吐完了之后胃就舒服了,我感觉自己已经好了很多。

根据以前好几次发烧的经验,我觉得已经开始退烧了。恶寒已经退去,只是身上还有一些热。至少,最危险的时刻已经过去。

★

我估计当时可能烧到了四十度。整个人的意识时而模糊时而清楚,有时甚至连自己在哪里、在干什么都搞不清楚。记忆时断时续,完全分不清什么是现实,什么是梦境或幻觉。

清醒之后,我发现自己已经背着包行走在路上了。由于脚下不稳,手里拄着一根粗树枝。可我却完全不记得自己是什么时候开始出发的。

隔着云层,还能看到黄色的太阳挂在空中,其照在地面上的阳光非常微弱。

回头已经看不到巴士的影子,眼前是一片芒草旷野。

我从背包里取出指南针,确定好方位,继续向北出发。似乎在我意识不清醒的时候,大脑还在正常工作。

由于发烧体温还很高,稍微走几步就会气喘吁吁,但我并没有停下自己的脚步,似乎是内心深处涌出的本能冲动在支撑着我。就像向着出生地洄游的鱼儿一样,只管一路向北,奔向爱人身边。

本来这种状态并不适合赶路,不过我依然在坚持。

我开始佩服自己,自己简直就像个超人,体力获得了飞跃性的提升(若果真如此的话,那绿巨人浩克和蜘蛛侠[1]也是真的了)。

这就好像弱不禁风的男人获得了钢铁之躯。一个临近昏迷的病人在寒风凛冽的荒野不眠不休地走了好几个小时,也算是相当大的飞跃了。我是体质虚弱少年里的一个超级英雄。

不知道是因为发烧还是别的什么原因,我一直感觉有人在跟着我。

也许是有人在一直守护着我。

---

[1] 绿巨人浩克和蜘蛛侠都是美国漫威漫画旗下的超级英雄。

我有时甚至能清清楚楚地看到那个人。

比如我无意中一扭头,有时能看到父亲,有时是画廊老板,有时甚至是小学老师(一位特别温柔的老先生,老师中我最喜欢他)。

这就像摇曳的幻影般的旅伴。

一个人太寂寞了,多亏有他们陪着我。

一路上,我就和这些熟悉的人同行。

还有些时候,我感觉这并不是梦境或幻觉,而是现实情况(我并不能完全确定)。傍晚时分,我能看到在七彩云霞下方,有一艘飞艇正缓缓地驶向大海。

那是一幅美轮美奂的画面。暮霭沉沉中,飞艇闪着微弱的灯光,悄无声息地奋力朝大海的方向飞行。既不知道它从哪里来,也不知道它往哪里去。

也许那是海中遨游的巨鲸在空中的幻影,它鼓鼓的肚子里也许装着正在寻找匹诺曹的盖比特爷爷[①]。为了所爱的人,我们需要横渡大海。

飞艇仿佛朝天空射出的箭,朝着遥远的东方笔直地飞去。那是即将消失的人类所点燃的最后的篝火。

"加油!"我一瘸一拐地追逐着飞船,边跑边对它大喊,"一定要努力活下去!绝对不要让篝火灭掉!"

一路上跌倒了好几次,可每次我都站起来继续追。

我无法抑制自己内心的兴奋和激动。我不禁热泪盈眶,脑海中浮现出白河的笑容、母亲的形象,还有这个即将走向尽头的世

---

① 匹诺曹和盖比特爷爷都是意大利作家科洛迪的童话小说《木偶奇遇记》中的人物。

界。我想到了留在家里的父亲,还有旅途中遇到的人们。

加油!不能输!加油!

我一边朝着远去的飞船招手,一边不停地大声呼喊。

类似这种快乐大爆发的感情宣泄,后来又出现了好几次。

无论看到什么,都让我热泪盈眶。正如洋幸所说的那样,这个世界真的很美丽。

随风摇曳的芒草穗,灰色天空在水坑里的倒影,树叶上的水滴,掠过的风声,雨水的气息,还有思念某人的那颗心。

我朝着天空呼唤妈妈。

"妈妈,我还活着!我特别高兴自己还活着。我恋爱啦,谢谢您给了我生命!"

也许是因为高烧烧坏了我的部分大脑线路板,为了修复连接上别的线路,而新的线路又连上了别的什么地方。总之,我陷入了一种奇妙的状态。

梦境与现实的差别越来越小,我甚至分不清自己是处于睡觉状态还是清醒状态。我感觉现实越来越褪色为愈加鲜明的梦境或回忆。

梦境和回忆总是伴随着那种快乐,不断扰乱着我的心。

我走在荒野里,仿佛是和父母一起漫步在熟悉的河堤上。我感到了甜蜜而苦涩的乡愁,而这种痛楚又是从何而来的呢?

我握着母亲的手,另一只手摇晃着芒草的花序。穗子上的毛絮飞了起来,开始了它的旅行。母亲的手很温暖,可是青筋突起,手背上还能看到里面蓝色的血管。母亲穿着黑色的连衣裙,那是件魔女的连衣裙,随风摇曳的裙褶上隐隐约约散发出樟脑的味道。

母亲欢乐地唱着歌。我很喜欢她的声音,只要听着就有一种幸福的感觉。我也一起唱歌,很快父亲也加入我们,三个人特别热闹。

母亲一边走,一边剥枇杷给我吃,刚含到嘴里,丰富的汁液和甜蜜便瞬间扩散到整个口腔。这一切都是那样让人怀念,让我不禁流下热泪。

以前每当我睡不着的时候,母亲都会唱摇篮曲给我听:

"宝宝,快快睡下,快睡下。宝宝是个好孩子,快躺下。"

母亲让我枕着她的胳膊,另一只手轻轻拍着我的肚子。我放心地把自己交给母亲,安之若素,无忧无虑。

短短几年之后,母亲就去世了,而此时的我还什么都不知道。我爱母亲,那就是我世界的全部。

不知从哪里传来白河的声音。她仿佛在愤怒地呼喊:"人至少在童年时期,应该绝对无条件地获得幸福!"

确实如此,有人在爱着我。我是一个绝对无条件地享受着幸福的孩子。

父亲说:"我是国王,你母亲是王妃,而你则是一个可爱的小王子。"

在爱的王国里,所有的孩子都是王子。从某种意义上说,我们都是含着金汤匙出生的。

★

不知不觉我已经来到了城镇的入口。

看了很多遍地图,路我大体都记住了。沿着这条路走,过了小镇边的那座桥,应该就能看到镇公所的房子。

但是,现在目之所及的只是朦胧的蓝色的影子而已,整个城镇被蓝色的云雾笼罩着。

"哎,"我自言自语道,"是这样啊……"

这就是旅行的终点。我没能赶得上,也许这时候我应该跪在地上痛哭流涕,但我没有,我还有重要的事情没有做。

我要找到她,那是我跟她的约定。不过也许她在城镇如此这般之前就已经避难去了,如果真是这样,对我来说也没关系,我会祈祷她获得幸福。那是因为无论如何,我都已经没有体力和精力再继续追寻她了。总之,为了结束这趟旅行,我迈出了前进的脚步。

我过了桥,走进蓝色的雾气之中。

耳边又响起了那个声音。有微弱的喧闹声,有孩子们的笑声,还有远处随风飘来的歌声。

不知为什么,心里再次涌起那种甜蜜而又苦涩的乡愁。我有一种久违的回家的感觉。

我拖着受伤的脚,走在空无一人的街道上。周围是镇公所的旧房子,木结构的会议中心,还有白色墙壁的旧仓库。

我感觉这一切和以前做过的一个梦很相似。那是埋藏在我们心里的另一个世界,我们从那里来,又回到那里去。

叶子完全落光的树影,架在小河上的石桥,山茶花做成的绿篱,悄然伫立路口的地藏菩萨……一切都是这个地方随处可见的山村景象。

蓝色的雾气在悄无声息地到处流动,静静地带着我往前走。

不知是谁笑着超过了我,朝道路前方跑去。朦朦胧胧看不清是谁,但我能真切地感觉到,也许是个女孩,又或者是返老还童的老婆婆。

远处传来一个人正在迎接另一个人的说话声。

"嗨,一起玩吧!"
"嗨,一起玩吧!"

对了,我想起来了,刚出发的时候,听一个男的曾经讲过:"那就像是很久以前讲好的约定一样。"

人们总是嘴里说着这样的话,实际上却各奔东西。

再见!我们再次相会!再见!我们再次在哪个地方相遇!

这里就是我完成约定的地方。

在这蓝色的黄昏之中,我们再次相见。梦与现实交织的地方,我们在那里相遇。

城镇外面有一片杉木林。

笔直的土路就像用梳子梳过一样整齐地把杉木林一分为二。

我沿着土路开始朝里走。周围的光线越来越暗,这让我想起很久以前和父亲一起去"胎中漫步(地下迷宫)"的事。路上能闻到柏树的味道,但很快就消失了。

林中充斥着喧哗声和奇怪的气氛。

蓝色雾气深处似乎能看到有影子在晃动。影子还不止一个,有很多。

我想也许是孩子们在玩躲猫猫,或者是在捉迷藏。

忽然耳边传来不知谁的呢喃声,我吃了一惊,回头看时只发现那儿飘浮着一团蓝雾,却看不到一个人影。

我感觉如果自己停下来的话,就会被控制住。

于是,我丢掉手里的树枝,朝着前面能看到光亮的地方跑去。我的旅行还没有结束。即使这颗心脏停止了跳动,也无法阻止我的脚步。

不久就到了这片树林的出口附近。前面一下子敞亮起来。

我突然意识到,那就是旅行的终点。

没错,她在信中描绘的景色俨然就在眼前。

小小的蓄水池,废弃的木筒仓,古老的大银杏树……

出了树林,视野豁然开朗,天空也看得见了。太阳透过云层洒下来的昏黄阳光,对于刚穿过幽暗杉木林的我来说,仍然显得光亮耀眼。

我不可思议地回头眺望刚走过的土路,这条林间土路幽深狭窄通向远方。蓝色的雾气不知道在什么地方消失了。

她家是一座老旧的木结构平房,墙上有些已经破损的地方补着镀锌铁皮。门口立着门牌,上面用油性笔写着"白河"两个字。

门厅的拉门上没有上锁。我用颤抖的手推开门,迈步踏进水泥地板,鼻子能闻到一股老房子特有的——时间发酵的味道。

屋里非常安静。

"白河!"我叫了她一声。可是我发现自己的嗓子已经沙哑,声音小得连自己都听不见了。我咽了口唾沫,又叫了一声,还是没有人应答。

我脱下已经被磨得满是孔洞的鞋子,进了走廊。房间里光线昏暗,温度和外面一样低。

走廊右手边有扇拉门,打开发现里面是一间大小约七平方米的卧室,靠墙铺着一组被褥。被子破旧得让我感觉这是主人羽化升仙后的遗物。

枕头边放着水瓶和杯子,旁边还有药袋。估计这儿以前应该是她母亲的房间。不过现在已经没有人住,只留下阴冷的空气继续飘荡在这个昏暗的房间。我轻轻关上拉门,离开房间。

走廊左手边分别是浴室和厨房。走廊尽头还有一个房间,木门朴实无华,我猜想这可能就是她的房间。

我扶着墙,慢慢朝前走。一步,两步……

我的内心充斥着不安和兴奋。虽然早已做好最坏的打算,但还是心存侥幸。

正在这时,我忽然听到了什么声音。

我再次侧耳倾听,发现门对面传来什么声音,是人的说话声。

这个声音我非常熟悉,从小我就耳熟能详,是那首母亲最爱唱的歌!

就在这一瞬间,我感觉这扇门仿佛把以前同她一起跳舞的那个幸福的夜晚联系了起来。

我伸手抓住门把手,轻轻地转动了一下。"咔"的一声,门开了。

歌声一下子听得真真切切。没错,就是那首歌。

房间里面光线暗淡,一下子无法弄清里面是何种情况。

"白河?"我轻声叫着她,但还是无人应答。

过了一会儿,眼睛逐渐适应了黑暗,终于看清了这个房间。确实跟我猜的一样,这是她的房间。胭脂色的窗帘,白色的柜子,花纹的衣橱,实木桌上放着一部小型组合音响。音乐就是从这里传出来的,是首略带低噪、令人怀念的流行音乐。

房间最里面放着一张床。我轻轻走过去,屏住呼吸,抑制住内心的激动。

黑暗中慢慢浮现出一个女性的身影。她裹着毛毯,抱着膝盖靠墙坐着,头靠在膝盖上微微向外,双眼紧闭。

"白河?"我颤抖地喊着她的名字,可她一动也不动。

"白河!"我又叫了一声,同样还是没有任何反应。

她像宝贝似的抱着我送她的万花筒。看到这一幕,我的泪水瞬间涌了出来。

这是我们的约定——保修期是一年。

我确实是这样对她说的。对此她也深信不疑。

无亲无故的我和她并不奢望什么,只希望两人能够紧紧相拥,直到两条胳膊再也无法相拥为止。感受那仅有的温暖(只比放凉的咖啡暖和一点而已),说几句温柔的话(没关系、太好了、晚安等等),闻一闻那熟悉的肌肤的味道,听一听那快乐的哼唱声,看一看那天真的笑脸。

这些愿望非常普通,毫不稀奇。除了本人之外,对其他人来说一点价值也没有。

可是就连这样普通、小小的梦想都无法实现。

我爬上床,紧紧地搂住她。

"对不起……"我的额头贴着她的脸,感觉好冰凉。

我哭了起来,泪水湿润了她的肌肤。

"对不起,白河。把你一个人孤单地留在了这个房间里……"

"吉泽?"

听到有人叫我,我吃惊地抬起头,蓦然发现她竟然睁开眼睛看着我。

"白河,你还活着啊?"

"嗯,"她笑着点点头,"当然活着了,你真是个急性子。"

"太好了……"

热泪盈眶的我紧紧地抱住她。

"对不起,我来晚了,真是对不起……"

"不是的。"她小声说,"你真的按照约定来了啊!不是吗?这就足够了。"

听到她这么说,我的心很痛。

她一直在这里等着我。在这个空无一人的地方,她一个人忍受着寒冷和孤独,守在昏暗的小屋里一直等我。

"谢谢!"她对我说,"你能来见我,我觉得特别开心……"

★

我们在床上紧紧地抱在一起。

不可思议的是,我感觉只是抱着她自己的病一下子就好了。我把自己的感受告诉她。

"因为我为你祈祷了。"她告诉我,"我对神说,请赐予我治愈吉泽的力量……"

也就是说,我俩这一小小的愿望,即希望爱人健康、平安的虔诚祈祷,在这个世界即将走到尽头之时,被神灵接受了。

我也一直在祈祷。

她的身体非常虚弱,已经整整三天没吃东西了。由于取暖用的燃料也用完了,她的身体已完全冻僵了。

我俩互相取暖,治愈对方。

"你的身体好暖和,"她说,"感觉就像抱着一团火。"

"你的身体就像冰一样。"我告诉她。

"那正好,咱俩很配哦。"她说。

"嗯,我俩正好能满足对方所需。"

"太好了,"她说,"我的身体凉,正好可以替你降温。"

"嗯,我发烧也挺好的,正好能给你当暖炉。"我说。

"啊,"她说,"好怀念啊,这个词。"

说完,她轻轻地咳嗽起来。

"什么时候开始咳的?"我问她。

"已经好久了,"她说,"有一周左右。"

我开始有些不安,要是能不继续恶化就好了。

"对了,"她说,"你穿着这件衣服来的呀,是你祖父的燕尾服……"

说着,她伸手抚摸着我露出防风外套的衣领。

"嗯,"我说,"因为这个最暖和啊,幸亏有它,我才能走到这儿,没被冻死在路上。"

"真是个怪人,"她笑着说,"你是我的怪王子……"

"你这是夸我吗?"

"是啊,"她说,"这是对你最高的评价。"

我向她打听她母亲的情况。

"没关系,"她说,"母亲和先生在一起呢。"

"先生?"我吃了一惊,"怎么会这样?原来不是说……"

"先生来了,"她说,"在我给你打完那个电话的五天之后。"

"真的?"

"嗯,"她说,"是真的。"

先生来了,为了忠于自己的爱。

当明白这个世界即将走向尽头之后,先生在自己漫长的人生中,第一次选择遵从自己的心意。他把自己的想法告诉母亲,可先生的母亲说:"我不想听!"接着就把先生从屋子里赶了出去。

先生已经无法回头了。迄今为止他都是为了满足父母的愿望而活着,最后的最后,他打算为自己活一次。

"母亲肯定会理解的。"先生的哥哥安慰他,"刚才只是老人爱面子而已,家里老人的事情就交给我好了。"

先生想这样安排最好了,但最后的不辞而别对他来说还是让他感到很痛苦。

我离开家的第二天,先生也开车出发了。开车出发一方面是因为他带着很重的医疗包,另一方面,是考虑到白河母亲的身体状况才如此决定的。

一路上,先生冒险加速穿过了好几个已经被冻结成蓝色的城镇(这种做法颇不符合他的风格,也许反抗母亲之后,他的内心打开了另一扇门),结果比我提前十天左右就到了这里。见到母女俩时,他的脸苍白得惊人。

先生跪在已经躺在病床上的白河母亲的枕边,泪流满面地说:"原谅我吧,请让我陪在你身边,我希望能同你共度剩下的时光。"

"好,"她母亲说,"我也是这么想的。一直以来,每一天,我都很思念你……"

此时她母亲的病情已经非常危险了。虽然先生带来的药能够支撑一段时间,但是依然不能放松警惕。先生说要带她的母亲去医院,有一家他朋友开的医院就在小镇往西50公里处,那里有齐全的医疗设备。

"可是，如果那里已经被冻结了该怎么办？"

听了她的担忧，先生还是强烈地希望能去医院。他说道："没关系，如果是那样的话，可以再找别的医院。我心里有数，包在我身上。"

这一对夫妇又一次走到了一起，启程寻找新家。当然也邀请她同行。

"一起走吧。留在这里很危险，蓝色的雾很快就会逼近这里。"

不过，她摇摇头拒绝了这个提议，说道："我要留在家里，也会有人来接我的。"

"是谁？"先生问她。

"男朋友，我的男朋友会来接我的。"她自豪地回答。

"我这样说合适吗？"看到我一直盯着她看，她不好意思地问，"因为我很想把你介绍给别人。"

"没问题！"我回答。

"谢谢！"她说，"我好开心。"

先生知道我就是她口中所说的"男朋友"后也很开心。据说他启程的时候还到我家里看了一下，结果那一带已经变为蓝色，他一直以为我已经被冻结住了。当他知道我出发的时间比他还要早时，才长出了一口气，总算是放下心来。

"太好了，"先生说，"他肯定没问题。这样我就可以放心地出发了，真是太好了。"

先生和母亲出发的时候，她在家门口目送他们。

先生告诉她："母亲交给我就好了，即使豁出命我也要保护她，我俩再也不分开。"

先生笨拙地向她伸出手,而她却直接伸出双臂抱住先生,嘴里小声叫了一声:"谢谢,爸爸!"

这是她第一次叫先生"爸爸"。

以前她总是说"先生就是先生",不过在这一刻,他成了她真正的父亲。

先生也抱住她,在她耳边激动地流着泪,颤抖着说:"我们是一家人,即使人不在一起,心也是在一起的。"

"一路顺风!"她放开手,对自己的父亲说,"母亲拜托给您了!"

汽车离开了。

她也回到家,等待那个一定会出现的男朋友。

"谢谢!"我对她说,"谢谢你一直等着我!"

"因为我相信你,"她说,"你是不会说谎的。"

"嗯,是的。"

"还有这个。"她从怀里取出那块红色的石头对我说,"我相信只要有这块石头,我们就肯定还会在一起。"

"是啊。"我也从防风衣口袋里取出那块蓝色的石头。两块石头碰撞在一起,发出清脆的响声。

"洋幸再一次让我们聚在了一起。"我把洋幸给我打电话的事情告诉了她。

"那,我们的英雄,现在怎么样了?"她问我。

"不知道,"我说,"他是洋幸,不是别人,我想一定会没事的,虽然这只是我的直觉。"

"是啊,如果是这样就好了。"

"我爱你!"我对她说,"之前就一直想吻你,想着要是能活着见到你的话,一定要告诉你。"

"我也很爱你。我从见到你的那一天开始,就一直都喜欢你。"

"是吗?"

"是啊,你不知道吗?"

"这个……"

"你真是个反应迟钝、不可救药的傻瓜。"

"嗯。"

我和她接了吻。

有什么办法呢,我俩生来愚钝,又晚熟。对于我俩来说,这一迟来之吻,是我俩的初吻。

我告诉她我会去找她,她告诉我她会等我。因为世界即将走到尽头,我俩才会如此直白,毫不掩饰自己的感情。

我俩是一对晚熟的恋人。不过,我想这就足够了。正因为错过了很多,才会更珍惜所得,才能如此喜悦。

就像这个迟来的吻,为了这一刻,我们倾注了十年的相思之苦,多么来之不易。

我感觉自己整个人仿佛都要融化了,她的嘴唇就像果冻一样柔软,散发着天使的气息。

这天晚上,我俩共谐鱼水之欢。

考虑到她的身体状况,我有些犹豫,她却非常主动。

"没关系的。"她告诉我,"有了你我才有了活力,所以在世界走向尽头之前,我想和你一起做喜欢做的事。求求你,好吗?"

我用随身携带的小铁炉烧了热水。我们互相为对方擦拭身体。

她为我擦拭脖子、耳垂和脸颊,我为她擦拭后背。在炉火的映衬下,她赤裸裸的背瘦得让我心疼,突出的肩胛骨好像雏鸟刚开始发育的双翼。

"我一直希望,"她说,"我能像这样抚摸你。"

"我也是,一直想这样抚摸你。"

"终于,"她说,"等了这么久,我们终于在一起了。"

在床上,我抱着她那瘦弱的身体,回顾十四岁那年的自己。记得我俩刚刚成为同桌时,她对我说了声"请多关照",我回了句"嗯,也请你多关照"。当时的她戴着一副豆红色的边框眼镜,看起来可爱极了,一切都是从那一天开始的。

我还记得她把食指扣着我的手腕上给我把脉的情景。她的手法非常自然,就像医院的医生一样。那以后我也摸了她的脉搏,从指尖我第一次感受到了她的脉搏的跳动。那个瞬间是我俩第一次肢体接触。

直到现在,我的身体还是能感受到她的心跳。感觉她的心脏跳得特别有力,估计我的也一样,因为兴奋是无法掩饰的。

她咳嗽了几声。

"没事吧?"我问她。

"我习惯了。"她说,"不过这会不会传染给你啊?"

"绝对不会。"我说,"没事的,因为我是超人嘛。"

"真的吗?"

"嗯。"

"是啊,"她说,"你是我的超人……"

我这个超人可真靠不住,不过我俩都愿意守护所爱之人。像我这样胆小的战士虽然没有强硬的拳头,也缺少一个给对方致命打击的武器,但是替她遮风挡雨,做她的暖炉给予她温暖之类的事情我还是能做到的。

这就是我们这种人的真实情况,也是我们这种人的强大之处。

"每次都是这样,"她说,"每次我痛苦无助的时候,你总是会来到我身边,伸出援手。真棒啊!你到底是谁?"

"无名氏,我就是喜欢你。"

"谢谢!"看起来她对我的回答非常感动,她流着泪对我说,"这辈子能遇见你,真好……"

我喜欢她那种羞怯却为爱而勇敢的一面,喜欢她战胜内心的怯懦,把自己的一切交给我的那种勇气。

怀里的她是那样美丽。她那细细的胳膊紧紧搂着我,脖颈白得仿佛冰雕雪砌,胸部如棉花糖一般柔软,腰很细,大腿也像脚下的大地一般坚强有力。

就是这个女人,是她在我醉倒在公交站台的时候悉心地照顾我,也是她在工作室陪我跳舞,在公共浴室隔着墙壁和我聊天。现在的她正在我怀中呼唤着我的名字。

"小优!"就在那一瞬间,她小声喊着我的名字,声音如悲鸣般凄婉。

我觉得她是这个星球上最美丽的人。

此刻她就躺在我的怀中。

★

第二天,我们在气温回升的中午时分出发了。原本打算好好休息的,可是不断逼近的蓝色雾气总让人不放心,而且还需要寻找食物。

"你想去哪儿?"我问她。

"去哪里都行,"她回答我,"只要能和你在一起,我去哪里都行。"

也许无论朝哪个方向走,剩下的时间都差不多。可即便如此,我们也没有放弃希望。因为我们还年轻,心中充满了爱,无须那样悲观。

"洋幸在电话中告诉我,要我们渡海。"我对她说。

"你说的海,是指海峡吗?"

"也许吧,这里距离海岸有多远?"

"10公里左右。"

"并没有多远啊。"

"是的。"

"我们可以去你母亲的医院看看……"

"不用了,"她摇摇头,"母亲有先生……父亲陪着呢,我们还是走我们的路吧。"

"明白了,"我做出决定,"那我们就去海峡那边吧。"

那天我用一个上午给她修万花筒。当我从背包里取出用两张板子夹着带过来的镜片时,她吃惊得叫出声来。

"你把这个也特地带来了!"

"不好吗?是啊,缺少这个的话,可修理不了。"

"一路上辛苦你了!"

"嗯,也没那么夸张,不用大惊小怪。一个匠人就不会发那么多牢骚。"

"这样啊,"她说,"真不愧是工匠。"

"加油哦。"她在我的脸颊上亲了一口,虽然还很嫩涩,可也有了很大的进步。她正在学习如何做到随心所欲。

一个小时过去了。

"修好了。"我把万花筒递给她。

她拿过来就往里看了一眼,高兴地对我说:"真的修好了耶,谢谢你了!"

"嗯。"我回答。

她躺在床上摆弄万花筒的时候,我查看了周围的房子。我到几栋空房子里找了一遍,没有发现什么能吃的东西。那个筒仓我也去看了看,里面空无一物。

蹲在蓄水池边,我发现有很多像狗毛一样的絮状水藻漂浮在水面。我脑中掠过一个问号,这种藻类能不能吃呢?不过想起自己灌了河水后拉肚子的惨样,我立即否定了这个想法。

没办法了。可是要是不尽快找到食物的话,她就挺不住了。

回家的路上,我又到杉树林里看了看。进了树林走了大概50米就看到飘浮的蓝色雾气,记得昨天明明还没到达这个位置。看来还是早点出发比较好。

天气还算晴朗,不用担心下雨,气温也有所回升。虽然称不上适合远足的风和日丽,不过这种天气走路还是相当不错的。

我俩正午时分出发了。考虑到她的身体状况,走到海岸边大约需要三个小时。今天晚上我们要在那儿露宿。据她说,从这里到海边没什么人家,路上出现蓝色雾气的概率很低。不过,找到食物的概率也同样不大。

她穿了好几件衣服,看起来鼓鼓囊囊的。头上裹了两层头巾,并用毛料围巾遮住口鼻,手上戴着手套,脚上套着防寒靴,背上背着一个小背包,里面放着我送给她的望远镜。

"你穿成这个样子很夸张啊!"我取笑她。

"就这样我还感觉冷呢。"她回答我。

估计她一直躲在家里,突然出来有些不适应。而我则因为这次旅行,身体好像得到了极大锻炼,这样的天气我也觉得很暖和。

"我们出发吧。"我拉住她的手。

"好的。"

离开的时候,她好几次依依不舍地回头望着自己的家。那是这对母女相濡以沫、顽强生活过的地方。

"也许不会再回来了……"

"怎么说呢?"我回答,"也许哪一天我们就能回家了。"

"是啊,这样一来,又可以见到母亲了。我真的好期待啊。"

"嗯,我也想见见。先生说你们母女长得很像,是吧?"

"是吗?"她说。

"哎,不是这样吗?"

"不知道,平时没有注意这一点。"

"应该差不多吧。"

"对了,你们父子不也很像吗?"她笑着对我说。

"确实是这样。"

我们一路上聊了很多过去的事情。

回忆都已遥不可及,正因为如此,才更显得弥足珍贵。

我把旅途中遇到的人和事讲给她听。

"瑞木这人非常有意思,竟说自己是痞子,你说奇怪吧?他有个特别好的女朋友,名叫绘里子,最后两个人终于走到了一起,看起来幸福极了。

我还遇到了一对住在茅草屋里的老年夫妇。他们从小一起长大,几十年来两个人几乎从没分开过。很棒不是吗?老爷爷小时候曾经照看过老婆婆,感觉就像童话一样。很久很久以前,有个地方,住着一个小姑娘和一个照看她的少年……"

她忽然停了下来。

"怎么了?"我问她。

"没,"她说,"没什么,我没事,只是有点头晕。"

"是吗?那不用勉强嘛。"

"嗯,这我知道。"

说着她又走了起来。结果走了不到十步就蹲了下去。

我有一种不好的预感。也许她本来就没有体力走这么长的路,虽然勉强成行,但其实一路上走得很痛苦。

"来,我来背你吧。"我把背后的背包转到胸前,背对着她弯下腰。

"不行,我自己走。你不是也很累吗?"

"一点不累,"我对她说,"小事一桩。昨晚我从你身上获得了很多能量,现在的我充满了难以置信的活力。"

"真的?"她问我。

"真的呀!"我回答。

"可以吗?"她又问我。

"快点!"我催促道。

"那我上了。"她说着把手搭在我的肩上。

我双手交叉托着她的臀部,一鼓作气站了起来。她要比我想象的轻很多。

"你好轻啊!"我对她说,"这个样子,我都可以跑了。"

说着我真的跑了起来。

"不要,你别这么逞强!"她在我背上发出悲鸣。

"一点也不勉强。"我说,"能这么背着你走,我觉得很开心。"

"是吗?"

"嗯,是的,感觉很亲密。"

"你真是个怪人!"她小声地笑了起来。

旅行还未结束,我俩继续前行。

周围的景致缺乏变化。旷野里只有脚下一条沥青马路,四周杳无人烟,只有低矮的植物覆盖着荒凉的大地。时不时地我们还能看到零星的灌木丛,在呼啸的寒风中摇摆着纤细的枝叶。天色晦暗不明,四周一片死寂,连一声鸟叫都听不到。

我感觉也许我俩已经是这个世界上仅存的两个人了。最后的一丝温暖,最后的一句语言。

"跟我们一样。"我告诉她,"之前在路上我也曾遇到过一对夫妻,男的背着妻子往前走。"

"真的?"

"嗯。那个人很了不起,背着妻子,手里牵着小女儿的手,腰上还系了一根绳子拖着一辆手推车。"

"好棒!"她感叹道。

"是吧。那个人也很瘦,我总在想,他哪儿来的那么大的力气?"

"你想到了什么吗?"

"嗯,我现在终于明白了。为了所爱的人,内心充满喜悦,我们能强大到让人难以置信的地步。因为内心充满了喜悦。只有为了所爱之人付出,才能获得比付出更多的收获。这是一种无穷无尽的能源,如果有靠爱进行驱动的引擎,我想一定会战无不胜。"

"是啊!"她轻轻地告诉我,"这种心境,我能理解……"

我们走了大约四个小时,忽然闻到了海水的咸腥味。

"快到了。"我告诉她。

"嗯。"她回答的声音很微弱,意识似乎有些不清楚,而且从刚才开始咳嗽了好几次。

脚下的路也从沥青变成泥土了,估计再走一会儿就到沙滩了。穿过齐腰高的草丛就到沙堤了,我背着她沿着斜坡很快下到了海边。

我听到海浪的声音了。

"到海边了!"我告诉她。她在我背上点了点头,但没有说话。

这是一小片有沙滩的海岸。几根漂流木被潮水推到了岸边。东边岩石多的地方有一间渔夫的小屋,旁边系着一条船。我向那边走了过去。

大海要比想象中平静得多。虽然我并不清楚这个季节的大海应该是什么样,不过肯定不会这样平静。也许这也是世界即将走向尽头的缘故吧。

进了小屋,我把自己的外套铺在地上,扶她躺下。屋里有半个铁皮桶做成的炉子,我就用它生起了火,让屋里暖和起来。除此之外,这个屋子别无他物。

"没事吧?"我问她。

"没事。"她回答我。

"我出去看看找些吃的回来,你就在这里休息一下等着我吧。"

"嗯,"她对我说,"早点回来……"

"明白。"

我离开小屋,沿着海岸线边走边找。这里有渔夫小屋,我猜想附近应该有人家。

往前走了十分钟,果然遇到一个小渔村。这里有几户渔民的房子,都是很简单的平房,和刚才看到的小屋差不多。

我逐一查看每栋房子,感觉不到里面还有人住。估计在变故发生后不久人们就已经搬走了吧。

我怀着失落的心情走进最后一栋房子,惊喜地发现这里还留着几样家具。里面有饭桌、碗柜,客厅里还放着一个本不应该放在这个房间的金属柜子。打开柜门,里面挂着一件脏兮兮的旧夹克,看起来还能用来防寒,于是我打算把它拿走。我拿下来翻了一下口袋,发现里面有东西。

取出来一看原来是薄荷糖,虽说谈不上什么收获,不过也聊胜于无。

离开村子,我赶紧回到渔民小屋。

回到屋里发现她已经睡着了,估计是累坏了。小屋由于刚才生了火,已经暖和起来了,不过我还是把刚才找到的那件夹克给她盖上。

再一次走出小屋,我打算到船上去碰碰运气。

这艘船的形状就像把公园那种游船长度加长了一般,船尾挂着舷外机。发动机锈迹斑斑,看起来已经无法发动,也许是因为很久没用过了。

船身没有明显的破损,也许还能用。

我捡了些漂流木和枯枝回到小屋,把最粗的木头丢在炉子里后,挨着她坐了下来。

虽然感觉有些疲倦,可我并不觉得困。

她轻轻地咳嗽着,这让我很担心。你就是我的命!你一定要好好的啊,不要丢下我一个人!恳请老天一定要满足我这个愿望!

夜半时分,她醒了过来。

"吉泽!"她叫我的声音听起来有些不安。

"我在呢。"我把最后一块木头丢进炉子里,赶紧回到她身边。

"你身体怎么样?"

"嗯,没事的,谢谢你!"

"还冷吗?"

"没事的。"她靠着我坐了起来。

我一只手扶着她的肩膀,另一只手把找到的薄荷糖给她看。

"你看,在附近的房子里找到的。尝尝看,会精神些的。"

"那你呢?"

"嗯,我吃过了。有两颗呢。"

"你骗我!"

"没有。我真的吃过了,你快吃吧。"

我剥开糖纸,把糖放到她嘴边。

她好像在思考着什么,沉默了一会儿,才把糖含在嘴里。

"真好吃。"

"是吧,太好了。"

"嗯。"她品味了大概三十秒钟,对我说,"现在轮到你了。"然后用嘴唇含着糖要给我。

"不用了。"我说。

"不行不行。"她一直摇头。

我默默地看着她,她还是那样,我只好用嘴把糖接了过来。

"怎么样?好吃吗?"她问我。

"嗯,"我回答,"特别好吃。"

真的很好吃。我又用嘴把糖传给她。

我俩就这样你舔几口,我舔几口,分享着仅存的一点食物。糖块在传递过程中不断变小,到后来我俩就像在接吻一样了。我感觉她的嘴唇就像糖果一样甘甜。

黑暗中,我俩拥抱在一起,守着那一团带来温暖的火焰。

"我的父亲……"她小声对我说。

"什么?"

"我的生父,在我出生前就去世了。"

"是吗?"

"嗯。是母亲告诉我的,父亲是母亲负责照顾的病人。"

"啊,"我说,"原来是这样。"

"他年纪轻轻的却摔伤了,失去了记忆,连自己是谁都不知道。"

"噢。"

"他还特别怯生,可是却很黏母亲,一刻也不离她左右。"

"还有这样的事?"

"是啊,每次他惊恐发作的时候,都是母亲抱着他给他安慰,并守护着他不让黑暗吞噬。就这样,几次下来两个人就在一起了。"

"嗯。"

"不过,医务人员和患者发生这种事肯定是不行的,所以母亲跟谁都没说过这件事。"

"是啊,"我说,"不过,这也是一种爱嘛。"

"嗯,"她说,"是的,我也这样想。所以,母亲告诉我的时候,我很开心。"

"那后来呢?"我问她,"那个人怎么样了?"。

"他从屋顶摔下来,去世了。"

"啊?"

"因为他很喜欢鸟,也许是伸手伸太远,身体失去平衡,掉到栏杆外面了。"

"我感觉……"我对她说,"我们周围全都是这样的人呢!"

"是啊。母亲说他就像从天上降临的天使一样,特别纯粹,也特别敏锐。"

"嗯,那才是你的父亲啊。"

"对,是的。"

"那你呢?"她顿了一顿问我,"你是怎么和父亲告别的呢?"

"哦,"我答道,"这个嘛……"我缓缓打开话匣。

★

出发的前一晚,我失眠了。

脑子一直想东想西,结果导致睡意被抛到了九霄云外。

夜里两点钟的时候,我起来上厕所,发现客厅的灯还亮着。我悄悄往里一看,发现父亲弓着腰坐在被炉旁,桌子上放着给我出门准备的背包。父亲一边用手抚摸着包,一边在口中念念有词。

看到这一幕,我心中涌起了一种莫名的悲壮。父亲看起来身材瘦削了很多,头发也白了,而且肩膀很细,就连脖子上的肌肉也松弛得像拔了毛的鸡皮一样。不知何时我的父亲竟然老得缩瘪了。

我要把父亲一人独自留下,而自己将要出门远行。每念及此,我都颇感唏嘘。

自从母亲去世后,父亲一个大男人,独自一人把我抚养成人。

他一个人既当爹又当妈。虽然他本身讨厌交际,但依然会到学校参加听课等班级活动(虽然他一个人的穿着和其他家长几乎相差一个世纪,不过我依然颇感自豪)。运动会的时候,他还会带着自制的喇叭筒(老师都提醒父亲不要太大声),高声为我加油(即使如此我还是最后一名)。在我被人欺负被推倒在泥坑里时,他会默默为我把衣服洗干净。

在我哭泣的时候,父亲会一边用他粗短的手指替我擦干泪水,一边安慰我:"你是个好孩子,如果是我的话,一定会选你做朋友。谁也不会选推你的人,只会选被推倒的你。我们一定会成为一生的好朋友。"

父亲并不在乎我的脆弱和笨拙。对我的不懂变通他也大加赞赏(幸亏有你,受益的人才会那么多。这真是一件幸事)。如果父亲不是如此爱我的话,我想我一定会成为一个讨厌自己的人。我能感到这样的自己很幸福,这全是拜父亲所赐。

而我现在就要离开父亲去远方旅行了。虽然父亲希望我这样做,但我还是于心不忍。

我想跟父亲说两句话,可又不好意思开口,最终还是默默回到自己的卧室。结果不一会儿我就睡着了,一觉到天明。

父亲把我叫醒。

"小优,快起床!"

他摇着我的肩膀。我揉着眼睛从床上坐起来,屋子已经被染成了蓝色。

"哇!"我吓得赶紧从被子上站起来。

"不用惊慌!"父亲对我说。

"可是……"

"没事的,还有时间。不要慌张,赶快做好出发的准备。"

尽管父亲这么说,可我实在平静不下来。我用尽全身力气,一下子就把睡衣从身上扒了下来,扣子都被弄掉了,散了一地。

"我们会怎么样呢?"我一边往腿上套裤子一边问他,可越是慌张裤子就越是套不上,一蹦一跳的我撞到了屋里好几样东西。

"附近有光柱照下来,"父亲对我说,"之后蓝光就扩散到这儿了。"

"为什么我们还能动?"

"本来就是这样的。只要不被天上射下来的光直接照射,就有足够的时间逃生。"

"是电视上这么讲的吗?"

"不是,"父亲回答,"是你母亲告诉我的。"

"真的?"

"嗯,真的。我现在前所未有地感到你母亲就在我们附近。"

父亲把背包递给我,对我说:"你先向东走,不久蓝色的雾气就会消失。"

"这也是母亲告诉你的?"

"嗯,"父亲点点头说,"是的,这也是你母亲告诉我的。"

我和父亲一起走到门口。

我穿鞋子的时候,父亲替我打开门厅的拉门。似乎冻结或者硬化的过程已经开始,随着门凝固程度的加剧,父亲费了好大劲儿才把门打开一个够一个人通过的缝隙。

我们两个人出了门。我一抬腿跨上停靠在门厅旁边的自行车,双手紧抓车把,用右脚脚尖把踏板往上抬。结果我一用力,脚脖子"啪"的一声扭了一下,而踏板却纹丝不动,疼得我"哎呀"一声叫了起来。

"不行吗?"父亲问我。

"是的,不会转了。"

虽说最近这辆车一直都没骑过,可应该不至于此。跟刚才的拉门一样,无生命的物品似乎更容易被蓝光冻结。

"我明白了!"父亲对我说,"听好了,从触碰的地方开始,冻结就开始扩散了。因此,我背着你直到能走路的地方。只要你不接触地面,身体的冻结就不会那么快。自行车你可以在外面重新找。"

"可是……"

"没时间说这个了,快点出发!"父亲把背朝向我,他略微下蹲,嘴里不住地催促道,"快点上来!"

在父亲急切的催促下,我战战兢兢地趴到他的背上。

"哼,"父亲的声音略带得意,"你可真轻,背起来一点也不费劲儿。"

父亲背着我跑了起来。虽然速度并不怎么快,但我还是担心他的心脏受不了。父亲已经开始衰老了。

"没事吧?不要勉强啊。"

"没事,以前我经常这么背着你去医院。"

"嗯,我还记得……"

"你很容易发烧,而且总是在半夜发烧,每次最麻烦的就是把医院的医生喊起来。"

"我记得是敲人家的门把医生叫起来的。"

"是啊,我也是没办法。当时光顾着害怕你也像你母亲一样离我而去……"

父亲的步子越来越慢,跑着跑着速度就和走差不多了。他是罗圈腿,本来就不适合跑步,所以每跑几步都会气喘吁吁。

"我太重了吧?你很难受吧?"

"没事,不算什么。当爹的背孩子都习惯了,虽然好久没背了,身体还是很适应的。"

"是吗?"

"啊,是的……"

旁边的矮墙上,一只黑猫被冻结在那里,前爪还朝前伸着。这里的住户可能在睡觉时被直接照射下来的光柱射中而被冻结住了,街上连个人影都看不到。

父亲的脖子上已满是汗水,他的头发也乱蓬蓬的,头顶有些微秃的地方能看到涨红的头皮正往外冒着热气。

"爸,已经可以了……"

"什么话!"父亲说,"我还跑得动!"

父亲不再说话,他喘着气,一步一步朝前走着。速度并不快,不过相当稳健。

我们父子是乌龟,动作缓慢,性格愚钝,不懂得变通。不过,我们为了让所爱之人活下去,会按自己的步伐一直坚持朝前走。

"爸!"我在叫他。

"怎么了?"

"您和我一起走吧,就这么和我一起走……"

父亲轻轻地摇了摇头。

"我得到的已经够多了。"他说,"从你和你母亲那里,我得到了很多快乐的时光。如果我还奢望更多,老天爷就该惩罚我了。"

"可是……"

"你不用说了。这并不是悲伤的离别。我现在很幸福,因为我可爱的儿子要去找他心爱的人了。"

父亲大口喘着粗气,继续对我说道:

"以前你还小,走路很不稳当,总是跟在我后面。你那汗津津的小手紧紧抓着我,一刻也不愿松开,而现在你能独立远行了,这很难得,值得庆祝。我会笑着送你走。"

"爸……"

我泪流满面,眼前一片模糊,鼻子也像感冒一样酸疼。

"我现在还记得,"父亲说,"你刚生下来的时候脸色特别白,看起来一点也不像新生儿。别人告诉我你可能活不长,我被吓得话都说不出来。"

"嗯。"

"不过呢,当我看到你在床上天真无邪地望着我的眼神,我忽然想到这个孩子以后就要指望我来抚养了。那是一张渴望获得幸福的脸,他深信不疑地把自己的命运托付给我,我绝不能辜负你的信任。无论如何,我都会守护这个小生命,给他幸福。"

"爸……"

"对我来说,爱就是这些。我打心底里希望你能活下去。失去你母亲的时候,我之所以能坚强地活下来,就是因为有你在我身边。我还有你，无论遇到什么挫折，我都会咬紧牙关挺下去，继续前行……"

我在心里默默地想：因为有了父亲，才会有我，是父亲和母亲拼命守护我，我才能活到现在。

我禁不住泪流满面，热泪顺着脸颊滴到父亲的脖子上，弄湿了他的衣领。

"我感觉我的任务，终于马上要结束了。"父亲长出了一口气，静静地摇着头说，"活了这么久，感觉就像转瞬之间。"

"谢谢了，"父亲又说，"谢谢你当我们的儿子。因为有了你，我才能度过这快乐的一生。我们也是好朋友，虽然年纪差距有些大，可我们能悲欢与共……"

和父亲在一起的日子，确实是很快乐，很快乐……

父亲的脚步虽越发凝重，但依然没有停下来。他脱下穿着的凉鞋，光着脚走在沥青马路上。

"爸，已经……"

"不用，再走一会儿，再让我背你一会儿……"

父亲的呼吸越来越艰难，我越来越担心，感觉一呼一吸之间，他的灵魂已从他口中慢慢向外飞出。

"爸，你怎么样？"

"啊，没事。"

不久，我们看到雾气的前方有阳光照射下来，那就是我要去的地方。

父亲感觉到有阳光就要照到他，他抬起头对我说："马上就要走出雾气外围了，但我只能再往前走一点了。前面的路，就靠你自己一个人走了。"

"爸,我们还是一起走吧。"

"不用了,"父亲摇了摇头,"我要留在这里,去了只会拖你的后腿。好了,只要祈祷,无论何时都能见面的。"

"是吗?"

"是啊,"父亲说,"我是这样想的。我们曾经共度的那些时光还存在这个宇宙的某个角落,只要我们虔诚祈祷,就一定能再次回到那个时候……"

"你还记得以前的事吗?"父亲说,"如果要让我选择回到什么时候的话,我一定会选择回到咱们一家三口在河堤上散步的那个日子。那时候我们都还年轻,你母亲还尚未生病。你母亲一边牵着你的小手,一边大声歌唱……"

>春天的日子嘞,多美好,多美好;
>白云飘过嘞……

父亲唱到这里,哽咽着唱不下去了。

我就接着往下唱,声音却因为流泪而在颤抖。

>白云飘过嘞,多美好,多美好。

"嗯,对。"父亲点着头说,"你母亲牵着你的手,看起来特别幸福,所以我也感到很幸福。幸福得我难以言表,感觉就连灿烂的阳光也仿佛在祝福我们。我由衷地希望这一刻能永远继续下去……"

也许确实如此,我感觉自己似乎也依稀看到了那一场景。

仿佛是在梦境里,在无声的风景之中,我们一家一起朝前走去……

柳絮随风飞舞,河面泛着粼粼波光。无忧无虑的一家人你追我赶,互相嬉戏,边唱歌边跳舞。像年轻姑娘一样的母亲穿着黑色连衣裙,她仿佛一朵花在绽放,在地面映出圆圆的影子。母亲和孩子额头贴着额头,快乐地左右轻轻摇摆。偶尔她会回头望一眼自己的丈夫,冲他挤挤眼睛。

母亲给儿子一个枇杷,自己也吃了一个。等到孩子玩累了迷迷糊糊要睡觉的时候,父亲就背着他回家。父亲的肩膀很温暖,孩子在半睡半醒之间,做了一个在阳光下玩耍的梦。

"爸,"我对他说,"我们一家很幸福。特别、特别幸福……"

"是啊,"父亲说道,"我和你母亲会在那里等着你,到时候我们再见面,所以你不要感到孤单。"

"嗯。"

又走了一会儿,父亲突然停了下来。

"不好意思,"父亲说,"我已经再也走不动了。"

"不用了!"我说,"谢谢了,这已经足够了……"

我从父亲背上下来,从此以后我就要靠自己的双腿往前走了。

父亲一边喘着粗气,一边抬起头望着我,和颜悦色地对我说:"你可真是个爱哭鬼,从小就这样……"

"来!"他从口袋里取出手帕递给我。这块手帕也是用旧衬衫剪成的再生产品。

"擦擦眼泪!你要去见一个那么优秀的女孩,不坚强可不行啊!是吧?"

"嗯。"

但是,我看到父亲自己也哭得一塌糊涂,泪水和汗水、鼻涕混在一起,脸上黏糊糊的。即使母亲去世的时候,我也没见过他老人家流泪。

"爸,你也一样啊!"我把手帕还给他。

父亲用手帕擦了擦脸,问我:"这样可以吗?"

"还不太干净,不过也凑合了。"我回答。

我俩互相看着对方笑了起来。

"好了,你快走吧!"父亲说,"替我向那个孩子问好,替我谢谢人家。我已经没什么遗憾了。"

"爸……"

"孩子,我就送你到这儿了。你母亲一直对我这个毫无可取之处的家伙不离不弃,这次轮到我对她不离不弃了……"

父亲轻轻推了我的肩膀一把,对我说:"快走吧!"

我开始朝前走,眼泪止不住往下流。父亲一直在身后不停地朝我挥手。

熟悉的风景渐行渐远,这里是生我养我的故乡。我在这里度过了幸福的每一天。我是一个比所有人都幸福的小孩。

雾气中父亲的身影越来越模糊了。

"爸!"我喊他,却听不到他的回答。

我最后一次停下脚步,凝望着伫立在雾气那边的父亲。父亲还在不停地朝我挥手。

我用力挥着手,大声朝他喊道:"爸爸!妈妈!谢谢你们把我养大成人!现在我要出发了!"

喊完这句话,我擦干眼泪,转过身来全力向前跑去。

★

她哭了起来,哭得那样温柔,这让我感到更加幸福。

"那天夜里,"我告诉她,"父亲悄悄往我的背包里放了一个信封。我出发后过了一段时间才注意到。"

"有这样的事?"

"信封里面放了一张一万日元、一张五千日元、几张一千日元的纸币。估计父亲把家里的全部财产都给了我。"

"就是这个。"我从背包里取出信封拿给她看。信封本身是用报纸里附赠的广告纸粘贴起来做成的。我家有很多这样自制的信封。

"里面还放了一样东西。"说着我把信封倾斜着轻轻抖了几下,一枚戒指"叮"的一声落在我的手心。那是一对没有任何装饰的银戒指,一大一小。

"这个是……"她问我。

"这是父亲为我们见面准备的,是我父母的婚戒。"

信封里还有一封信。虽然父亲的字并不是很好看(我们父子俩的字写得都不好看),可一想到父亲深夜里一个人用秃铅笔写信的样子,我不禁悲从中来。

这封信并不是给我的,而是写给她的。之前一直犹豫就没有交给她,也许现在正是时候。

信的内容如下:

白河雪乃小姐:

你好!

信里附的戒指是我打算在犬子遇到心中所爱之人时交给他的,那是亡妻在去世前托付给我的东西,希望能戴在你的手上。另外我自己的戒指也一并放在背包里了。

　　犬子以后就托付给你了。

　　也许他看起来有些不成器,可对我来说,他是这个世界上最好的孩子。请你和他在一起共同生活。他打心底里喜欢你,请你一定要接受他的爱。拜托你了。

　　另外,谢谢你亲手为我们做饭,谢谢你为我揉肩膀。如果能有个你这样的女儿,或许还会有其他更多开心的事。请你一定要永远保持灿烂的笑容。

　　　　　　　　　　　　　　　　吉泽拓郎

　　她小声地读着信,读了一会儿便哽咽着读不下去了。

　　她抬起头,泪眼婆婆地望着我说:"好想再见你父亲一面,再为他揉一次肩膀……"

　　"你愿意嫁给我吗?"我问她,"我能为你戴上这枚戒指吗?对我来说,和谁结婚就是把戒指给对方戴上。"

　　"谢谢!"她紧紧地闭上眼睛,一颗颗晶莹的泪珠从她眼角流了下来,"我特别开心,这一切仿佛是在做梦……"

　　我们两人举行了一个小小的结婚仪式。

　　映着炉中的火焰,我俩相互望着对方,口中念着依稀记得的结婚誓词:"无论健康,还是疾病……"

　　不记得的部分,我们就直接讲述我们的心情。我坚信,这么做是完全正确的。

结婚誓词念完后,我俩互相给对方的无名指戴上戒指。她的那枚戒指刚刚好,而我的那枚则有些松。"你看!"我把戒指转给她看,她扑哧一下笑出声来。

我撩起她面纱一样的刘海,轻轻地在她的唇上吻了一下。

"这样我们就成为夫妻了吗?"我问道。

"是的,没错。我们已经成为名副其实的夫妻了。"她回答我。

"感觉很不可思议。在世界即将走向尽头的时候,就我们两人……"

"是啊,不过我相信一定有人在祝福我们。因为有那么多人在爱着我们。"

"嗯,确实是这样……"

不久,她就在我的怀里睡着了。我感觉自己手里就像托着一只受伤的小鸟。她呼出的气息温度有点高,身体还微微有些颤抖。

我把鼻子埋在她乌黑的头发里,默默地望着给我们带来温暖的火焰出神。

这就是我的妻子,她是我的命。

不知什么时候,我发现我在心里对父母讲了这么一段话:

爸爸、妈妈:

  我和你们一样,遇到了一个生命中最重要的人。现在我俩结婚了,只要她陪在我身边,我就心满意足了。对我来说她比什么都重要,现在我只希望她能活下去,陪着我就好。

  爸,这就是爱吗? 实在太美妙了,可它又让我无比悲伤。

  我希望能和这个人一起活下去! 虽然不知道我们还

剩下多长时间,但在有限的时间里,我俩会深深地相爱。为了这份爱,我们会毫无保留地付出,一秒钟也不会浪费,因为我们知道,时间并不是无限的。

虽然兜了那么大一个圈,但至少现在的我是幸福的。

即便到了最后关头,我也肯定能保持微笑吧。我没有遗憾,真的没有。

因为你们赐予我的这条生命,我已经拼尽全力让它发出了最炽热的光彩。即使最终长眠,我也会为自己而感到自豪。

如果临别那一天到来,我会这样对她说:

"再见了,我的妻子。

"谢谢你一直陪伴着我。

"谢谢你喜欢我。

"谢谢你为我付出那么多的温柔。

"因为有你,我感到特别特别幸福!"

爸爸、妈妈,这是不是和曾经的你们一样?对吧?

第二天一大早,我们就出发了。

海边下着小雪,雪花漫天飞舞。我也不知道为什么会这样,不过看起来很美,感觉连空气都很温柔。

我俩把那两块石头轻轻地摆在沙滩上。它们静静地躺在北边的沙滩上,仿佛原本就一直在那里。

我俩手挽着手来到船的旁边。

舷外机已经生锈了,我们决定用放在船底的船桨划到大海里。

海面上笼罩着一层薄薄的雾霭。

"如果天气晴朗的话,"她说,"应该能看到对面。"

我把船拖到海边,船头进到水里后,我让她先坐上去。我扶着船舷朝海里推,趁着打过来的几次浪头,终于让船身飘起来了。在爬上船的时候,我突然意识到——"又是水!"看来我的这段旅行与水有着不解之缘。

小船静静地浮在海面上,风平浪静的海面甚至感受不到潮水的流动,一切仿佛是静止的。也许早晚风也会停止吹拂,整个世界都会完全陷于寂静吧。

她和我面对面坐在船上。为了避免被浪花溅到,她披着一件雨披,看起来就像雪孩子。

"冷吗?"我问她。

"不冷。"她回答。

不过她的脸色却很苍白,我感觉她应该很冷,偶尔还会小声咳嗽。

"害怕吗?"我问她。

"不怕。"她回答,"跟你在一起,我什么也不怕,心情特别平静。"

"是啊,我也是。"

我又划了一会儿船,耳边只有哗啦哗啦的划桨声,背后的海岸也看不到了。周围笼罩着一片雾霭,我们就像漂在梦中的孩子。

我们这是朝哪里划呢?是希望之地吗?在这个即将走向尽头的世界,还存在那样的地方吗?

她又咳嗽起来了。

"你没事吧?"我问她。

她微微点点头。

"再忍一会儿,到了对岸,也许能找到吃的东西。"

"嗯。"她轻轻答应了一声。

"没事的。"我坚定地说,"我们一定会很顺利的,一定……"

"不用,"她摇摇头,"没事的,这样就很好。"

她眼眸里闪着泪光,她望着我小声地说:"我的梦想已经实现了。只要和你在一起,无论身在何处,都是我的天堂。所以,没关系的。即使永远都到不了,我也了无遗憾……"

我停下划桨,回眸望着她。

也许就是这样。在这个充满私欲和争斗的星球上,如果存在被称为天堂的地方,那大家一定会……

所有人都知道这个道理。正因为如此人们才情不自禁地去追寻。

我希望能在不伤害任何人的前提下活下去。即使这只是一个遥远的梦或者愿望,我也无法停止祈祷。在这个物欲充斥的世界里,我们很容易迷失真实的自己。

但是,我们至少能够意识到这一点。即使力量很小,也能积少成多。

一滴水能在水面上激起无数波纹,一个人的呼喊也能够唤醒一群人。

到那个时候,这个星球就会充满美好。我们停止憎恨,原谅对方,同时也是原谅自己。

"喂,洋幸!"我在心底呼唤着他,"这样一来,你一定会说,'这个世界变得温柔了'。"

我会这样回答你:"是啊,世界变得温柔了,每个人都说着关爱别人的话。我们应该降生在这样的世界,在这样一个地方我们能够留下来。我们自己希望留下来,那儿也会希望我们留下来。"

她好像察觉到附近有什么东西,悄悄转过头去看。

雾霭对面有个无比巨大的东西正在向这边靠近。

来得那么悄无声息。

慢慢地,透过雾霭,我模模糊糊地看到了它的轮廓。

那是一艘船,可能是一艘渡船或者邮轮。

船身被冻结成了蓝色,看起来仿佛是一座蓝色的冰山。不只是船体本身,就连船体周围的海水也被冻住了,周围笼罩着一层蓝色的雾气。它仿佛是一艘幽灵船,和我们的小船擦肩而过。

我能看到甲板上的人们,他们一个个脸上洋溢着幸福的笑容。

有拥抱在一起的夫妇,有抱着孩子的母亲,还有手牵着手的恋人。

我们发现船不止一艘,周围竟然还有大大小小几十艘这样的船。

无一例外,这些船都被冻结成了蓝色。

在白色的水汽和蓝雾之中,爱如芬芳的香气一般笼罩着我们。

有一对夫妇像我们一样共乘一艘小船,夫妻俩肩并肩靠在一起,怀里抱着两个孩子。孩子们天真无邪,深信只要躲在父母怀里就什么也不用怕。这是老天注定的幸福,也是绝对无条件的幸福。

没有任何一个父母不希望自己的孩子幸福。在世界走到尽头之际,人们相信这些理所当然的道理。

海上既有渔船,又有小舟,还有小型渡轮。

不同的人表达爱的形式各不相同。有背着年老父亲的中年男子,有拉着母亲的手看海的年轻姑娘,有像马修和马丽拉一样长得一模一样的兄妹俩①……

我仿佛从那些人中看到了熟悉的身影。

爱听虫鸣的少女和照看她的少年也在其中。

还有从疾病的痛苦中获得解救的妻子和重新找回爱情的丈夫,两人中间站着一个面带微笑的小女孩。

对了,我想起来了,这里就是兑现曾经的约定的地方……

我又把视线转向另一边,那是一个搂着母亲的小男孩,他的手里抱着一个破旧的毛绒玩具狗。填充玩具狗肚子的那些旧报纸里寄托的灵魂默默散发着爱的芳香。无生命的东西当然也有爱。

远方轮船的乘客中,我也看到了瑞木和绘里子的身影。

他俩把脸贴在一起,仿佛正在窃窃私语。

"这样可以吗?"

"嗯,这样很好!这样真不错!"

没有了羞愧和嘲讽,两个人终于能够顺畅地进行交流了。

绘里子的胸前挂着那颗水滴形的蓝色宝石,仿佛就是她的心。两个人看起来幸福极了。

前方已没有路。这些人仿佛早已知道这里就是旅途的终点。

每个人都接受了现有的一切,静静地仔细品味着相逢的喜悦。

什么都不需要了,因为最重要的东西,早已在自己怀中。

有几个孩子仿佛童年时的我们。两个少年和一个夹在中间的

---

① 马修和马丽拉是加拿大女作家露西·莫德·蒙格马利创作的长篇小说《绿山墙的安妮》中的人物。

长发少女,少女的长发随风飘动,这一幕被冻结成了永恒。

孩子们注视着未来。一定会有个比现在更美好的世界在等着他们。他们清澈闪亮的双眸,正深信不疑地望着远方。

我把桨放好,走到她旁边。我感到天堂就在附近。

她对着船头坐着。我在她旁边坐下,搂住她的肩膀。

"我们也可以这般温柔地走向世界尽头!"她对我说。

"是啊,太温柔了!这是我们最后一张纪念照。"我回答。

我觉得这颗星球也许会进入长眠。在此期间,它会织出一个梦。

父亲曾经说过:"爱会留下记忆,只有它才是真实的。"

如果梦能够把回忆做成种子,那么星球的梦一定会充满爱。这个世界只存在爱的语言,仇恨早晚会像得不到阳光的野草一样枯萎。

我们都会成为爱的语言,也会成为这个星球的梦。

闭上眼睛,我就能听到歌声。那首我们曾经在河堤上唱过的歌。

我们是那样幸福,而当时的我们竟然没有意识到。我们确实曾经拥有过这样幸福的日子。

我忽然想起母亲曾经说过的话。

当时母亲的病情已经相当严重,我一直摩挲着她那肿得无法正常伸展的手,希望能够帮她减轻一些痛苦。

"小优,"母亲对我说,"不要这么悲伤,快像平时那样笑一下嘛!"

曾经有一次,我在电视上看到某位英俊的电影演员滑稽的笑容,于是就模仿给父母看,结果他们开心得不得了。因此,从那之后,我就经常这样逗父母发笑。我喜欢母亲对我笑,并愿意为此做任何事情。

我就再一次模仿了那个笑容。母亲扑哧一下笑出声。

她抚摸着我的头发对我说:"小优啊,妈妈可能要到一个遥远的地方去了。你不要感到孤单,要是想我了就对妈妈做个笑脸。即使我不在你身边,也能看得到。可以吗?你能做到吗?"

"嗯,"我回答,"我能做到,妈妈!"

从那以后,每当我感到孤独,我就会做出那个笑脸。当我被人欺负、侮辱的时候,我总是面带微笑。无论多么痛苦,即使我在流泪,我也要面带微笑。

每次我微笑的时候,我就觉得能够听到母亲的声音。

"小优,你真棒哦。你笑得真好看,妈妈好开心……"

为了让所爱之人永远开心,我什么事都愿意去做……

无意中抬头一看,有一大群海鸟超越我们向着北方的天空翱翔。

不知不觉之间,我们的小船即将驶离笼罩世界的云雾。被厚厚的乌云笼罩着的天空露出一道道空隙,耀眼的阳光通过空隙洒向大地。

她曾经对我说过:"这是真正的薄明光线,天使之梯。"

壮美到极致!美得令人流泪的火烧云布满了整个天空。

她望着我,双眼噙满泪水,似乎内心充满了感动。长长的黑发随风飞舞,雪白的脸颊此刻也被染上了红色,犹如一朵盛开的玫瑰。

我冲她点头示意,她则莞尔而笑。那笑容是如此迷人,令我心旷神怡、神魂颠倒。

这正是我一直希望看到的。

我喜欢看她笑,她的幸福就是我的幸福。

我心里默默地想:真棒啊,我真可以称得上是晚霞之神了!

"亲爱的!"她对我说,"明天肯定是个晴天。"

"你怎么知道?"

"我当然知道了。"她温柔地望着我说,"你看,因为有那样美丽的晚霞……"

我哽咽着连连点头。

图书在版编目（CIP）数据

温柔，直到世界尽头 /（日）市川拓司著；张兴译.
— 青岛：青岛出版社，2020.3
ISBN 978-7-5552-8678-3

Ⅰ.①温… Ⅱ.①市… ②张… Ⅲ.①长篇小说–日本–现代 Ⅳ.① I313.45

中国版本图书馆 CIP 数据核字（2019）第 247457 号

KONNANIMO YASASHII SEKAI NO OWARIKATA
by Takuji ICHIKAWA
©2013 Takuji ICHIKAWA
All rights reserved.
Original Japanese edition published by SHOGAKUKAN.
Chinese translation rights in China(excluding Hong Kong, Macao and Taiwan)
arranged with SHOGAKUKAN through Shanghai Viz Communication Inc.

山东省版权局著作权合同登记号 图字：15-2017-110 号

书　　名	温柔, 直到世界尽头
著　　者	［日］市川拓司
译　　者	张　兴
出版发行	青岛出版社
社　　址	青岛市海尔路 182 号（266061）
本社网址	http://www.qdpub.com
邮购电话	13335059110 （0532）68068026
策　　划	杨成舜
责任编辑	霍芳芳
封面设计	胡椒书衣
照　　排	青岛新华出版照排有限公司
印　　刷	青岛新华印刷有限公司
出版日期	2020 年 3 月第 1 版　2020 年 3 月第 1 次印刷
开　　本	大 32 开（890mm×1240mm）
印　　张	10.375
字　　数	220 千
印　　数	1-7000
书　　号	ISBN 978-7-5552-8678-3
定　　价	45.00 元

编校印装质量、盗版监督服务电话　4006532017　0532-68068638
本书建议陈列类别：日本　畅销　小说